Mystères en Écosse

SUSANNA
CRAIG

LES ESPIONS QUI AIMAIENT – 1

Mystères en Écosse

Traduit de l'anglais (États-Unis)
par Joséphine Adler

J'AI LU

POUR elle

Si vous souhaitez être informée en avant-première
de nos parutions et tout savoir sur vos autrices préférées,
retrouvez-nous ici :

www.jailu.com

Abonnez-vous à notre newsletter
et rejoignez-nous sur Facebook !

Titre original
WHO'S THAT EARL

Éditeur original
Lyrical Press Books, published by
Kensington Publishing Corp.

À Brad, encore et toujours.

1

En dépit du calme relatif qui enveloppait l'île entre le crépuscule et l'aube, le lieutenant Thomas Sutherland faillit rater le bruit pourtant caractéristique d'une paire d'avirons s'enfonçant dans l'eau.

Nom de nom. S'il n'était pas plus attentif, il allait finir aux mains de l'ennemi. Ou, pire, à la merci de son général, à qui il lui faudrait alors expliquer qu'il avait été distrait de sa tâche par l'odeur des fleurs.

Après sept ans en poste à la Dominique à exercer ses yeux et ses oreilles sur la portion de côte la plus propice à un débarquement de la flotte française, les sens du lieutenant étaient particulièrement aiguisés. Il avait même appris à ignorer le bourdonnement et les piqûres de ces fichus moustiques, qui avaient pourtant un appétit tout particulier pour son sang – ou peut-être pour le whisky qui circulait à parts égales dans ses veines.

Cependant, malgré les années, il ne parvenait toujours pas à dédaigner l'arôme doux et sensuel qui flottait dans l'air lourd du soir. Ce jasmin, dont le parfum ravivait des souvenirs – en particulier ceux d'une jeune Anglaise originaire du Sussex.

L'air renfrogné – imputable à Napoléon pour les trois quarts, à lui-même pour le dernier quart –, il scruta la crique, cherchant la source du bruit. Bien que la lune descendante fût aussi mince qu'une rognure d'ongle, ses rayons argentés suffisaient à éclairer la légère ondulation de l'eau au bord du rivage. Un rai de lumière plus large montrait une eau troublée par l'écume un peu plus loin, là où se brisaient les vagues.

Enfin, ses yeux parvinrent à distinguer le mouvement qu'ils cherchaient. Une petite embarcation avançait par saccades, à demi enfoncée dans l'eau sous le poids de son passager et du rameur. S'efforçant de déterminer leur point d'arrivée, Thomas se déplaça furtivement le long de la plage, dissimulé par le feuillage dense, s'arrêtant de temps à autre fouiller les ténèbres au-delà de la barque. Quelque part au large devait être tapi le navire d'où les deux hommes avaient été envoyés pour une mission qui restait à déterminer.

Lorsqu'il fut à découvert, alors que rien d'autre qu'une mince bande de sable étincelant ne le séparait de l'eau, il s'accroupit derrière un rocher et attendit. Le rameur fit une pause, lui aussi, laissant la marée montante faire le travail à sa place. Même à distance, on voyait qu'il était trop jeune pour s'acquitter d'une telle tâche. La petite embarcation tangua légèrement en atteignant les bas-fonds. Le jeune garçon bondit hors de la barque et la tira sur la plage.

Pendant tout ce temps, le passager était resté immobile, sans même tourner la tête. Mais une fois la barque fichée dans le sable, il enjamba le bord et se mit à scruter les alentours : d'abord la plage, puis les broussailles et enfin les arbres un peu plus loin. Il ne faisait aucun effort pour se cacher, comme si ce qu'il cherchait à repérer compensait largement le risque d'être vu. Il était jeune lui aussi, mais tout de même plus âgé que le marin qui l'avait conduit jusqu'ici. Vingt ou vingt-deux ans tout au plus. Il portait un uniforme de la Marine britannique, ce qui, pour Thomas, n'était pas une raison suffisante pour baisser la garde.

Les deux hommes se mirent à parler, quoique trop bas pour qu'on puisse distinguer ce qu'ils se disaient. Était-ce de l'anglais ? Du français ? Le grondement de la marée masquait le rythme de leur phrasé. Après un bref échange, le marin remonta dans la barque. Lorsqu'il fut accroupi à la proue, invisible aux yeux les mieux entraînés, l'officier ou le supposé tel lui tourna le dos et se dirigea vers les bois, passant à cinq mètres à peine de l'endroit où Thomas était accroupi.

Sans quitter l'inconnu des yeux, Sutherland tira son couteau du fourreau caché dans sa botte. Il lui emboîta le pas, tâchant de marcher à la même cadence. La progression maladroite de l'homme en terrain inconnu – pas glissant sur le sable, coquillages crissant sous les pieds, froissement des hautes herbes contre les jambes – couvrait la présence de Thomas. Petit à petit, il réduisit la distance qui les séparait. Ils atteignirent finalement une clairière où se trouvait une cabane, construite sur pilotis pour affronter les terribles tempêtes tropicales. C'était la base de Thomas pour ses opérations de surveillance, mais il en avait d'autres à Roseau, où il allait lorsqu'il avait besoin de collecter des informations ou d'envoyer des communiqués.

L'étranger fureta un instant, examina d'abord la structure de la cabane avant de s'intéresser aux bois obscurs qui l'entouraient. Lorsqu'il posa le pied sur le premier barreau de l'échelle qui conduisait à la porte, Thomas lança :

— Chez moi, on a coutume d'attendre d'être invité pour entrer chez quelqu'un.

Le son inattendu d'une voix humaine eut exactement l'effet escompté. L'homme se retourna promptement, perdit l'équilibre et s'affala sur le sol avant de découvrir Thomas sortant de la pénombre à quelques mètres de lui.

— Bon sang ! grommela-t-il, le souffle coupé par la chute. Qu'est-ce que vous faites ?

Son regard inquiet passa de Thomas et ses modestes vêtements de lin à sa cabane rustique puis à la lame incurvée de son couteau.

— Ils n'ont pas tort ceux qui disent que vous êtes ici depuis trop longtemps, Sutherland.

Il avait la voix d'un préfet d'école privée et un accent anglais presque trop parfait pour être honnête.

Thomas s'avança d'un pas.

— Vraiment ? Et que disent-ils d'autre ? Le mot de passe, peut-être ? Je l'espère pour vous.

— Le m... mot de passe ? Je suis le capitaine Bancroft, du Colchester, annonça l'homme en reculant vivement tel un crabe apeuré. Je porte une dépêche du général Zebadiah Scott.

Ce genre de détail aurait dû suffire à gagner la confiance de Thomas. Pourtant, il ne pouvait s'empêcher de rester sur ses gardes. Il s'attendait toujours à un mensonge, il suspectait systématiquement un piège. Avait-il toujours été comme cela ? C'était peut-être vrai, dans le fond, qu'il était ici depuis trop longtemps.

Après une brève pause, l'homme reprit :

— Le général Scott vous fait dire : Retour à la maison, Magnus.

Malgré sa position vulnérable, Bancroft – si c'était bien son nom – délivra son message avec l'air de celui qui n'avait aucune intention de se répéter. Fût-ce sous la menace d'un couteau.

Mais se répéter n'aurait servi à rien. Thomas avait très bien entendu. Il se raidit, déterminé à ne pas trahir le trouble qu'avaient fait naître en lui ces quelques mots. Avec eux, les doutes sur l'authenticité de l'identité de Bancroft ou de sa mission venaient de s'évaporer.

Interprétant visiblement le silence de Thomas comme un signe de confusion, Bancroft osa un léger raclement de gorge.

— J'imagine que vous possédez la clé de déchiffrage.

— Non, répondit Thomas après une longue pause stratégique.

Parce que, pour une fois, il n'y avait rien à décoder. *Magnus* n'avait pas besoin d'un quelconque décryptage. Bien que Thomas ne l'ait pas entendu depuis des années, ce nom lui était parfaitement familier. Comment et pourquoi était-il arrivé jusqu'ici, c'était une véritable énigme. Et aucune clé ne pouvait apporter de réponse à cela. Seul le général Scott le pouvait et, à l'évidence, il préférait s'expliquer en personne plutôt que de faire passer le pourquoi du comment via un intermédiaire. Thomas tendit l'oreille, bien que ses pensées fussent trop confuses pour entendre autre chose que le rugissement du sang dans ses oreilles.

Fort heureusement, tous ses sens ne l'avaient pas déserté. Une bouffée de parfum lui chatouilla les narines. Le jasmin, encore une fois. Et avec lui, un souvenir familier. Celui d'une femme au visage levé vers lui. Des cheveux auburn, des joues pleines, des yeux bleus. Il tenta de chasser l'image de son esprit. Bon sang, qu'est-ce qui avait… ?

Qu'est-ce qui avait bien pu faire bouger les branches de cet arbuste ? Il n'y avait pas de vent, et la plage était trop loin pour que la brise océanique ait pu charrier cette odeur. Quelque chose, ou quelqu'un, était en marche non loin.

En quelques pas rapides et silencieux, il franchit la distance qui le séparait de Bancroft. Avant que ce dernier ait le temps de réagir, Thomas l'avait collé contre l'un des pilotis. Le corps de l'officier et le robuste poteau de bois lui serviraient de bouclier contre l'intrus. D'une main, il tordit le bras de Bancroft derrière son dos, tandis que de l'autre il posait son couteau contre sa gorge.

— Mon Dieu, gémit Bancroft.

Le mouvement de glotte du jeune capitaine fit tressauter la lame. À contrecœur, Thomas changea sa main de position. Il n'avait pas l'intention de verser le sang. Pas encore, du moins.

L'instant d'après, le jeune marin dont il avait presque oublié l'existence apparut dans la clairière, ses yeux scrutant nerveusement les zones d'ombre. Bien qu'il n'ait sans doute pas plus de douze ans, il pouvait représenter un danger avec sa rame brandie au-dessus de la tête.

Avant qu'il parvienne à le distinguer dans l'obscurité, Thomas ordonna à mi-voix :

— Jette ta rame, mon garçon.

La voix de Thomas attira le regard du garçon sur la périlleuse situation dans laquelle se trouvait son supérieur. L'éclat de lune qui faisait luire les vagues scintillait à présent sur la lame de Thomas. Le garçon se figea, rame toujours en l'air, vacillant légèrement sous son poids. D'un geste du poignet, Thomas lui indiqua de se coucher à terre.

— Obéissez, Perkins, grinça Bancroft. Je n'ai aucune envie qu'un fou d'Écossais me découpe en filets avec son couteau rouillé.

Perplexe, le garçon les regarda tour à tour avant de jeter sa rame à terre. Elle atterrit avec un bruit sourd, rebondit sur le sol avant de heurter le tibia de Bancroft.

Le chapelet d'insanités qui s'échappa de la bouche de l'officier l'identifia immédiatement comme citoyen britannique – les hommes ont toujours recours à leur langue maternelle lorsqu'ils souffrent. Rien de cassé, cependant. Sans cela, l'homme ne se serait montré ni aussi créatif ni aussi cohérent.

— Haut les cœurs, capitaine.

Thomas glissa son couteau dans son fourreau et gratifia Bancroft d'un sourire.

— Le garçon aurait pu avoir un pistolet.

— J'espérais que la rame serait suffisamment convaincante, lâcha Bancroft entre ses dents, tenant encore sa jambe endolorie.

Malgré l'air humide et chaud, Thomas frissonna. Le capitaine avait ordonné au matelot de le suivre et de venir armé. Comme s'il s'était attendu à des problèmes. Ou à une résistance.

Convaincante ?

Bancroft s'appuyait lourdement sur Perkins pour essayer de tenir debout. Il demanda qu'on lui donne la rame pour l'utiliser comme béquille de fortune. Son uniforme auparavant immaculé était à présent couvert de poussière, une manche déchirée. Des ruisseaux de transpiration coulaient le long de ses joues, y laissant des traces terreuses. Mais il n'avait pas pour autant abandonné son attitude hautaine.

— Le général Scott nous a prévenus que vous n'étiez pas très enclin à suivre les ordres.

Thomas haussa les épaules. C'était pour cette raison qu'il avait été envoyé dans ce trou perdu.

— Il m'a expressément demandé de m'assurer que vous compreniez bien à quel point il était impératif que vous suiviez celui-ci.

Avec sa rame, Bancroft montra le chemin tracé par leurs pas jusqu'à la plage, invitant Thomas à ouvrir la voie pour retourner au bateau.

Une directive simple : Retour à la maison.

Mais après tout ce temps, il ne savait plus vraiment où se trouvait sa maison.

Même au début du mois de janvier, Londres demeurait terriblement animée. Certes, les Londoniens les plus éminents et les plus fortunés passaient l'hiver dans leurs propriétés à la campagne, mais le reste de la ville continuait à s'affairer sans se soucier du ciel gris, du froid et du vent humide qui transperçaient les vêtements – y compris les épais manteaux rouges des uniformes militaires.

Thomas eut l'impression de sentir une odeur de camphre et tira sur le col de son uniforme, mal à l'aise. Rien d'étonnant à cela. Lorsqu'il travaillait sous couverture dans les Indes occidentales, il n'avait nul besoin de tout ce cuivre étincelant et encore moins de cette laine étouffante. À Whitehall, en revanche, et pour un rendez-vous avec le général Scott, même lui ne pouvait échapper à l'uniforme, par respect pour l'autorité.

Il traversa la cour de garde presque déserte, et parvint au vaste labyrinthe de bâtiments administratifs et d'étables qui constituait la caserne des Horse Guards. Il s'arrêta un instant pour retirer son chapeau et l'égoutter, avant de le coincer sous son bras. On lui indiqua un couloir. Par habitude, il compta ses pas. Pour un homme de son expérience, se perdre ferait mauvais genre.

Enfin, il s'arrêta devant une porte en chêne dépourvue d'inscription. Elle s'ouvrit en grand avant même qu'il ait le temps de frapper, comme si on l'attendait. Comme si, depuis son entrée dans le bâtiment, il était épié. Bien sûr qu'il l'était, quelle question. Derrière le robuste panneau de bois – ou plutôt, derrière ce qu'il imaginait être une enfilade de portes, chacune mieux gardée que la précédente – se trouvait l'architecte des opérations de renseignement militaires britannique.

— Lieutenant Sutherland.

L'officier qui lui avait ouvert portait un uniforme impeccable, sans doute jamais souillé par la transpiration ou le sang, ni fourré à la hâte au fond d'une malle. À sa façon de s'adresser à lui, il n'avait aucun doute sur son identité.

— Il vous attend. Par ici.

La petite pièce dans laquelle ils pénétrèrent contenait un meuble de rangement, un bureau, et une chaise pour celui qui travaillait là. Aucune pour d'éventuels visiteurs. Avant que Thomas ait eu le temps de se demander si les deux piles de documents posés sur le bureau renfermaient des informations vitales pour la sécurité de la nation ou si elles étaient simplement là pour faire joli, l'homme avait ouvert une autre porte, si discrète qu'on la remarquait à peine. Le loquet se referma doucement derrière Thomas sitôt le seuil passé.

Ce nouveau bureau était un peu plus grand que l'antichambre et meublé de façon similaire, bien que la table de travail soit un peu plus large et qu'il y ait deux sièges devant. En revanche, l'ambiance était fort différente. En un mot, le lieu était… *douillet*. Un tapis persan, certes usé, mais aux motifs gais, couvrait l'austère carrelage. Des rideaux bleu nuit accrochés à la diable, et retenus par des crochets de bronze polis, invitaient la lumière à travers une haute fenêtre. Le bureau, comme le tapis, avait connu des jours meilleurs, et sa surface était jonchée de piles de papiers menaçant de s'écrouler à tout moment. Ici ou là, Thomas repéra le coin d'une carte émergeant du chaos, ou la cire rouge d'un quelconque sceau ministériel. Un épais nuage de fumée formait un halo autour de la silhouette aux cheveux blancs qui se tenait devant la fenêtre et contemplait le matin gris.

— Ah, entrez ! dit le général Zebadiah Scott sans ôter sa pipe de la bouche.

Il quitta la fenêtre et tendit la main en guise de bienvenue.

— Je vous attendais. Je pensais que vous arriveriez plus tôt, mais mes sources m'ont appris que vous aviez été retenu à Portsmouth par des... affaires *personnelles*.

L'œil de Scott pétillait. Thomas s'installa dans le fauteuil que le général lui avait désigné. Tout bien considéré, cela n'avait rien de surprenant que le général sache à quoi il avait consacré les jours qui avaient suivi son arrivée en Angleterre. Scott était probablement susceptible de nommer tous les pubs dans lesquels il s'était arrêté, ce dont Thomas était, pour sa part, bien incapable.

Thomas baissa les yeux. Il avait l'impression troublante que Scott en savait bien plus encore. Qu'il savait que pendant une heure, voire deux, sur la route de Londres, il avait hésité à faire un crochet par un certain village dans le Sussex, juste pour se prouver à lui-même que la femme qu'il avait rencontrée quelque sept ans auparavant n'était pas le fruit de son imagination. Juste pour voir si Mlle Quayle était toujours *Mlle* Quayle.

Au matin, la bouche sèche et le crâne douloureux, il avait retrouvé son bon sens. Fixant sévèrement son reflet dans le miroir au-dessus du lavabo, il s'était dit qu'un tel détour serait une absurde perte de temps. Mlle Quayle était sans doute désormais Mme Je-ne-sais-qui, des enfants pendus à ses jupes. Le mieux était de se souvenir d'elle comme d'une douce jeune fille de dix-sept ans qui embaumait le jasmin.

Il n'avait parlé à personne de cette idée folle. Il n'avait même pas murmuré son prénom. Pourtant, relevant la tête, il croisa le regard entendu de Scott et remarqua un léger plissement de bouche qui ne pouvait être qu'un sourire amusé. Ce n'était certes pas le rapport rédigé par un quelconque sous-fifre relatant ses nuits de débauche à Portsmouth qui était à l'origine de ce regard et de ce sourire.

— Ma foi, bienvenue à la maison, monsieur Sutherland.

Le général posa sa pipe sur un cendrier en cristal, si près des piles de papier que Thomas craignit qu'elles ne prennent feu. Avec ses fins cheveux blancs, sa silhouette menue et sa peau ridée, Scott évoquait un elfe malicieux. Impossible d'imaginer que cet homme était un génie militaire. À moins, peut-être, de ne supposer qu'une partie de ses compétences hors du commun était le fruit de la sorcellerie...

— Mais que dis-je ! s'exclama-t-il. C'est milord à présent. Lord Magnus.

Il esquissa une vague révérence, puis, gloussant, tira le fauteuil de derrière son bureau.

Thomas avait passé la majeure partie de ses sept semaines en mer – sept semaines sans la moindre distraction, pas même une tempête ou un bateau français – à essayer de donner un sens au message que Bancroft lui avait transmis. Il avait tourné toutes les possibilités dans sa tête, y compris celle que Scott venait d'évoquer : que lui, Thomas, ait à présent un titre nobiliaire.

À de nombreuses reprises, il avait écarté cette éventualité parfaitement improbable.

Une fois de plus, il tira sur son col.

— J'ai bien peur de ne toujours pas comprendre, monsieur.

— Comment vous avez hérité d'un titre de comte ? Oh, de la façon la plus classique, me semble-t-il ! Son précédent détenteur est mort.

— Certes, monsieur. Mais comment se fait-il que *je* sois le suivant sur la liste ? Ou même que j'apparaisse sur cette liste ? Pour autant que je sache, je n'ai pas la moindre goutte de sang noble dans les veines.

Cette dernière remarque poussa Scott à farfouiller dans les piles de papiers qui se trouvaient sur son bureau. Sous une avalanche de feuilles et de livres, il dénicha une lettre portant un sceau d'allure officielle.

— C'est pourtant le cas, dit-il. Ou, du moins, c'était le cas de votre mère. Il semblerait que Magnus soit l'un de ces étranges titres de noblesse écossais qui peuvent se transmettre par les femmes.

Le général lui tendit le document, mais Thomas ne fit pas le moindre geste pour s'en emparer et Scott le laissa retomber sur le bureau.

Sa mère, si douce, délicate et intelligente, serait comtesse… si elle était encore en vie. Au fond, ce ne serait pas si surprenant que cela. Elle avait été la principale source de douceur – et, évidemment, de raffinement – de son enfance.

Sa mort, d'une maladie inconnue alors qu'il n'avait que quinze ans, avait bouleversé sa vie. Dévasté, son père avait emballé tout ce qu'ils possédaient et avait traîné son fils plus au sud, en

Angleterre, où, déjà âgé, il était mort trois ans plus tard.

Thomas avait alors utilisé son maigre héritage pour acheter une charge d'officier. Comment il avait réussi à attirer l'attention de celui qui n'était à l'époque que le colonel Scott ? Il ne l'avait jamais su. Aucun homme ne savait jamais vraiment comment ou pourquoi il était choisi pour entrer au service de Scott, mais le résultat était toujours le même : un entraînement intensif à l'art du renseignement, suivi d'une vie complètement nouvelle, totalement coupée de la précédente. Après un bref séjour sur la côte sud de l'Angleterre, il s'était embarqué pour les Indes occidentales, où les Français semaient la zizanie. Les Highlands auraient tout aussi bien pu être à l'autre bout de la terre.

La voix du général Scott interrompit sa rêverie.

— J'imagine que vous vous souvenez de Dunnock Castle ?

Thomas avait passé de nombreux étés à l'ombre de ses murs en ruine, en visite chez sa grand-mère. Sa mère considérait que les rues bondées de Glasgow n'étaient pas un endroit convenable pour un jeune garçon désœuvré. Des souvenirs remontèrent à la surface et ce qui émergea ressemblait à ce qu'on trouve au fond d'une malle depuis longtemps close. Quelques trésors, certes, mais surtout une odeur de renfermé et un sentiment de malaise.

À présent pourtant, par un coup de – non, impossible de dire un coup de chance –, par un coup du sort, Dunnock Castle lui appartenait.

— Dunnock Castle, murmura-t-il. Il est à moi.

— À vous, confirma Scott. Cependant…

Une fois encore, le général se mit à fouiller dans ses papiers.

— ... le bail comporte une petite condition.

— Le bail ?

— Comme vous le savez sans doute, le précédent comte de Magnus résidait rarement à Dunnock.

Thomas se rappela sa grand-mère se plaignant du fait que le propriétaire des lieux était à peine plus qu'un nom pour les habitants de Balisaig. Magnus était un vieillard atteint de goutte qui passait la majeure partie de son temps sous un climat plus chaud et sec. Thomas doutait que même sa mère ait soupçonné le moindre lien entre leurs deux familles.

— Donc, afin d'empêcher la propriété de tomber en ruine...

« *Davantage* en ruine », faillit rectifier Thomas.

— ... il l'a louée. L'un de mes aides de camp a rassemblé les détails pour vous. Ah ! Le voilà.

Ayant enfin mis la main sur le document qu'il cherchait, Scott se mit ensuite en quête de ses lunettes qui se trouvaient en fait sur son front. Avec un petit rire, il les remit en place.

— Voyons voir...

Il parcourut la première partie du document de plusieurs pages, puis hocha la tête.

— Elle rapporte une jolie somme en loyer, cette propriété. C'est déjà ça.

Un soupçon s'empara de Thomas.

— Qui voudrait payer une jolie somme pour vivre dans un endroit aussi délabré au fin fond de nulle part ?

Scott esquissa un sourire qui n'était pas juste amusé.

— Il s'agit de Robin Ratliff, l'écrivain.

— Jamais entendu ce nom.

— Vous devez bien être le seul, Sutherl… euh, Magnus, s'esclaffa le général. Il écrit des romans gothiques, de ceux qui sont particulièrement populaires dans les stations balnéaires et les bibliothèques ambulantes. Des histoires horribles, à en croire ma femme. Et elle doit être très au fait, vu les factures que je reçois de la librairie.

— Et donc, concernant le bail… ? risqua Thomas avec un léger sourire.

— Ah oui, le bail !

Scott se concentra de nouveau sur le document qu'il avait entre les mains, le feuilleta.

— Globalement, les conditions sont sans surprise. Bien entendu, vous pouvez décider de le renouveler ou pas au terme de ce trimestre. Cela vous laisse pas mal de temps pour… Oh !

Il s'arrêta soudain, relut deux fois la ligne suivante.

— Du temps pour quoi ? s'impatienta Thomas.

— Ma foi, j'imagine que c'est tout à fait naturel, en fait.

L'embarras du général était palpable.

— J'avais supposé que vous aviez jusqu'à la fin du trimestre anglais, du *quarter day* traditionnel, le Lady day, en mars. Mais la prochaine échéance légale en Écosse est…

— La chandeleur, compléta Thomas à contrecœur.

Le 2 février. Ce qui laissait moins d'un mois pour faire le voyage de Londres à Édimbourg, réclamer le titre au tribunal de lord Lyon, et refaire cinquante miles à travers les Highlands jusqu'à Balisaig. En plein cœur de l'hiver.

Thomas dut laisser voir son scepticisme, car Scott s'empressa de le rassurer.

— Cela n'aura rien d'un voyage d'agrément, je vous l'accorde, mais c'est faisable. Après cela, vous aurez tout loisir de réaliser une évaluation de la propriété et des besoins de ses métayers, et de prendre des décisions sur la gestion du domaine avant, euh... la saison des semailles, au printemps, ajouta-t-il visiblement peu sûr de ce qu'il avançait.

Thomas soupçonnait le général d'en savoir encore moins que lui sur les questions agricoles.

— Et puis, peut-être rencontrerez-vous une charmante jeune fille et déciderez-vous de vous installer.

S'installer ? Thomas faillit éclater de rire. Le général Scott commandait des hommes d'action, des hommes mariés à leurs devoirs. Qui l'aurait jamais imaginé jouer les entremetteurs ?

Non pas que Thomas ait quoi que ce soit contre le mariage. Il avait été une fois très près – dangereusement près, diraient certains – de demander la main d'une jeune fille qui, il en était sûr, aurait accepté. Les sept années qui avaient suivi avaient été peuplées de souvenirs de ladite jeune fille, mais plus encore des raisons pour lesquelles un homme dans sa position, un soldat, un espion, ne pouvait songer à s'installer.

— Et si je ne le fais pas ?

— Si vous ne faites pas quoi ? demanda le général Scott avec un regard circonspect.

— Si je ne réclame pas le titre. Je ne veux rien avoir à faire avec Dunnock Castle.

Que connaissait-il de la position de propriétaire terrien ?

— Je préfère m'en tenir à ce que je sais faire.

La lueur espiègle dans le regard de Scott disparut, tout comme le rire moqueur. C'était comme si Thomas les avait imaginés. Le visage du militaire se durcit abruptement, il avait à présent vraiment l'air d'un général.

— Je suis tout à fait conscient des dangers auxquels font face nos soldats, et à l'impérieux besoin de collecter du renseignement pour assurer leur sécurité. Les connaissances et l'expérience acquises par les agents à mon service sont inestimables. Mais quand l'un d'entre eux est appelé par ses devoirs familiaux, j'attends de lui qu'il honore cet appel aussi promptement que s'il s'agissait d'un de mes ordres, lieutenant.

Thomas était convaincu que l'omission de son titre était délibérée.

— Un homme sans honneur n'a pas sa place ici, continua Scott.

D'un geste, il désigna les nombreuses cartes et lettres prouvant les efforts incessants de l'armée britannique pour vaincre un ennemi bien décidé à terroriser une partie sans cesse croissante du globe. Ce simple mot, *ici*, englobait en fait un territoire très vaste.

Pour l'instant, il n'avait, Dieu merci, pas demandé à Thomas de démissionner en faveur d'un titre nobiliaire et d'une propriété pratiquement sans valeur. Mais le sous-entendu du général était clair : s'il espérait recevoir une mission d'intérêt à l'avenir, il allait lui falloir s'occuper de ses affaires écossaises sans délai.

Se méfiant de ce qui pourrait sortir de sa bouche, Thomas se contenta de tendre la main pour récupérer le rapport. Scott le lui remit d'un air triomphal. Un survol rapide des pages lui apprit que l'enquête avait été soignée. Des dates, des chiffres, un arbre généalogique détaillé. Des noms familiers – des noms de gens qu'il avait autrefois considérés comme ses amis et qui étaient à présent ses métayers. Sa responsabilité.

Une responsabilité qu'il ne souhaitait pas endosser.

— Ratliff n'est visiblement pas très sensé, dit-il, incrédule, en découvrant la somme dont l'écrivain s'acquittait pour avoir le privilège de crever de froid à Dunnock.

Scott haussa les épaules.

— Ses livres ne sont pas très sensés non plus. Mais il est riche comme Crésus. Et plus célèbre. Songez à ce que rapporterait aux enchères le gribouillis de Ratliff au bas du contrat de location, murmura Scott, pensif.

Thomas l'écoutait à peine. Le général pouvait insister pour qu'il mette ses affaires en ordre en Écosse, mais il ne pouvait le contraindre à rester là-bas. Si le précédent lord Magnus avait dirigé Dunnock à distance, grâce à un notaire, un intendant et un régisseur, pourquoi ne le pourrait-il pas ?

Cela étant, un coup d'œil sommaire aux documents suggérait que le vieux comte n'avait pas toujours été très avisé dans le choix de ses représentants. Mais Thomas pouvait parfaitement faire faire le travail par quelqu'un d'autre, il lui suffisait de trouver la bonne personne pour prendre en main Balisaig.

Scott s'ébroua et revint au sujet qui les préoccupait.

— Quoi qu'il en soit, je vous conseille de commencer par rencontrer Higginbotham.

— Higginbotham ?

— Le secrétaire particulier de Ratliff, son visage public, pour ainsi dire. Ratliff a une réputation d'ermite. Il délègue toutes ses affaires à Higginbotham.

Toutes ses affaires ? Le secrétaire de Ratliff devait donc être familiarisé avec le fonctionnement de Dunnock. Peut-être se laisserait-il convaincre d'accepter davantage de responsabilités ? De jouer un plus grand rôle ? D'abandonner un employeur en faveur d'un autre.

Et Thomas pourrait ainsi reprendre le cours de sa vie.

— Il dirige tout d'une main de fer, paraît-il, continua le général Scott.

Un faible sourire incurva les lèvres de Thomas. Il imaginait sans peine le bonhomme, les doigts tachés d'encre, le nez dans des livres comptables. D'ordinaire, il méprisait les gestionnaires. Mais dans les circonstances présentes…

— Je connais ce regard, dit Scott sur un ton d'avertissement. Promettez-moi de ne pas vous mettre ce Higginbotham à dos, Magnus. Vous risquez d'avoir besoin d'aide une fois à Dunnock.

Le sourire de Thomas s'élargit.

— Me mettre Higginbotham à dos ? Jamais de la vie, monsieur.

2

Jane caressa distraitement le manche en nacre de son couteau de poche. Puis, d'un coup ferme, elle planta la pointe dans les papiers, atteignant le plateau de chêne déjà bien abîmé de son bureau. D'ordinaire, elle n'était pas du genre à se laisser perturber par une simple lettre, aussi désagréable soit-elle.

Mais aujourd'hui, la poste en avait apporté deux.

Elles avaient eu le culot d'arriver ensemble, en un seul paquet, accompagnées d'une note de M. Canfield, son éditeur londonien, qui s'excusait de les lui faire parvenir si tard. Il avait dû accompagner son vieux père à Bath dans l'espoir de soulager ses rhumatismes.

Sans appréhension particulière, elle avait ouvert la première lettre, une longue missive d'un notaire annonçant le décès du comte de Magnus, propriétaire de Dunnock Castle. L'héritier avait enfin pu être localisé dans une contrée si reculée qu'il ne fallait pas s'attendre à le voir s'occuper de la propriété avant un certain temps.

Cependant, en tant que conseiller légal de M. Ratliff, je me vois dans l'obligation de l'informer que le renouvellement du bail de Dunnock Castle ne peut être garanti sans équivoque.

Dunnock Castle était sa demeure depuis plus de cinq ans. Elle le considérait presque comme sa propriété, feu le comte n'ayant jamais manifesté le moindre intérêt pour le vieux château, ses terres et ses gens. En revanche, le nouveau comte, si loin vécût-il, pourrait voir les choses différemment. Elle risquait de se retrouver sans domicile, une fois de plus.

Elle soupira et jeta la lettre sur le bureau avant de se pencher sur la deuxième, espérant de meilleures nouvelles. Ce ne fut pas le cas. Elle y trouva une description détaillée du cercle des enfers auquel les écrivains comme l'auteur de *La Fiancée du nécromancien* étaient condamnés.

Elle savait – elle avait toujours su – que certaines personnes détestaient les romans. En particulier le genre de contes gothiques et macabres qu'elle écrivait sous le nom de Robin Ratliff. Elle comprenait la critique.

Mais là, c'était différent. Il ne s'agissait pas d'une simple critique, mais d'une lettre de menaces. Des menaces pour le moins fantaisistes, certes – à moins que l'auteur de la lettre n'ait des compétences en magie noire susceptibles de rivaliser avec ses personnages de fiction. Il n'empêche que ce qu'elle avait lu l'avait alarmée.

Pour faire bonne mesure, elle arracha le couteau et poignarda la maudite lettre une nouvelle fois.

Un grognement las s'éleva de la flaque de dévotion canine étalée près de l'âtre.

— Je sais, je sais, murmura-t-elle, réconfortante.

Elle n'avait pas l'intention de laisser de vaines menaces et des inquiétudes sans fondement la distraire de son travail.

Elle laissa la lame plantée dans le bureau, tira vers elle une page à demi remplie et s'empara de sa plume. S'adossant à sa chaise, elle passa distraitement la plume sur ses lèvres en relisant les mots qu'elle avait écrits plus tôt.

La brume s'était propagée dans le sous-bois... Était-ce une lueur spectrale émanant de l'un des caveaux du cimetière de l'église ? Non, la lumière semblait venir de plus loin, quelque part dans les bois... La blanche main d'Allora trembla lorsqu'elle la posa sur le rebord en pierre de la fenêtre...

Jane regarda le feu qui crépitait. L'une des chiennes avait commencé à ronfler. Elle n'y arriverait jamais. Reposant sa plume, elle se leva, alla jusqu'à la fenêtre et l'ouvrit. Il faisait trop chaud, voilà tout.

Si elle était venue en Écosse, c'était pour ses murs en ruine et ses étendues sauvages. Et toutes les légendes qu'elle pourrait y déterrer : feux follets, sorcières, ours-esprits, et autres cercles de pierre permettant le voyage dans le temps.

Elle était venue chercher *l'inspiration*.

Le plus important, cependant, c'était la liberté dont elle jouissait ici. Et elle n'avait pas l'intention de laisser une paire de lettres l'en priver.

Elle ouvrit la petite fenêtre aux croisillons de plomb, et inspira une grande goulée d'air humide et venteux. L'obscurité du crépuscule commençait à s'installer sur les vallons et les roches escarpées. Certaines parties de Dunnock Castle avaient déjà commencé à disparaître dans la pénombre. Au loin, le loch était aussi noir qu'une flaque d'encre.

Son regard passait, avide, d'une ombre à une autre. Certes, la bruine menaçait de se transformer en neige fondue à tout moment, mais son héroïne, Allora, ne resterait jamais au chaud et en sécurité par une nuit comme celle-ci. Elle se fraierait un chemin parmi les roches escarpées, se presserait à travers la lande gelée, vêtue de sa seule chemise de nuit. Elle passerait devant l'ancienne église, glisserait sur les pierres tombales couvertes de mousse sans se soucier des rumeurs qui...

— Grands dieux, madame, vous allez attraper la mort !

Agnès Murdoch, la vieille gouvernante, se tenait sur le seuil, la regardant du haut de son mètre cinquante.

Jane ne l'avait pas entendu arriver. Elle était bien trop perdue dans ses pensées pour percevoir les bruits de pas dans l'escalier de la tour sud ou même les coups donnés à la porte. Et les chiennes affalées sur leurs coussins douillets près de la cheminée n'avaient pas même daigné la prévenir. Il faut dire que Mme Murdoch avait depuis longtemps acheté leur silence à coups de morceaux de fromage.

Mme Murdoch regarda Jane, le bureau, puis Jane de nouveau, visiblement tiraillée entre son désir de refermer la fenêtre sans attendre et celui, plus convenable pour une servante, de ramasser les feuilles que le vent avait éparpillées sur le sol.

Jane eut pitié d'elle et ferma la fenêtre. Les papiers cessèrent immédiatement leur danse. Elle espérait juste qu'ils n'avaient pas perdu leur magie.

— Il y a un gentleman en bas, madame, il vous demande, annonça finalement Agnès.

— Qui peut bien se présenter à une heure pareille ?

Agnès haussa une épaule, l'air embarrassée.

— Dougan a pas pensé à demander comment qu'il s'appelait.

Jane hocha la tête, compréhensive. Dougan avait l'âme et le cœur d'un enfant dans le corps d'un homme. « Ce serait une vraie bonté de votre part si vous pouviez le garder, avait dit Agnès lorsqu'elle était arrivée à Dunnock. Il aime bien se sentir utile ici. »

Et de toute évidence, se sentir utile pour Dougan consistait à marcher de long en large sur le parapet, portant un kilt et jouant occasionnellement de la cornemuse. Jane avait accepté de l'engager comme gardien. À l'époque, elle ne s'attendait pas à recevoir de visites.

À présent, cependant… Elle jeta un coup d'œil aux lettres, frissonna et s'éloigna de la fenêtre, alors même que celle-ci était fermée.

Le visiteur pouvait-il être le nouveau comte ?

— Dougan n'a pas dit si notre visiteur a été déposé par une voiture luxueuse tirée par six chevaux noirs, n'est-ce pas ?

Les nobles dans ses romans, tous d'infâmes vauriens, voyageaient toujours dans ce genre d'attelage.

— Non, pas du tout.

La perspective de recevoir un personnage aussi important inquiétait la gouvernante.

— C'est un monsieur très beau, par contre, ajouta-t-elle.

À bien des égards, la gouvernante était on ne peut plus comme il faut, austère et convenable. Toutefois, persuadée que Mme Higginbotham devait se sentir seule, elle était également encline à signaler les éventuels bons partis dès que l'occasion se présentait. Parmi ses tentatives passées, il y avait eu le fils du paysan du coin, un garçon maigrichon au visage rougeaud qui leur avait apporté des légumes frais l'été, et le sacristain aux cheveux argentés qui avait toujours de la terre sous les ongles. Au grand soulagement de Jane – et au grand désespoir d'Agnès –, il y avait très peu de « beaux garçons » dans les environs de Dunnock Castle.

Non pas que Jane soit indifférente aux attraits d'un corps masculin. Après tout, elle avait vingt-quatre ans et une très bonne vue. Mais apprécier le physique d'un homme ne signifiait pas pour autant être sensible à ses charmes. Elle avait veillé à être parfaitement indépendante, et elle était plus qu'heureuse de laisser ces frivolités aux servantes et aux héroïnes de roman.

— Soit, rétorqua-t-elle d'un air sombre.

La mine d'Agnès s'assombrit comme en écho à celle de Jane.

— Alors vous allez descendre, madame.

Ce n'était pas une question. L'espace d'un court instant, Jane envisagea de demander à Agnès de renvoyer le visiteur. De lui demander de revenir le lendemain matin. Ou jamais. Mais la curiosité la rongeait.

— S'il le faut.

Ne souhaitant pas apparaître débraillée devant un étranger – devant personne en réalité –, Jane arrangea sa coiffure et lissa ses jupes. Ses efforts lui valurent un regard rusé de sa gouvernante qui voyait sans doute là le désir d'être à son avantage avant de rencontrer un homme séduisant. Pour finir, Jane rassembla les papiers épars et en fit une pile bien nette à côté des lettres clouées au bureau par la pointe de son couteau.

Elle fit signe à la gouvernante de la précéder et se dirigea vers la porte. Les deux chiennes levèrent la tête, mais aucune ne montra la moindre velléité de la suivre. Elles ne risquaient certes pas d'être confondues avec des chiens de garde.

Lorsqu'elle entra dans la pièce où l'attendait l'inconnu, elle se dit qu'Agnès aurait également pu préciser qu'il était grand. Plus d'un mètre quatre-vingts à vue de nez, alors même que le grand hall de Dunnock Castle tendait à faire paraître les choses plus petites qu'elles ne l'étaient en réalité.

Grand et robuste. Les bras croisés, son pardessus tendu sur ses larges épaules, il examinait une vieille tapisserie suspendue au-dessus de la cheminée. De la cheminée *vide*. Jane n'avait pas pour habitude d'entretenir des feux dans la seule éventualité, peu probable, d'une visite. Quelque chose d'évident, de familier dans la posture du visiteur la frappa. Elle connaissait ce genre d'homme, prêt à s'affaler sur un fauteuil si on lui en offrait un. Ce qu'elle n'avait pas prévu.

Il était en partie tourné, et elle put ainsi évaluer un peu mieux la coupe de son manteau - ni neuf ni à la mode - et constater qu'il était humide. Il ne possédait sans doute pas de voiture luxueuse, à moins qu'il ne l'ait laissée au village et ne soit venu à pied.

L'homme n'entendit pas Jane approcher, apparemment perdu dans ses pensées. Ou alors il était dur d'oreille, comme le sacristain.

Elle s'arrêta à moins de deux mètres de lui.

— Vous désiriez me voir, monsieur ? lança-t-elle d'une voix sonore.

Sa réaction, un léger haussement d'épaules, et la façon dont il tourna lentement la tête suggéraient plus l'agacement que la surprise.

— Il doit y avoir un malentendu, dit-il.

Son accent était moins marqué que ceux que Jane avait l'habitude d'entendre à Dunnock, mais nul doute que l'homme était écossais.

— J'ai demandé à parler au secrétaire de Robin Ratliff.

— Il est devant vous.

Pour tous, à Dunnock Castle, au village de Balisaig, et même pour son éditeur, M. Canfield, Jane était la secrétaire du célèbre écrivain, même si, personnellement, elle préférait le titre d'amanuensis, ou à la rigueur de copiste.

Le génie de Ratliff exigeait un isolement total, avait-elle expliqué aux quelques domestiques de Dunnock. Elle était jusqu'ici parvenue à éviter la plupart des questions embarrassantes en disant tantôt qu'il voyageait pour ses recherches, tantôt qu'il était en voyage d'agrément. Si quelqu'un la surprenait en train d'écrire, Jane déclarait qu'elle ne faisait que recopier les notes de l'écrivain.

Elle avait construit une fiction très élaborée autour de Ratliff, bien plus élaborée que celles de ces volumes au format in-12 et couverture en caractères gothiques qu'on retrouvait dans les mansardes des domestiques comme dans les salons respectables. Les livres de Ratliff l'avaient rendue riche, mais feindre d'être l'assistante de l'auteur lui avait offert quelque chose de bien plus précieux que l'argent et la célébrité. La considérant comme à peine plus qu'une domestique, les gens bien lui fichaient une paix royale.

La plupart en tout cas. Elle commença à taper du pied en lançant des regards noirs à l'étranger toujours de dos. De son visage, elle ne distinguait que la ligne ferme de sa mâchoire ornée d'un chaume de barbe. Son attention était encore en partie retenue par la tapisserie qui dépeignait une bataille ancestrale où le camp victorieux était mené par l'homme qui, le premier, avait reçu le titre de comte Magnus, d'après la légende.

— Je parlais de M. Higginbotham, précisa-t-il.

Comment un homme pouvait-il avoir l'air à la fois nonchalant et impatient ?

— Il n'y a pas de *monsieur* Higginbotham.

Par habitude, elle baissa les yeux sur sa robe de laine noire et laissa s'échapper un soupir affligé.

— En tout cas, plus maintenant.

Jouer l'affliction avait toujours été efficace. Généralement, après un murmure compatissant, les gens ne se souciaient guère d'une respectable veuve en tenu de deuil, si jeune soit-elle. Et c'était exactement ce qu'elle souhaitait.

Il n'y avait évidemment jamais eu de M. Higginbotham. Jane l'avait inventé lui aussi : un homme parfait, bon, gentil, à l'opposé des personnages de Ratliff. Un homme qui avait été assez généreux pour lui offrir l'émancipation par le veuvage avant même qu'elle ait l'âge requis.

Ce nom d'emprunt, Higginbotham, lui offrait non seulement une vie privée, mais il la protégeait aussi de quiconque voulait lui nuire – ou le voudrait s'il en venait à découvrir la vérité. D'une société qui voyait d'un très mauvais œil une femme ayant de l'ambition. De l'auteur de cette lettre de menaces. De sa famille.

Plus personne, de Londres aux Highlands écossais, ne la connaissait sous le nom de…

— Mademoiselle Quayle ?

Elle leva brusquement la tête. Si occupée qu'elle était à mimer une expression affligée, elle n'avait pas vu que l'étranger s'était retourné et lui faisait face. À présent qu'il avait retiré son chapeau, elle découvrait ses cheveux bruns ondulés, ses épais sourcils et ses yeux noisette expressifs.

Ce visage lui était familier. En fait, elle le connaissait. Ou plutôt, la femme qu'elle avait été autrefois le connaissait.

Perplexité, surprise, incrédulité se succédèrent brièvement sur le visage tanné du lieutenant Thomas Sutherland tandis qu'il risquait un pas timide vers elle, la main tendue. Pendant une seconde, elle eut l'impression d'un homme qui, ayant enfin trouvé ce qu'il cherchait, craignait que le moindre faux mouvement ne le fasse disparaître.

Une nouvelle preuve que son esprit était prompt aux fantasmes ridicules ce soir.

— On ne m'a pas appelée ainsi depuis des années, répondit-elle, ignorant l'envie soudaine de prendre cette main comme elle l'avait fait des années plus tôt.

Son ton froid et distant parut rappeler à Sutherland le but de sa visite. Il se redressa, laissa tomber sa main le long de son flanc et coinça son chapeau sous le bras.

— Comme je vous le disais, j'ai une affaire urgente à discuter avec monsieur… euh, avec le secrétaire de Robin Ratliff.

— L'amanuensis, le corrigea-t-elle.

— À vos souhaits !

Quand Jane le fusilla du regard, elle perçut un éclat espiègle dans ses yeux.

— L'amanuensis, monsieur Sutherland, est la personne qui transcrit le travail d'une autre personne ou qui copie un manuscrit. Un copiste si vous préférez.

L'explication ne fit que l'amuser davantage. Une fossette se creusa sur sa joue gauche, comme s'il tentait de réprimer un sourire.

— Les tâches d'un secrétaire sont considérablement plus exigeantes et vastes. Elles dépassent, j'en suis certaine, mes humbles capacités.

Moins on en attendait de la factice Mme Higginbotham, plus Jane avait le temps de s'occuper des romans de Robin Ratliff.

Sutherland éclata de rire. Ce n'est qu'après une longue minute qu'il parvint à recouvrer son sérieux, avec la plus grande difficulté.

— Pardonnez-moi, mademoiselle Quayle, mais j'ai déjà vu cette étincelle dans votre regard, et ce n'est pas de l'humilité.

Mlle Quayle, encore ce nom, ce cher secret, répété d'une voix sonore dans le grand hall, là où quasiment tout le monde – Agnès la première – pourrait l'entendre. Hors de question. Sans réfléchir, Jane posa la main sur le bras de Sutherland.

Elle comprit instantanément qu'elle venait de faire une terrible erreur. Ce n'était pas le moment de construire un pont avec le passé, de retisser un lien entre deux personnes que les années avaient rendues étrangères l'une à l'autre. Et… Oh, pire que tout, elle prit soudain douloureusement conscience de la force qui émanait de son avant-bras noueux.

C'était absurde ! Comment pouvait-elle sentir ses muscles à travers deux couches de laine épaisse ? C'était une chose que d'évoquer ce genre de réaction chez les héroïnes de ses romans. Les lecteurs attendaient des émotions intenses, des sensations physiques exagérées. Ils voulaient ressentir ce que ressentaient les personnages.

C'en était en revanche une tout autre de découvrir qu'elle, la raisonnable Jane Quayle, avait envie d'enfoncer les doigts dans le tissu froid et humide du pardessus d'un homme.

— Je pense que nous devrions aller discuter ailleurs, dit-elle en récupérant promptement sa main.

Thomas acquiesça en baissant la tête, sans parvenir pour autant à cacher un autre sourire moqueur.

Elle lui ouvrit la voie, se morigénant intérieurement. À cette heure, l'unique pièce où elle était certaine de trouver chaleur et lumière était celle qu'elle venait de quitter : son bureau privé.

Comme ils montaient l'escalier circulaire de la tour sud, elle jeta subrepticement un coup d'œil par-dessus son épaule. Il se trouvait plusieurs marches en dessous, de nouveau perdu dans ses pensées. Qu'avait-il fait durant toutes ces années ? Quelle affaire si urgente l'avait amené ici, à Dunnock Castle ? Et est-ce que cela avait un lien avec elle – ou avec l'une de ses identités ?

Thomas s'arrêta un instant pour retirer ses gants. Elle le vit alors passer ses longs doigts le long du mur incurvé de l'escalier. Avant qu'elle puisse l'en empêcher, son imagination traîtresse avait transposé cette caresse sur sa propre peau, et une étincelle courut le long de sa colonne vertébrale tel un éclair zébrant un ciel d'orage. Que ces sept dernières années auraient été différentes si...

Jane se ressaisit, évitant de justesse de trébucher contre la marche suivante. Arrivée en haut de l'escalier, elle fit une pause devant la porte et prit une longue inspiration. Ce n'était qu'une pièce, après tout. Une pièce avec un bureau, une paire de bibliothèques avec vitrine, de confortables sièges en cuir et un inconfortable canapé garni de crin. Elle ne s'était pas donné la peine de refaire la décoration lorsqu'elle avait emménagé à Dunnock. Elle avait simplement ajouté quelques touches personnelles. En fait de bureau privé, la seule chose réellement privée dans cette pièce était le manuscrit sur lequel elle était en train de travailler.

Mais là encore, c'était peut-être *cela*, l'affaire dont Thomas voulait discuter. Peut-être espérait-il dénicher une copie du prochain roman de Robin Ratliff.

Un sourire lui incurva furtivement les lèvres. Son imagination était vraiment en train de s'égarer – et elle avec. M. Sutherland avait sans nul doute des talents cachés, comme chaque créature de Dieu, mais de là à l'imaginer *espion* ?

Thomas atteignit le palier comme elle levait le loquet de la porte.

— Et donc, dit-elle en entrant dans la pièce, qu'en est-il de cette affaire si urgente...

Dès qu'elles entendirent sa voix, les chiennes bondirent, amas confus de pelage noir et blanc et battement de longues oreilles. Elles s'arrêtèrent toutefois abruptement quand l'inconnu franchit le seuil derrière elle et se mirent à aboyer et grogner.

Élevés pour être les chiens de compagnie d'une lady, les petits épagneuls avaient tendance à réagir fortement à la présence d'un homme, souvenir d'une époque où ils recevaient des coups et se faisaient hurler dessus par le dandy londonien de qui Jane les tenait – elle aimait à penser qu'elle les avait sauvés, mais techniquement, il aurait été plus juste d'affirmer qu'elle les avait *volés*. Réagissant en partie à la peur et en partie au trouble qu'ils percevaient chez leur maîtresse, ils exprimaient bruyamment l'absence de confiance qu'ils avaient en Sutherland. En savaient-ils plus qu'elle ?

Elle coula un regard à Thomas. Il avait haussé un sourcil, mais semblait plus amusé qu'alarmé par cette démonstration inattendue de... *férocité*, disons.

Elle claqua des doigts et désigna le sol.

— Athéna ! Aphrodite !

À sa grande surprise, et à son grand soulagement, les chiennes s'assirent et se turent. Mais elles ne quittèrent pas l'intrus des yeux et les poils du cou d'Athéna s'ébouriffèrent lorsque M. Sutherland s'approcha.

— Athéna et Aphrodite, répéta ce dernier avec un sourire ironique. M. Ratliff a visiblement le goût du drame. Au sens, euh... classique du terme.

Jane se pencha et prit une chienne sous chaque bras. Athéna se tortilla distraitement tandis qu'Aphrodite reniflait sa maîtresse, cherchant à savoir si elle avait été blessée. Le goût du drame, en effet.

— C'est un réconfort d'être sous leur protection dans ces contrées reculées.

— Protection ? s'amusa-t-il en arquant son second sourcil. Vous comptez sur elles pour lécher les intrus à mort, mademoiselle... madame Higginbotham ?

Elle découvrit un peu tard que ce nom ne sonnait pas mieux dans sa bouche que le précédent.

— Douteriez-vous de l'efficacité d'une telle approche, monsieur Sutherland ?

Bien qu'elle ait employé sa voix la plus « Higginbothamienne », celle qu'elle réservait d'ordinaire à Agnès quand celle-ci se piquait de jouer les entremetteuses, l'effet qu'elle eut sur M. Sutherland fut entièrement différent. Ses sourcils... *s'agitèrent* – ce fut le seul mot qui lui vint pour les décrire – et un sourire facétieux flotta sur ses lèvres.

— Cela dépend entièrement de qui lèche, je dirais.

L'innocente Jane Quayle n'était pas censée saisir la connotation grivoise de cet échange. Même la veuve Mme Higginbotham pourrait feindre l'ignorance. Mais Robin Ratliff, lui, comprenait parfaitement. Son visage s'empourpra, ce qui lui valut un nouveau jappement.

— Aphrodite, du calme.

— J'imagine qu'elles sont irritables parce que nous les avons réveillés d'un sommeil profond, suggéra Sutherland, impassible, alors que ses joues en feu ne lui avaient certainement pas échappé. Elles rêvaient probablement qu'elles chassaient le lapin et notre arrivée inopportune leur a arraché leur trophée.

Athéna se tortilla plus vigoureusement et faillit échapper à Jane. Si ces chiennes rêvaient, c'était du fromage d'Agnès, et ce trophée-là ne leur échappait pas souvent. Aphrodite se remit à aboyer.

— Je devrais peut-être partir, proposa Sutherland, sans enthousiasme, mais assez fort pour couvrir le vacarme. Et revenir demain matin.

Oui. L'amener ici avait été une erreur. Une intrusion dans son sanctuaire. Les chiennes essayaient de la protéger. Elles sentaient que l'étranger avait mis à mal ses défenses. Avoir ce rendez-vous en journée serait sans doute beaucoup mieux.

Même à la lumière des bougies, cependant, à présent que le choc initial était passé, elle voyait à quel point Thomas semblait fatigué par le voyage. Des gouttes de pluie brillaient encore sur ses épaules. Sa peau hâlée laissait voir la pâleur de l'épuisement sous une barbe de deux ou trois jours. C'était comme s'il s'était précipité pour venir. Il avait l'air… hagard. Mais n'en était pas moins beau.

La perspective d'une nuit sans sommeil à s'interroger sur la raison de cette visite, à remuer des souvenirs, l'agaça. Hors de question. Elle secoua la tête.

— Je vais emmener les chiennes en bas, nous pourrons parler tranquillement.

Il regarda les chiennes avant de lever les yeux sur elle.

— Si c'est ce que vous voulez.

Elle n'en était pas sûre, évidemment. Ces dernières années, les circonstances l'avaient forcée à prendre des décisions hâtives. Des décisions que même une âme charitable aurait considérées comme irréfléchies.

Des retrouvailles nocturnes avec cet homme étaient potentiellement la pire de toutes, ce qui n'était pas peu dire.

Mais la curiosité la dévorait. Qu'est-ce qui avait bien pu le ramener dans sa vie ? Et s'il avait réussi à la retrouver, qui viendrait ensuite ? Elle hocha la tête avec brusquerie, consciente que son emprise sur les chiennes et sur la situation s'affaiblissait de minute en minute.

— Plus tôt nous parlerons des affaires qui vous amènent, monsieur Sutherland, plus tôt vous pourrez repartir.

3

Resté seul, Thomas passa une minute entière à regarder le seuil qu'elle venait de franchir. *Incrédulité* était un mot bien trop faible pour décrire ce qu'il éprouvait. Cette femme avait hanté sa mémoire, ses rêves, son imagination pendant des années. L'avait-il bel et bien retrouvée à Dunnock ?

Ou s'agissait-il d'une de ces crises de délire qu'il avait connues peu après son arrivée dans les Indes occidentales ? À en croire le docteur, il avait été à deux doigts de succomber à une fièvre tropicale. Jane était apparue à son chevet et l'avait tancé, l'incitant à se rétablir. Lorsqu'il avait repris ses esprits et demandé après elle, la vieille infirmière qui s'occupait de lui l'avait gratifié d'un doux regard de compassion. De ceux qu'on réserve généralement aux fous.

Il huma l'air ambiant, cherchant une pointe de jasmin, mais il ne sentit que l'odeur de la fumée de tourbe. Ce n'était pas une hallucination. Pas cette fois-ci.

Cet intransigeant de Higginbotham n'était autre que sa Jane.

À peine la pensée s'était-elle formée dans son esprit qu'il ricana. *Sa* Jane ? C'était ridicule. Elle n'avait été qu'une relation de quelques semaines sept ans plus tôt. Les heures passées ensemble, les confidences partagées, tout cela n'avait plus aucune importance. Pas plus que les mots qu'il avait failli prononcer, ni le souvenir de son doux baiser et de la promesse d'aller demander sa main à son père.

D'ailleurs, quand il avait voulu tenir cette promesse, M. Quayle avait prétendu ne pas avoir de fille et lui avait claqué la porte au nez.

Pas besoin d'années d'entraînement à l'espionnage pour comprendre que cet homme mentait. M. Quayle était un piètre menteur. Mais Thomas pensait avoir du temps devant lui. En outre, craignant que défier le père n'ait pour résultat une punition pour la fille, il avait incliné la tête, présenté ses excuses et était parti, serrant dans sa main le petit bouquet qu'il avait apporté pour elle.

Une heure plus tard, un messager lui avait remis des ordres émanant du général Scott. À la nuit tombée, il était dans un pub de Portsmouth, à regarder le plafond taché de fumée, regrettant de n'avoir pas insisté auprès de M. Quayle. Après quoi, voguant vers la Dominique, il avait tenté de se débarrasser du souvenir de la jeune femme, d'oublier cette étincelle entre eux. Sans succès.

Ce soir, elle avait été si froide, si distante, qu'il avait recommencé à douter de sa mémoire. Mais lorsqu'elle avait posé la main sur son bras… il avait eu le sentiment qu'elle ne l'avait pas oublié elle non plus.

Agité, il jeta son chapeau et ses gants sur une table basse et s'aventura dans la pièce. Près de la cheminée, il buta contre quelque chose de dur. Il regarda et découvrit qu'il avait failli trébucher contre un os. Un fémur d'après sa forme, depuis bien longtemps dépouillé de sa chair par les dents acérées dont il portait les marques. Tout à côté se trouvait une corde effilochée. Il sourit. Exactement ce qu'un lecteur de romans gothiques s'imaginerait trouver sur le sol d'un château en ruine. Quand bien même il s'agissait de l'œuvre d'un couple d'épagneuls gâtés et non de quelque terrible chien des enfers.

Près de la cheminée se trouvaient deux coussins bien rebondis protégés par un pare-feu en cuivre. Une épaisse couche de poils blancs cachait pratiquement les noms brodés au fil d'or sur le velours bleu nuit. Les déesses grecques de l'Amour et de la Sagesse... Ratliff avait le sens de l'humour, et un goût pour la flamboyance.

Thomas tendit les mains vers le feu qui rugissait. À son arrivée dans les Indes occidentales, la chaleur des tropiques avait failli faire tourner son sang nordique. Il ne s'attendait pas devoir, à son retour, se réadapter dans l'autre sens.

En vérité, il ne pensait pas rentrer un jour.

De la vapeur commençait à s'élever de son manteau. Il le retira d'un mouvement d'épaules et chercha un endroit où le suspendre. Le fauteuil derrière le bureau aurait aisément pu passer pour quelque antique instrument de torture, avec son dos droit, ses accoudoirs étroits, et pas le moindre coussin pour le rendre plus confortable.

Pourtant, quelqu'un s'était bien assis là. Le bureau était recouvert de feuilles de papier. Sans intention d'être indiscret, il jeta un coup d'œil rapide. De l'encre fraîche. Une écriture soignée. Quelque chose concernant une jeune fille, un cimetière et... *Ah*. Cela devait être le manuscrit en cours de Robin Ratliff. Drapant son manteau sur le dossier du fauteuil, Thomas balaya de nouveau la pièce du regard : le bureau recouvert de feuillets, les étagères pleines à craquer de livres, les coussins des chiennes. C'était donc cela le bureau du célèbre écrivain ? Il s'était attendu à quelque chose de plus luxueux vu ce que lui avait dit le général Scott et ce que le montant du loyer suggérait.

Engranger et analyser la moindre information était presque une seconde nature pour Thomas. Néanmoins, sans le couteau planté dedans, tel un signe macabre, il n'aurait pas remarqué la lettre.

Il ne s'était jamais considéré comme particulièrement curieux, surtout s'agissant des affaires qui ne le concernaient pas. Mais après sept ans à espionner pour le compte de la couronne britannique, difficile pour lui d'ignorer ces feuilles de papier que quelqu'un avait jugé nécessaire de poignarder à mort.

C'était peut-être une mise en scène, bien sûr. L'écrivain testait peut-être un rebondissement dans son intrigue. Mais si c'était le cas, il s'était donné beaucoup de mal pour rendre la chose convaincante. Contrairement aux pages du manuscrit, l'écriture sur la lettre était difficile à lire, visiblement contrefaite – sans doute en l'écrivant de la mauvaise main. D'après ce qu'il comprenait, l'expéditeur voulait soumettre l'auteur d'un roman intitulé *La Fiancée du nécromancien* aux tourments subits par le personnage principal dudit roman.

Un mot était caché par la pointe de la lame, poignardé à plusieurs reprises vu l'état du papier. Les détails épouvantables continuaient visiblement sur une deuxième page, en partie cachée sous la première. Il souleva le coin de la feuille du bout des doigts, mais ne poursuivit pas la lecture. Il en avait vu assez.

Impossible de déterminer si la menace était sérieuse, cependant. D'un autre côté, des plans très élaborés masquaient parfois des dangers très simples. Ratliff aurait tort d'ignorer la menace.

— À présent, monsieur Sutherland, concernant ce...

Jane se tenait dans l'encadrement de la porte. Elle cessa d'épousseter les poils de chien sur sa robe et, figée, transperça Thomas de son regard bleu.

— Que faites-vous à mon bureau ?

Bien que sa voix fût à peine plus forte qu'un murmure, elle porta parfaitement à travers la pièce.

Son bureau ? Pas celui de Ratliff ? Une colère soudaine et irrationnelle eut raison de l'amusement de Thomas. Évidemment, le grand homme ne s'asseyait pas lui-même sur un fauteuil aussi dur, ne se penchait pas sur un bureau aussi abîmé. Il se prélassait probablement sur un tas de coussins de velours, comme ses chiennes, pendant que son – quel mot avait-elle utilisé ? Ah oui, *amanuensis* – amanuensis s'efforçait de récupérer chaque parole qui daignait tomber de sa bouche. De toute évidence, l'homme n'avait ni sollicitude ni compassion pour son employée. Le seul confort qui lui avait été octroyé était la proximité du feu. Ce qui avait aussi des désavantages, à savoir la proximité avec ces horribles chiennes mal élevées sur lesquelles elle tentait désespérément d'avoir une quelconque autorité.

La famille de feu M. Higginbotham n'aurait-elle pas pu épargner à cette veuve une vie de labeur, enfermée dans la tour sud de Dunnock Castle ?

Avec un sourire conciliant, quoique assez peu convaincant, il tira sur les épaules de son manteau et laissa le vêtement retomber de nouveau sur l'impitoyable dossier de la chaise.

— Je cherchais juste un endroit où suspendre mon manteau.

Il crut déceler une lueur de déception dans son regard, mais la méfiance n'en disparut pas pour autant.

— Oh. Je suis désolée. Les visiteurs sont une rareté à Dunnock. Les domestiques ne sont pas habitués à recevoir – pour ainsi dire.

Jane franchit le seuil.

— Mme Murdoch m'a demandé de vous dire qu'elle vous a préparé une chambre.

Thomas contourna rapidement le bureau et s'approcha d'elle, tout en tentant de masquer sa surprise. Une telle proposition était la dernière chose à laquelle il s'attendait. Même s'il ne lui avait pas échappé qu'elle émanait de la gouvernante et non de Jane elle-même.

— C'est très gentil de sa part.

— Apparemment, la pluie est en train de tourner à la neige.

Il hocha la tête. La pluie était déjà froide et dense lorsqu'il avait quitté le carrefour où l'avait laissé la diligence.

— Si vous essayez de rejoindre le village, vous risquez de vous rompre le cou.

Était-ce vraiment de l'inquiétude qu'il entendait dans sa voix ? La lumière du feu donnait à sa peau une chaleureuse lueur qui contrastait avec la froideur de son attitude. Il se laissa aller à se pencher légèrement vers elle.

— C'est extraordinaire de vous revoir après tout ce temps. Et de vous trouver *ici*...

Il désirait tant qu'elle soit réelle, la toucher, faire glisser son pouce sur sa joue, ses lèvres. Elle était encore plus belle que dans son souvenir. Ses plaisantes rondeurs juvéniles avaient laissé place à de belles courbes féminines dignes d'un Rubens. Fortes et sensuelles. Douces.

Même si, pour l'instant, cette douceur était bien cachée. Son expression, son attitude lui faisaient penser à une coquille d'huître fermée hermétiquement pour préserver la vulnérabilité de ce qui se trouvait à l'intérieur.

— Oui, une étrange coïncidence, confirma-t-elle en reculant d'un pas.

Malgré son envie de se rapprocher d'elle, il comprenait ses réserves. Sept ans plus tôt, ils s'étaient séparés sans avoir eu la possibilité de se dire au revoir. Leurs vies avaient suivi des cours différents : la sienne, abîmée par la guerre, celle de Jane par le veuvage. Elle avait parfaitement le droit d'être méfiante. Cependant, ces retrouvailles ne pouvaient selon lui être le simple fait du hasard.

— Oh, je n'appellerais pas ça une coïncidence !

Le front de Jane se plissa.

— Je rêve, monsieur Sutherland, ou votre accent écossais est en train de revenir ?

L'expression de Jane semblait indiquer qu'elle ne trouvait aucun charme à ce changement.

On avait demandé à certains des hommes de Scott d'effacer toute trace de leurs origines dans leur parler. Thomas avait cependant usé de son accent occasionnellement – quoique pas pour les raisons que Jane semblait soupçonner.

Mais là, c'était différent. Ce n'était pas volontaire. C'était presque... naturel. Comme si son retour sur le sol écossais s'était accompagné du retour du rythme et des expressions de sa jeunesse.

Il n'était pas sûr d'aimer cela plus que Jane.

— Ce doit être quelque chose dans l'atmosphère des Highlands qui l'a fait ressortir, dit-il avec un sourire un peu forcé. Dunnock, c'est chez moi après tout…

C'était en tout cas ce que le général Scott avait décrété avec son ordre péremptoire.

— Gamin, j'ai passé tous mes étés sur les collines de Balisaig, expliqua-t-il comme elle se raidissait. Ma grand-mère a vécu ici et elle y est morte.

Jane le balaya du regard, s'attardant sur ses épaules et son torse. Il aimait cette sensation, les yeux de Jane sur lui. Mais elle ne releva que son absence d'uniforme, apparemment, car elle demanda :

— Vous êtes en permission ?

Il attendit que leurs regards se croisent pour répondre.

— Pas exactement.

Il avait passé le voyage entre Édimbourg et ici à réfléchir à ses options, à décider de ce qu'il ferait une fois arrivé à Balisaig… *chez lui*, comme il était censé dire à présent. Il avait réclamé son titre, mais n'était pas prêt à se faire appeler lord Magnus – pas encore. Si les gens ne savaient pas qu'ils avaient affaire au comte en personne, sans doute lui donneraient-ils des réponses plus honnêtes sur l'état de la propriété.

— Alors pourquoi ? demanda-t-elle.

En descendant de la malle-poste, il avait prévu de prendre un logement dans le village dès son arrivée. Puis, sur un coup de tête, il avait décidé de se rendre d'abord à Dunnock. Sa décision était en partie motivée par le fait qu'il n'était pas prêt à révéler à ses vieilles connaissances la raison de son retour. Surtout, il avait hâte de prendre la mesure de l'homme qu'il espérait engager pour gérer sa propriété.

— Peut-être vaudrait-il mieux que j'en discute avec Ratliff lui-même.

Un délai lui laisserait le temps de décider de ce qu'il dirait. Le discours qu'il avait répété pour M. Higginbotham n'était plus d'actualité.

— Non.

La réponse de Jane fendit l'air comme un coup de fouet. Il se redressa.

— Vous ne pouvez pas, ajouta-t-elle d'un ton un peu plus doux mais pas moins déterminé.

L'homme était-il malade ? Était-ce un ermite ?

— Dites-lui que je suis venu lui parler d'une affaire importante.

— Il est... il est à Édimbourg. Il y fait des recherches.

Thomas tenta de se convaincre que ce qu'il ressentait soudain au fond de ses tripes, la tension dans ses membres, était de l'irritation, de l'agacement. Peut-être même de la colère. Il avait fait tout ce chemin alors qu'il aurait pu rencontrer l'écrivain à Édimbourg et en aurait terminé avec cette histoire de bail.

Mais s'il s'était arrêté à Édimbourg, il n'aurait jamais retrouvé Jane.

Il n'aurait pas non plus vu la lettre. Si elle venait d'arriver, comme semblait l'indiquer le fait qu'elle se trouve encore sur le bureau, et que Ratliff n'était pas là, alors il n'en avait pas encore pris connaissance. Y en avait-il eu d'autres ? L'homme savait-il qu'il était potentiellement en danger ?

Non, cette sensation aiguë qui le traversait était autre chose, une vieille compagne qu'il ne connaissait que trop bien : la peur. Tous les soldats la connaissaient, même s'il leur arrivait de l'appeler autrement pour préserver leur fierté. C'était ce qui vous maintenait en alerte, ce qui vous éloignait du danger. Un soldat qui ne la ressentait pas était un soldat mort.

Thomas n'avait cependant pas l'habitude d'avoir peur pour quelqu'un d'autre que lui. Peur, non pas pour ce Ratliff sans visage qui se trouvait à deux jours de route et devrait se débrouiller seul, mais pour Jane dont le regard bleu l'observait à présent avec un mélange de détermination et d'incertitude.

S'il se fiait à cette lettre, un fou avait Ratliff en ligne de mire. Si ledit fou décidait de mettre ses menaces à exécution et venait à Dunnock, où le célèbre auteur était censé résider, il trouverait Jane à la place, quasiment seule. Les quelques domestiques, dont une gouvernante septuagénaire et ce type autorisé à jouer les gardiens, offraient très peu de sécurité. Sans parler de ces bruyants tas de poils supposés être des chiens de garde.

Thomas serra le poing. S'il n'avait pas voulu des responsabilités qui incombaient au propriétaire de Dunnock, il ne pouvait pas laisser quelqu'un s'en prendre à qui que ce soit entre ces murs. Il jeta un coup d'œil circulaire. *Ses* murs.

Le regard de Jane glissa jusqu'au bureau.

— Oh, mais bien sûr ! murmura-t-elle comme si elle se parlait à elle-même et venait de réaliser quelque chose. Naturellement, il a choisi quelqu'un qui connaissait l'endroit. Quelqu'un qui a acquis certaines compétences dans l'armée.

Avant que Thomas ait le temps de comprendre ce qu'elle voulait dire, Jane se concentra sur lui et passa de nouveau en revue son visage et ses vêtements. Il la laissa l'étudier sans l'interrompre. D'expérience, il savait que les gens aimaient s'imaginer assez malins pour déchiffrer les autres.

— Je sais pourquoi vous êtes là, déclara-t-elle.

— Ah ? Et pourquoi donc ?

Pensait-elle que c'était lui qui avait écrit cette lettre de menace ? Était-elle sur le point de l'accuser de vouloir assassiner son employeur ?

— L'homme d'affaires de M. Ratliff a dit que le nouveau comte avait été retrouvé, mais qu'il vivait trop loin pour s'occuper de ses affaires directement. Vous devez être le chargé d'affaires de lord Magnus.

Thomas éclata d'un rire sincère et un peu incrédule. Être comte lui était déjà fastidieux, mais chargé d'affaires ?

— Pas du tout. Un tel travail dépasse de loin mes humbles compétences, pour citer quelqu'un que je connais.

Après tout, c'était son incapacité à diriger Dunnock qui l'avait incité à venir dans l'espoir d'embaucher Higginbotham.

Au moins, elle ne s'était pas imaginé qu'il était un meurtrier potentiel – quoique cela aurait été un signe de prudence de sa part. Si ce bureau était le sien, alors c'était elle, probablement, qui avait poignardé la lettre. Était-ce une façon pour elle de conjurer le danger ?

— Si ce n'est pas le bail de M. Ratliff qui vous amène… ?

Elle fronça les sourcils, l'air soucieuse. Cette affaire la déconcertait visiblement.

« Mais bien sûr, le fichu bail », pensa Thomas. Le notaire lui avait-il indiqué que le nouveau comte était susceptible de le résilier ? Avait-elle peur de ce qu'il adviendrait d'elle si cela arrivait ?

— Mais alors, que voulez-vous au juste, monsieur Sutherland ?

Les pensées de Thomas se bousculaient dans sa tête. Depuis son entrevue avec le général, il n'avait eu aucun mal à trouver mille raisons de quitter

Dunnock dès que ses affaires seraient réglées. Sauf que la donne avait changé. S'il voulait protéger Jane, il lui fallait trouver un prétexte pour rester.

— Vous avez dit vous-même que la situation ici nécessite une personne qui connaît bien Dunnock et possède certaines compétences.

Sans doute ferait-il un mauvais comte, mais en revanche, il était un excellent officier de renseignement. Son regard se fixa de nouveau sur la lettre. Elle était là, la tâche qui pourrait nécessiter ses talents.

— J'imagine que vous le savez, Robin Ratliff a reçu des menaces de mort. Je suis là pour mener l'enquête.

4

Jane ouvrit la bouche, mais seul un bruit étranglé, à mi-chemin entre la suffocation et le rire, en sortit. Un mot resta coincé dans sa gorge : *menteur !* De toutes les explications possibles, celle-ci était sans le moindre doute la plus absurde.

— Êtes-vous en train de me dire que c'est M. Ratliff qui vous a engagé ? insista-t-elle, histoire de s'assurer qu'elle avait bien entendu.

— Vous êtes surprise ?

— *Médusée* serait plus adéquat, monsieur Sutherland. *Totalement incrédule* ne serait pas exagéré. Je serais même tentée de dire que c'est tout simplement *impossible*. L'idée que M. Ratliff ait pu vous écrire ou conduire une quelconque affaire sans l'assistance de sa secrétaire...

— Amanuensis, la corrigea Thomas avec un sourire moqueur. Vous n'êtes pas en train de me dire qu'il informe son humble copiste de toutes ses décisions ?

Elle faillit lui révéler la vérité, mais deux choses la retinrent. La première était le simple fait qu'elle aussi mentait. À lui, à tout le monde. Non pas que son mensonge à elle excuse son mensonge à lui, mais il lui paraissait hypocrite de l'accuser de monter une histoire de toutes pièces sans en connaître la raison. Elle était bien placée pour savoir qu'on pouvait avoir une raison parfaitement valable de mentir. Et elle savait aussi ce que la vérité comportait parfois comme risques.

L'autre raison était que seules deux personnes étaient au courant pour les lettres de menaces envoyées à Ratliff. Elle et l'auteur des lettres. Ce qui signifiait que M. Sutherland pouvait fort bien être...

Non. Non, il n'avait évidemment pas écrit ce satané courrier. Il avait dû le repérer en fouinant sur son bureau – ce qu'il était clairement en train de faire quand elle était entrée dans la pièce, quoi qu'il en dise. Quelle idiote elle avait été de laisser cette lettre traîner. Mais pourquoi supposait-il que cette lettre n'était pas la première ? Et surtout, pourquoi prétendre avoir été dépêché à Dunnock pour enquêter ?

Si, comme elle le pressentait, sa venue n'avait aucun lien avec cette lettre, qu'il venait probablement tout juste de découvrir, la question demeurait : *qu'est-ce qui l'amenait ici ?* Il niait travailler pour le comte Magnus, mais elle ne le croyait pas vraiment. Après tout, il avait déclaré être là pour affaires et la lettre du notaire l'avait alertée sur les affaires urgentes concernant Dunnock Castle.

En découvrant que ce « M. Higginbotham », qu'il avait fait tant de chemin pour rencontrer, était en fait une femme qu'il connaissait depuis des années, sa surprise n'avait pas été feinte, elle en était certaine. Dans un coin de son esprit se forma l'idée que son mensonge était peut-être une excuse aussi maladroite que charmante pour rester et renouer avec elle.

Si tel était le cas, devrait-elle être flattée ou exaspérée ?

Son arrivée soudaine avait fait surgir en elle le souvenir de jours révolus. Les fêtes, les jolies robes, les gloussements derrière l'éventail, une promenade dans le jardin au clair de lune au bras d'un beau gentleman. Ces dernières années, elle ne s'était jamais permis de se sentir seule. Mais ce soir, elle se remémorait avec tendresse cette époque, ce temps où elle n'avait pas encore découvert que le chemin le plus sûr jusqu'à son rêve nécessitait qu'elle fasse le voyage seule.

Exaspérée. Définitivement exaspérée. Le passé appartenait au passé, si tentant soit-il.

Cependant, montrer son agacement n'allait pas l'aider à découvrir la vérité. Peut-être valait-il mieux qu'elle feigne de prendre sa ruse pour argent comptant afin de pouvoir garder un œil sur lui. Ravalant les paroles cassantes qu'elle s'apprêtait à prononcer, elle se contenta de sourire. Elle trouverait un moyen pour faire face à la situation comme elle l'avait fait si souvent.

— Robin Ratliff est, semble-t-il, encore capable de me surprendre, monsieur Sutherland.

Si le changement d'attitude soudain de Jane le déconcerta, il retrouva vite son aplomb.

— Les meilleurs romanciers sont pleins de surprises, madame Higginbotham. Lorsque les événements se déroulent exactement comme prévu, j'ai tendance à trouver cela ennuyeux, voire un peu suspect. Évidemment, certaines surprises sont plus agréables que d'autres.

Il inclina la tête de côté pour lui signifier qu'elle entrait dans la catégorie des surprises agréables.

— C'est gentil, monsieur Sutherland. Je détesterais qu'on me considère comme ennuyeuse.

Elle se dirigea vers son bureau, frôla presque Thomas, et arracha le canif fiché dans le bois avant de le poser sur le plateau d'argent gravé, à côté de la bouteille d'encre. Elle s'empara ensuite des deux lettres, plia celle du notaire et la rangea dans le tiroir central du bureau qu'elle referma à l'aide d'une minuscule clé qu'elle sortit de son corsage.

— Ou soupçonneuse.

Il la regarda faire d'un air passablement indifférent. Seul le couteau semblait l'intéresser un tant soit peu. Tout juste de quoi lui faire vaguement hausser un sourcil, cependant.

— Je suppose que c'est à ce genre de lettres que vous faisiez référence ?

Elle tendit le document sans même y poser les yeux. Elle ne laisserait plus à ces mots haineux l'occasion de s'immiscer en elle.

Il prit le courrier, la dévisagea un peu trop longuement avant de baisser les yeux sur le feuillet. Il le lut lentement. Elle l'observa, fascinée malgré elle par la façon dont la lumière du feu soulignait ses traits. La fatigue qu'elle avait notée plus tôt s'était transformée en une étrange agitation. Il aimait cela – non pas le contenu de la lettre, ni le malaise qu'elle avait causé chez elle, mais le mystère, le défi qu'elle représentait.

Quand il eut achevé sa lecture, il retourna la feuille pour examiner l'adresse et le cachet de cire.

— Ça a été envoyé à Londres.

— Oui, c'est l'éditeur de M. Ratliff qui l'a reçu, Persephone Press. Ils ont fait suivre.

— Vous ouvrez toujours les lettres adressées à M. Ratliff ?

Le court silence qui suivit menaça d'en révéler plus qu'elle ne le souhaitait.

— J'y suis autorisée quand il est en voyage, oui. Afin que rien d'urgent ou d'important ne puisse être négligé.

— Hmm... Comme le ferait une secrétaire. Il est souvent en voyage ?

Quoi qu'elle ait pu imaginer en matière d'éventuelles retrouvailles avec Sutherland, ce n'était certes pas sous la forme d'un interrogatoire aussi brusque et professionnel. Il était visiblement rompu à l'exercice.

— Oui, souvent.

— Et où va-t-il ?

— Cela dépend.

De la distance à laquelle j'ai besoin de le mettre.

Un sourire ironique apparut sur son visage et il secoua la tête.

— J'imagine que c'est pure malchance que je l'aie manqué. Quand pensez-vous qu'il rentrera ?

— Je... je ne saurais dire.

Il ne parut qu'à peine surpris par sa réponse. Il indiqua la lettre.

— C'est tout ce qu'il y avait ? Pas d'autres pages ?

— Non.

Le coin de sa bouche tressaillit. Elle ne savait pas que le scepticisme pouvait creuser la même fossette qu'un sourire.

— Madame Higginbotham, si je dois résoudre cette affaire, je vais avoir besoin de votre coopération. Et de votre honnêteté.

Elle acquiesça et lui adressa un sourire suave.

— Bien sûr. Rien de bon ne peut advenir si nous ne sommes pas honnêtes l'un avec l'autre.

Pendant un long moment, il se contenta de la regarder. Il paraissait sur le point de parler, mais s'en abstint. Elle devait avoir la même étincelle malicieuse dans le regard, le même air amusé au coin des lèvres que lui, c'était certain. Comme s'ils savaient tous deux que l'autre n'était pas totalement honnête, mais, plutôt que d'en ressentir du désarroi ou de la frustration, il s'en trouvait intrigué.

Qu'est-ce que ce plaisir du jeu du chat et de la souris disait d'eux ?

Il finit par rire, lui concédant ce round.

— Je peux la garder ? demanda-t-il alors que, déjà, il pliait la lettre pour la glisser dans sa poche.

— Oui, bien sûr.

Elle ne voulait plus voir cette chose. Elle aurait dû la jeter dans le feu d'emblée. Mais si elle l'avait fait, M. Sutherland aurait-il trouvé un autre prétexte pour rester à Dunnock ?

— En avez-vous d'autres en votre possession ?

Elle écarquilla les yeux, feignant d'être choquée.

— Non, bien sûr. S'il y en avait eu d'autres, je suppose que M. Ratliff vous les aurait confiées.

Sutherland rangea soigneusement la lettre dans sa poche de poitrine avant de la gratifier d'un sourire paresseux.

— Il m'a donné tout ce qu'il avait, madame.

Tout ce qu'il avait. En d'autres termes, rien. Il était vraiment très fort à ce petit jeu. Et s'en apercevoir n'aurait pas dû accélérer les battements de son cœur. Ou alors, uniquement comme un signe de peur ou de détresse – pas d'excitation.

Sa réaction était certainement due à ses années d'isolement, ici, en Écosse, qui avaient pu, parfois, s'avérer légèrement ennuyeuses.

Et M. Sutherland, dont l'arrivée l'avait tellement contrariée, était tout sauf ennuyeux. L'apercevoir de l'autre côté d'une rue boueuse, sept ans plus tôt, avait suffi à faire chavirer son cœur de naïve jeune fille. Le fringant uniforme, la lueur dans le regard, l'accent écossais… il émanait de lui un charme espiègle qu'elle avait essayé d'ignorer, comme si c'était juste un effet de son imagination parfois incontrôlable.

Les années n'avaient fait qu'accentuer sa virilité. Ses épaules étaient plus larges, sa mâchoire plus ciselée. Ses yeux noisette avaient toujours le même éclat. Désormais, cependant, elle y voyait autre chose. Comme si ces yeux avaient été témoins de choses terribles, et que cela rendait le moindre instant de joie ou de bonheur plus précieux. Il y avait à présent en lui une rugosité qui l'attirait, semblable à celle qui l'avait attirée en Écosse.

Elle l'invita à s'asseoir sur le sofa.

— Dites-moi, monsieur Sutherland, qu'avez-vous fait à l'armée ?

Il jeta un œil au coussin, où, au grand dam de Jane, des poils blancs s'étaient emmêlés dans le tissu. Athéna avait tendance à préférer le sofa à la place qui lui était réservée près de la cheminée.

Personne d'autre ne s'asseyait jamais à cet endroit, mais son état pouvait passer pour une forme de négligence, d'incapacité de Jane ou de ses domestiques à tenir la maison en ordre. Cela ressemblait, d'une certaine façon, à une marque de laisser-aller. De faiblesse.

Et c'était une partie d'elle-même qu'elle ne voulait plus montrer.

À sa grande surprise, il ne prit pas la peine d'essayer de retirer les poils de chien, entreprise qui, de toute façon, aurait été vouée à l'échec. C'était cohérent avec son attitude plutôt désinvolte.

Il esquissa cependant une grimace en s'asseyant. Les coussins étaient mous, trop mous pour être considérés comme confortables, si ce n'est par un petit chien ou un enfant. Et c'était précisément pour cette raison qu'elle lui avait offert ce siège-là.

Néanmoins, un vague regret la traversa. Vu sa carrure, il pourrait bien le casser.

Finalement, le sofa tint bon, mais ne manqua pas d'émettre un craquement de protestation et à s'affaisser bizarrement à l'endroit où M. Sutherland s'était assis. Ce dernier n'avait plus à présent l'avantage de la taille. Il croisa son regard, amusé et très conscient de ce qu'elle venait de faire.

— Chercheriez-vous à mettre votre adversaire en mauvaise posture, madame Higginbotham ? murmura-t-il. Je saurais m'en souvenir.

— Mon adversaire ? Que voulez-vous dire ?

Elle se raidit un peu dans le grand fauteuil en cuir où elle s'était installée, qui avait la fâcheuse particularité d'empêcher ses pieds de toucher le sol, la privant d'une partie de sa dignité.

Il passa sa main devant sa bouche pour dissimuler un rire, s'attarda un instant sur cette barbe naissante qui la fascinait, puis étendit le bras sur le dossier du sofa, prenant décidément ses aises. Elle se rappela trop tard la promesse qu'elle s'était faite de ne pas lui proposer de s'asseoir.

— J'étais aux Indes occidentales, madame. À faire à peu près ce que mes supérieurs me demandaient de faire, finit-il par répondre.

— À peu près ? répéta-t-elle, souriant malgré elle.

— Je ne voulais pas qu'ils aient trop d'attentes, répondit-il avec un clin d'œil. Par conséquent, je ne faisais rien du tout six jours sur sept.

Ce clin d'œil fit de drôles de choses à son estomac, mais elle le calma en prenant une profonde inspiration.

— Et que se passait-il le septième jour ? demanda-t-elle de ce ton guindé qui impressionnait presque toujours Agnès.

— Je ratissais un peu les plages.

Elle n'avait pas la moindre idée de ce que cela signifiait, si ce n'est que ça avait l'air inutile et sans intérêt, mais que ça ne l'était certainement pas. Tout le monde savait que les Français et les Britanniques bataillaient depuis longtemps pour obtenir la suprématie sur les Caraïbes, et que cela nécessitait de nombreux marins, soldats et navires.

Si elle ne savait pas ce que *ratisser les plages* signifiait, elle connaissait intimement le procédé qui consistait à essayer de persuader les gens qu'elle était ce qu'ils voyaient : une simple veuve avec une jolie écriture, employée pour mettre au propre les manuscrits d'un auteur célèbre. Mais alors, qu'était réellement M. Sutherland ? Il y avait quelque chose de fascinant à le voir tricoter une histoire devant elle. Et à essayer de la lui faire avaler.

— Je comprends pourquoi vous êtes si… bronzé.

Terriblement bronzé. Bien plus que ne devrait l'être un vrai gentleman. Elle s'empêcha de se demander si sa peau dorée par le soleil était aussi chaude qu'elle en avait l'air, ou si sa poitrine et ses épaules étaient aussi tannées que ses mains et son visage.

— J'avoue que lorsque j'ai dit que votre expérience au sein de l'armée avait dû vous donner les compétences nécessaires pour ce travail, je pensais à tout autre chose.

— Ah oui ? Et quelles compétences en particulier aviez-vous l'intention de mettre à l'épreuve ?

Cette fois, elle parvint à ne pas rougir.

— Ma foi, si vous êtes ici pour enquêter sur des menaces de mort, monsieur Sutherland, cela ne présuppose-t-il pas qu'il y a un assassin dans les parages ? Par conséquent, nous pourrions tous être en danger. On ne peut donc qu'espérer que vous êtes un tireur d'élite ou un bretteur expérimenté, ou...

Sa voix avait perdu de sa fermeté.

— Ne craignez rien, madame, je sais manier une arme.

Elle trouva son sourire espiègle étrangement rassurant, comme s'il pensait que cette affaire ne requérait d'autre tactique de défense qu'un bon sens de la repartie. Elle voulait paraître sceptique, voire dédaigneuse face à la perspective d'un éventuel danger. Pourtant, d'une certaine manière, évoquer la menace à voix haute l'avait rendue bien plus concrète que ne l'avait fait la médiocre calligraphie de l'auteur de la lettre. Et si... et si quelqu'un voulait vraiment tuer Robin Ratliff – autrement dit, *elle* ?

— Mais le but, continua-t-il plus sérieusement, c'est de n'avoir jamais besoin de surpasser votre adversaire en puissance de feu. Si son arme est tirée, le combat est déjà à demi perdu.

Cela se tenait, supposa-t-elle.

— Mon travail, c'est d'anticiper ses mouvements. D'être plus rapide et plus malin.

— Et c'est tout ce *ratissage de plage* qui vous a rendu rapide et malin ?

Son bras retomba du dossier, il s'avança au bord du sofa, plus près d'elle. Dans la lumière de l'âtre, ses yeux miroitaient comme du whisky dans un verre.

— Je suis toujours vivant, jeune fille, c'est tout ce que vous avez besoin de savoir.

Elle ouvrit la bouche pour répondre, mais aucun mot n'en sortit.

Ce n'était pourtant pas dans sa nature de laisser quelqu'un d'autre qu'elle avoir le dernier mot.

C'était cependant plus facile dans les livres. La parfaite réplique finissait toujours par lui venir, si bien que ses personnages n'étaient jamais à court d'arguments. Mais à cet instant précis, elle ne se sentait ni rapide ni maligne.

Elle était effrayée. Effrayée à l'idée de se voir contrainte de quitter Dunnock, par des moyens légaux ou pour des questions de sécurité.

— Je vais sonner Mme Murdoch afin qu'elle vous montre votre chambre, dit-elle en se levant.

M. Sutherland devait être fatigué. Il serait bien temps, demain matin, de chercher à comprendre ce qu'ils voulaient réellement l'un de l'autre. Elle avait besoin d'être seule pour réfléchir. Cette journée de janvier qui avait commencé de façon si banale avait pris un tour que même les lecteurs de Ratliff auraient jugé improbable.

Mais à peine avait-elle prononcé ces mots qu'elle vacilla et se retrouva de nouveau assise. La pièce semblait tourner. Voilà qui était ridicule. Elle ne s'était jamais évanouie et, bien qu'elle se soit déjà dit qu'il lui aurait été utile de connaître cette sensation pour nourrir son écriture, le moment ne pouvait être plus mal choisi.

Malgré tous les efforts fournis par sofa pour le garder prisonnier, M. Sutherland avait bondi à l'instant où elle s'était levée, se comportant davantage en gentleman qu'elle ne s'y attendait. Mais sans doute était-elle un peu injuste. Elle n'avait aucune raison de ne pas le considérer comme un gentleman. Cependant, voir cet homme penché sur elle n'était pas forcément bon pour son équilibre. Un homme qui avait voyagé pendant des jours et qui portait des vêtements humides n'avait pas le droit de répandre cette séduisante odeur fraîche et épicée.

Il attrapa sa main inerte et se mit à lui frictionner le poignet. Son pouce, légèrement calleux, glissa sous la dentelle qui bordait sa manche et caressa la peau délicate sous laquelle battait son pouls.

— Madame Higginbotham ? Tout va bien ?

Elle leva les yeux et vit l'inquiétude creuser les lignes fines au coin de ses yeux. Son sourire en coin était tout aussi soucieux.

— Peut-être devrais-je vous aider à regagner votre chambre ?

Il se baissa comme s'il s'apprêtait à la soulever dans ses bras.

Dieu sait comment, elle trouva la force de se libérer de la main caressante de Sutherland et de se redresser.

— Je vais bien, je me suis levée trop rapidement, c'est tout, répondit-elle, tâchant de se débarrasser de la sensation cotonneuse dans sa tête.

Il fit obligeamment un pas en arrière.

— Je vais sonner Mme Murdoch. D'accord ?

Il traversa la pièce pour tirer sur le cordon de la sonnette.

— Attendez !

La dernière chose dont elle avait besoin, c'était d'une Agnès venant la dorloter. Elle parvint à se relever, s'accrochant au dossier de la chaise pour s'assurer de tenir debout. Son effort lui valut un froncement de sourcils.

— Les chiennes sont avec Agnès – enfin, Mme Murdoch. La cloche risque de les exciter de nouveau. Et les autres domestiques sont probablement déjà au lit.

— Alors pour moi, cette nuit, ce sera ce misérable sofa ?

— Ce sera toujours mieux que les coussins près de la cheminée, rétorqua-t-elle en montrant le couchage des chiennes.

Cette petite pique lui avait fait reprendre un peu de poil de la bête.

Elle vit que Thomas regardait la porte qui menait à sa chambre, comme s'il savait ce qui se trouvait derrière. Elle ne devrait sans doute pas s'étonner que les compétences de Thomas incluent une connaissance parfaite des plans du château, ou, plus probablement, une étrange capacité à repérer les chambres à coucher des femmes.

Quand il posa de nouveau ses yeux sur elle, la tension entre eux n'avait pas diminué – aussi puissante et reconnaissable que celle qui les avait harponnés sept ans plus tôt, à la fête de Tenchley. Son pouls s'emballa davantage. La chaleur du regard de Sutherland provoquait de drôles de choses en elle. Elle enfonça les doigts plus profondément dans le cuir souple du fauteuil.

Elle n'avait aucun mal à se le représenter en vigoureux Highlander, portant le kilt, sa claymore brandie tandis qu'il montait la garde au pied de son lit… ou plus près encore…

— Je suppose qu'un garde du corps pourrait m'être utile au cas où le démon qui a écrit cette lettre déciderait de se montrer, murmura-t-elle.

Il parut soupeser ses paroles – celles qu'elle avait prononcées et celles qu'elle avait tues.

— Exact, jeune fille. Ça pourrait l'être.

Sa voix était grave, plus chaude encore que son regard, même si, à cette distance, son expression était difficile à déchiffrer.

— Donc, il est temps de réveiller les chiens.

Il tira sur le cordon de la sonnette avant de s'incliner avec une surprenante raideur, rappel qu'il demeurait un soldat malgré ses propos absurdes sur le ratissage des plages.

— Je vais retrouver Mme Murdoch en bas. Bonne nuit, madame Higginbotham.

Sur ce, il tourna les talons, aussi sûr de sa destination que si le château lui appartenait.

Un grand soulagement l'envahit. Il lui avait épargné les possibles conséquences de sa conduite ridicule. Franchement, elle avait failli *s'évanouir* ! Elle n'était pas une de ces frêles héroïnes en mal de protection qui peuplaient les romans de Robin Ratliff. Et M. Sutherland n'était pas son héros.

Il n'était probablement pas non plus le méchant de l'histoire, même s'il n'avait pas été honnête quant à la raison de sa venue à Dunnock, son sanctuaire. Si elle voulait retrouver un peu de paix et d'intimité, elle allait devoir établir des règles et poser des limites très strictes. Rester vigilante, ne pas baisser la garde, comme elle l'avait fait ce soir, prise de court.

« C'est tout ce que vous avez besoin de savoir », avait-il dit.

— Oh que non !

Elle avait parlé toute seule à voix haute dans la pièce vide, une repartie pas vraiment digne du célèbre esprit de Robin Ratliff. Mais elle s'en contenterait.

Elle soupira avant de se laisser choir dans le fauteuil. Ses bras et ses jambes étaient aussi faibles que si elle venait d'affronter des sables mouvants, de lutter alors même qu'elle était inexorablement avalée par le marécage de son passé.

Mais elle avait la ferme intention de découvrir si M. Sutherland était venu pour lui lancer une bouée de sauvetage ou pour la noyer.

5

Dans la pure tradition médiévale, l'escalier circulaire de la tour sud avait été conçu et construit pour retarder, si ce n'est prévenir, une invasion. La spirale serrée s'enroulait sur la gauche pour empêcher un soldat droitier de grimper avec l'épée brandie. Les marches étaient si étroites qu'on ne pouvait monter qu'en file indienne. Et il était impossible pour une personne qui se trouvait en bas de savoir quelles défenses l'attendaient en haut.

Aussi, quand Thomas tomba sur Mme Murdoch une douzaine de marches avant le bas de l'escalier, celle-ci n'avait pas conscience qu'il était en train de descendre, et Athéna et Aphrodite, qui trottinaient sur ses talons, se déchaînèrent. La cage d'escalier s'emplit d'une véritable cacophonie d'aboiements perçants et d'exclamations de Mme Murdoch. L'espace d'un instant, ils se retrouvèrent dans une impasse. La gouvernante trop interloquée pour bouger et Thomas dans l'impossibilité de la contourner.

Si la cage d'escalier avait été plus large que ses épaules, ou si la marche sur laquelle il se tenait avait été plus profonde que la moitié de ses semelles, il aurait fait demi-tour et serait remonté. Il avait dû faire appel à toute sa volonté pour dire bonne nuit à Jane et quitter la pièce. Ce soir, une nouvelle image d'elle s'était immiscée dans sa mémoire : pâle, tremblante, presque dépassée par les événements. Il s'en était fallu de peu qu'il ne la prenne dans ses bras et ne lui promette de la garder en sécurité pour toujours. Mais elle ne lui faisait pas plus confiance que ses chiennes.

À raison.

Sept ans plus tôt, il avait quitté le Sussex sans avoir l'occasion de s'expliquer. Pas étonnant qu'elle l'ait accueilli aussi froidement. Il était reparu dans sa vie aussi brusquement qu'il l'avait quittée, et n'avait même pas été capable de lui dire la vérité sur ce qu'il avait fait durant toutes ces années, ou la raison de sa présence ici ce soir.

Lui mentir s'était révélé plus difficile que prévu. Difficile mais nécessaire. Il ne savait rien des problèmes ou des menaces qui pesaient sur le château. Il ne la connaissait même plus vraiment. En tout cas, il ne connaissait pas la femme qu'elle était devenue. Lui dire à elle, ou à n'importe qui du reste, qu'il avait passé la majeure partie de la dernière décennie à servir comme espion et qu'il avait à présent hérité d'un titre de comte dont il ne voulait pas signifiait refermer à jamais un chapitre de sa vie.

Et il avait été tout près de le faire.

— Chut, mesdemoiselles, chut !

Agnès essayait désespérément de contenir les chiennes sans perdre l'équilibre. Quand Thomas finit par se plaquer contre le mur, les animaux se faufilèrent, passant devant lui, méfiants.

— Oh, monsieur, je suis mortellement désolée ! C'est la cloche qui les a fait partir comme ça, mais elles sont toujours nerveuses dès qu'il y a un homme dans le coin.

— Mme Higginbotham sera contente de les voir, je crois.

Elle serait en tout cas plus rassurée par leur présence que par la sienne.

— Elle m'a dit que vous aviez eu la gentillesse de préparer une chambre pour moi, madame Murdoch.

— Pour sûr, monsieur…

— Sutherland.

Son visage ridé s'épanouit dans un large sourire.

— Ah, il me semblait bien que j'avais entendu un poil d'accent écossais dans votre voix.

— Un poil, oui, reconnut-il un peu à contrecœur.

Il tendit la main pour aider la gouvernante à procéder au dangereux demi-tour lui permettant de redescendre l'escalier.

— Mais je suis parti depuis plus de dix ans.

Elle eut un geste de la main, comme pour éloigner la décennie passée hors d'Écosse, alors que Thomas aurait préféré qu'elle presse ladite main contre le mur pour garder l'équilibre.

— Ma foi, vous êtes à la maison maintenant.

À la maison ? Vraiment ? Comment un endroit pouvait-il être à la fois aussi familier et aussi étrange ?

Il aurait pu dire la même chose de Jane.

Une fois en bas de l'escalier, Mme Murdoch fonça dans le couloir qu'il avait emprunté plus tôt avec Jane.

— Mme Higginbotham est à Dunnock depuis combien de temps ?

Elle répondit immédiatement.

— Depuis aussi longtemps que M. Ratliff.

Était-elle volontairement évasive ? Ses enjambées étant deux fois plus grandes que celles de Mme Murdoch, il la rattrapa rapidement.

— Et combien de temps cela fait-il ?

— Oh, quelques années !

Presque six. Il le savait grâce aux documents que le général Scott lui avait donnés à étudier. Mais, évidemment, il ne savait rien de ce qui s'était produit au cours de l'année qui séparait leur rencontre dans le Sussex de son arrivée en Écosse. La période au cours de laquelle elle s'était mariée, était devenue veuve, avait pris un emploi et accepté d'aller vivre dans ce que les Anglais mal dégrossis considéraient comme le bout du monde.

Mme Murdoch le conduisit à travers le grand hall et il commença à se demander si elle ne s'apprêtait pas à lui montrer la porte plutôt que sa chambre.

— Dougan a mis vos affaires dans le corps de garde, expliqua-t-elle. Vous aurez un peu d'intimité comme ça.

Un peu d'intimité pour Jane aussi. Une fois le portail refermé, il se trouverait dans l'endroit du château le plus éloigné d'elle. Peut-être avait-il sous-estimé l'instinct protecteur des domestiques.

Il déplora aussitôt d'avoir laissé son manteau et ses gants dans le bureau. Étonnamment, l'air humide et glacial lui fit regretter la transpiration, le sable, et le bourdonnement des moustiques. Une fois de plus, il maudit le général Scott de l'avoir contraint à venir à Dunnock. À en juger par l'accueil froid de Jane, même leurs retrouvailles inattendues ne suffiraient pas à sauver ce voyage.

Mme Murdoch offrit son visage au vent, qui la gratifia en retour de joues rouges et d'un regard pétillant.

— Il n'y a rien de mieux que l'air vif d'Écosse pour rappeler à un homme qu'il est un Highlander, déclara-t-elle.

Le corps de garde consistait en une enfilade de pièces bâtie dans l'enceinte extérieure du château, où, à une époque désormais révolue, les gardes vivaient, dormaient et surveillaient les alentours à travers les meurtrières. Il se demanda vaguement s'il devait s'attendre à partager ces humbles et sombres quartiers avec Dougan. Mais quand Mme Murdoch ouvrit la porte grinçante – « elle a toujours été un peu dure » –, il découvrit que les pièces avaient été détournées de leur utilisation originelle. L'appartement était spacieux et moderne, confortablement meublé. Ils traversèrent un bureau et débouchèrent dans un salon, d'où il aperçut une chambre à coucher.

— L'intendant de lord Magnus, M. Barrie, a vécu ici pendant de nombreuses années, expliqua Mme Murdoch. Il a – le comte, je veux dire – fermé tout le reste du château et renvoyé presque tous les domestiques. Il avait pas trop envie de s'embêter avec ça, je crois. Et puis après M. Barrie est tombé malade et puis il est mort, et M. Ratliff est arrivé.

Thomas modifia son expression, affichant un certain détachement.

— Mais M. Ratliff n'est pas…

Il s'interrompit. Qui pouvait savoir quel genre d'individu était M. Ratliff ?

— Qui s'occupe des terres ? demanda-t-il finalement.

Elle haussa les épaules.

— Quelqu'un à Glasgow. Ou peut-être à Londres.

« Édimbourg », faillit-il rectifier. Mais toutes ces villes étaient à l'évidence hors de portée de l'imagination de la gouvernante.

— Mme Higginbotham reçoit des lettres de lui de temps en temps.

Encore des lettres, et sans doute parmi elles, certaines fort déplaisantes, concernant des affaires sur lesquelles elle n'avait aucune prise. Nul doute qu'elle devait redouter l'arrivée du courrier.

— Je me suis dit que, peut-être, vous êtes venu la voir pour, euh… des choses.

Mme Murdoch croisa les mains et lui lança un regard éloquent.

Est-ce que j'ai l'air d'un intendant ?

Il n'osa poser la question de peur que la réponse ne soit positive. Avec sa peau tannée et ses bottes éraflées, peut-être n'avait-il plus du tout l'air d'un gentleman.

— Je suis venu enquêter sur une lettre de menaces envoyée à M. Ratliff.

C'était à peine un mensonge à présent. Il avait bien l'intention de découvrir qui avait écrit cette fichue missive, même si ce qui le préoccupait réellement, c'était que Jane soit en danger. Pas la peine, en tout cas, de se donner un rôle plus important. Tout en menant l'enquête, il pourrait parfaitement s'enquérir de l'état des affaires de Dunnock. Cela satisferait sans doute aux exigences du général Scott.

La gouvernante écarquilla les yeux à la mention d'une menace.

— Dites-moi, quel genre de locataire M. Ratliff a-t-il été jusqu'à présent ? demanda-t-il.

Surprise, elle tressaillit et ramena les mains plus près de son corps, comme si elle voulait protéger quelque chose – un secret ? Ou était-elle simplement une servante loyale peu encline à parler des affaires de son maître ?

— Je saurais pas vous dire, monsieur.

— Pourquoi ?

— Parce que je l'ai jamais rencontré.

— Jamais ?

Elle confirma d'un drôle de hochement de tête.

— Il reste dans son coin, pour sûr. Passe presque tout son temps à l'étranger.

Elle trouvait visiblement ce comportement bizarre.

Des recherches, avait dit Jane.

— Oui, Mme Higginbotham m'a dit qu'il était à Édimbourg en ce moment.

— Ah oui ?

Cela ne semblait ni la surprendre ni l'intéresser.

— Sûr qu'il est plus souvent ailleurs qu'ici.

Drôle de comportement, voilà qui était certain. Mais le général Scott lui avait laissé entendre qu'il lui fallait s'attendre à ce genre de chose. Qui, si ce n'est un grand excentrique, paierait une telle somme pour habiter à Dunnock ?

Ou pour ne *pas* y habiter, comme cela semblait être le cas.

— Merci, madame Murdoch, vous avez été très obligeante.

D'un signe de la main, il la congédia. La gouvernante, après une révérence étonnamment vive, ouvrit la porte récalcitrante et sortit dans la cour.

Une bourrasque de vent froid chargée de flocons de neige tourbillonna dans la pièce.

Aussitôt la porte refermée, Thomas prit ses marques – une vieille habitude de soldat, se familiariser avec l'environnement pour éviter d'être pris par surprise. Le bureau était petit et carré, avec un sol en pierre et des murs blanchis à la chaux. Le mobilier, simple et fonctionnel, était largement suffisant pour remplir des livres de comptes et recevoir des métayers ; une table, deux chaises en bois et un bureau.

Depuis combien de temps les affaires du domaine n'avaient-elles pas été conduites dans cet endroit ?

Il balaya la question et alla verrouiller la porte. Il avait rencontré M. Watson, le notaire du comte – *son* notaire –, à Édimbourg, et l'homme ne l'avait pas franchement impressionné. Mais il n'avait aucune raison de penser que les affaires de Dunnock ne pouvaient être conduites à distance s'il trouvait la personne adéquate pour s'en charger.

La possibilité de résoudre son dilemme en embauchant « M. Higginbotham » s'était envolée, cependant. Combien de temps lui faudrait-il pour trouver un intendant digne de ce nom ? Quelles décisions allait-il devoir prendre lui-même d'ici là ?

Bon sang de bois !

Comme pour fuir ces interrogations, il se rendit dans le salon où le feu brûlant dans l'âtre rendait la pièce plus chaleureuse et plus lumineuse. Les murs avaient dû être lambrissés au siècle précédent et la plupart des meubles dataient également d'une époque relativement lointaine, même s'ils étaient plus élégants que ceux du bureau, avec un tapis de laine sur le sol et quelques gravures sans valeur aux murs.

Le sofa semblait à peu près aussi confortable que celui sur lequel il s'était assis une heure plus tôt. Le plateau à thé sur la table près de la cheminée était bien fourni et rendait la pièce accueillante. Le feu était allumé depuis trop peu de temps pour avoir réussi à chasser l'humidité et l'odeur de renfermé. À part cela, le lieu était parfait pour recevoir des invités.

Mais, bien sûr, Ratliff ne recevait jamais...

Chandelier dans une main et un morceau de gâteau dans l'autre – il n'avait rien avalé depuis qu'il avait quitté Perth, des heures plus tôt –, Thomas gagna la chambre à coucher. Comme dans le salon, les murs étaient lambrissés et le mobilier démodé mais confortable. Quelqu'un, sans doute Mme Murdoch, avait ouvert le lit pour aérer les draps, et Dougan avait déposé sa malle et son sac contre un des murs. Bien qu'éloignée de la porte d'entrée, cette pièce était la plus froide de la maison, il ne s'y attarda pas. Il attendrait le matin pour défaire ses bagages.

De retour dans le salon, il se précipita sur le plateau qui contenait un souper assez copieux et une carafe de whisky à moitié pleine, qu'il découvrit avec plaisir. Il appréciait décidément de plus en plus Mme Murdoch.

Rassasié et réchauffé, il s'adossa à son fauteuil et desserra sa cravate. Sous les craquements et les sifflements du feu, le silence de la pièce était oppressant. Pas d'océan grondant ni de criaillements d'oiseaux. Pas le moindre rappel de la vie qu'il avait menée pendant si longtemps.

Il passa le doigt dans son col. Les vêtements et les bonnes manières l'exaspéraient à présent. Ils lui avaient pourtant été naturels, autrefois. Mais ils n'étaient aucunement adaptés au rôle qu'on lui avait fait jouer aux Indes occidentales. Il les avait abandonnés pour se vêtir de haillons et arborer des cheveux en bataille, bannissant tout ce qui aurait pu indiquer qu'il était un agent britannique surveillant les côtes en prévision d'un éventuel débarquement français. À la Dominique, c'était lui, l'excentrique, l'Écossais fou errant sur les plages et connu pour ses excès de boisson.

Maintenant, il lui fallait déterminer le rôle qu'il allait jouer ici. Son regard tomba sur la carafe de whisky. Il se pencha pour verser une mesure de liquide ambré dans un verre.

Le whisky lui brûla un peu la gorge. Pas assez, mais ce n'était qu'un début. Il leva la carafe comme s'il voulait trinquer avec personne en particulier et se resservit. Le loch était sûrement gelé à présent et n'avait rien à voir avec une plage où il aurait pu errer, mais il ne voyait aucune raison de ne pas redevenir l'Écossais qui buvait trop.

Après avoir longuement contemplé le feu à travers le contenu de son verre, il reposa ce dernier sur le plateau sans y avoir touché et plongea la main dans sa poche pour en extraire la lettre anonyme. Il n'y avait pas grand-chose à tirer de la lettre en elle-même. Le papier était ordinaire, l'écriture clairement déguisée. N'y en avait-il vraiment pas eu d'autres ? Et si c'était en effet l'unique lettre, n'avait-il pas surestimé la menace ? Lorsqu'il avait affirmé être venu enquêter sur l'affaire, Jane avait paru plus que sceptique, comme s'il n'était pas juste improbable que Ratliff l'ait engagé, mais impossible. Comme si elle savait qu'il mentait.

Il caressa distraitement du pouce le trou laissé par le canif. La lettre ne l'avait pas effrayée. Elle l'avait mise en colère. Pour Ratliff ? Peut-être. Mais il y avait autre chose, un détail qui semblait lui échapper. Il avait presque envie de dénicher un exemplaire de *La Fiancée du nécromancien* pour comprendre d'où venait tout ce foin.

Il replia la lettre et la rangea dans sa poche avant de se lever. Une bonne nuit de sommeil lui remettrait les idées en place. Demain, il irait trouver la personne qui distribue le courrier au village et verrait quelles informations il pourrait glaner.

Qui, parmi ses vieux amis, allait-il retrouver ? Certains le reconnaîtraient certainement. Ils ne l'identifieraient évidemment pas en tant que Magnus, mais comme ce garçon dissipé venu des Lowlands qui débarquait en même temps que le soleil d'été pour distraire sa grand-mère. Il passa le dos de sa main sur sa mâchoire râpeuse. Il aurait peut-être dû songer à se déguiser. Il aurait dû se laisser pousser la barbe pendant le voyage. Ou au moins la moustache…

Plutôt que de se diriger vers la chambre, il alla à la porte et la déverrouilla. Il avait besoin de jeter un dernier regard au paysage. Des années sur une île, des semaines en mer… Se trouver à présent dans une pièce fermée sans fenêtre le désorientait. Il tira fort sur la porte et se demanda, tandis qu'elle raclait le sol, comment Mme Murdoch avait réussi à l'ouvrir.

Le vent gémissait mais le robuste panneau de chêne l'avait étouffé presque autant que les murs de pierre. La cour était vide et aucune lumière ne brillait nulle part. Dunnock se dressait au-dessus de lui, une ombre plus noire encore contre le ciel sans étoiles.

Les portes du château, que Mme Murdoch avait fermées derrière elle, étaient l'unique entrée dans l'enceinte de la bâtisse, pensée par les bâtisseurs comme une deuxième ligne de défense contre les envahisseurs qui auraient réussi à ouvrir une brèche dans le mur d'enceinte extérieur et passer outre les gardes. S'il n'était pas totalement familiarisé avec les plans du château, il savait que les quartiers de vie se trouvaient du côté opposé, où les hauts murs et le lac, juste en dessous, offraient une ultime protection. En l'installant ici, Mme Murdoch avait réussi l'impossible : offrir l'hospitalité à un étranger tout en le gardant à distance de ce qui avait de la valeur.

Mais le seul trésor qui l'intéressait à Dunnock, c'était Jane.

Que se serait-il passé s'il avait accepté de passer la nuit sur cet horrible sofa ou sur les coussins près du feu ? Il aurait sans doute mal dormi, mais l'inconfort aurait été un bien faible prix à payer pour avoir l'occasion d'être auprès d'elle. Mais bien sûr, elle cherchait simplement à le provoquer. Elle aussi se méfiait de cette étincelle qui avait resurgi entre eux, et c'était certes une preuve de bon sens.

Alors qu'il se tenait dans le noir à scruter les ténèbres, l'idée le traversa que peut-être, au réveil, il découvrirait que sa rencontre avec Jane n'avait été qu'un délire provoqué par la fièvre.

Auquel cas, le reste était peut-être simplement un cauchemar.

Une lame d'air glacé le pénétra de part en part et le fit frissonner. Il secoua la tête comme s'il se moquait de sa propre bêtise, puis ferma la porte et la verrouilla. Pour l'heure du moins, elle était en sécurité là-haut dans sa tour. Et comme Ratliff avait laissé ses chiennes avec elle, celles-ci étaient prêtes à sonner l'alarme en cas de besoin.

Ce ne fut qu'une fois glissé entre les draps froids que le commentaire de Mme Murdoch à leur sujet lui revint à l'esprit.

« Elles sont toujours nerveuses dès qu'il y a un homme dans le coin. »

Sans doute voulait-elle dire que les chiennes n'aimaient pas les *autres* hommes. C'était un peu bizarre, cependant. Un peu comme Ratliff lui-même. La vie de reclus, les très longues absences – tout cela donnait une image étrange et floue d'un homme que seule Jane semblait bien connaître.

Thomas s'était trompé en disant qu'elle n'avait pas changé. La jeune fille qu'il avait connue était ouverte et confiante, trop, peut-être. La femme qu'il avait retrouvée était sur ses gardes, méfiante, réservée. Que lui était-il arrivé ?

Il scruta le plafond, à attendre que le lit se réchauffe suffisamment pour pouvoir s'endormir. Il n'avait pas dit la vérité à Jane sur sa réelle identité ou sur la raison de sa venue.

Mais il commençait à soupçonner qu'il n'était pas le seul à avoir un secret.

6

Allongée sur le dos, Jane fixait le baldaquin au-dessus d'elle, Athéna et Aphrodite lovées contre elle. Le lit avait été le seul petit plaisir qu'elle s'était accordé, avec ses draps de soie et un nombre extravagant d'oreillers. Des rideaux de velours lie-de-vin tombaient en plis souples depuis le ciel de lit doré. Toutes les femmes devraient avoir droit à un lit de ce genre, pour elles seules – ou avec leurs chiens, bien sûr. C'était un havre de paix où elle pouvait se retirer lorsque les mots ne lui venaient pas ou quand des critiques condescendants exprimaient du mépris pour son travail.

Ce soir pourtant, malgré le confort du lit et l'heure tardive, le sommeil tardait à venir. Elle était agitée et c'était comme une démangeaison qui exigeait d'être grattée au moment le plus inopportun. Elle était aussi troublée qu'elle l'avait été plus tôt dans la soirée, peut-être plus, bien qu'elle se répétât à l'envi que rien n'avait vraiment changé.

Elle était parfaitement en sécurité – l'auteur de la lettre, ne sachant à l'évidence pas où elle habitait, l'avait envoyée à Londres, et non à Dunnock.

Elle avait toujours le bail de Dunnock et n'avait reçu aucune lettre officielle annonçant qu'il ne serait pas renouvelé.

Son travail sur *La Prisonnière du brigand* avançait bien.

La seule différence entre la nuit précédente et celle-ci, c'était l'arrivée de M. Sutherland, ce qui n'avait aucune signification particulière puisque…

Elle poussa un profond soupir. Athéna n'apprécia pas de sentir son oreiller humain bouger, aussi posa-t-elle une patte sur le bras de Jane pour la maintenir à sa place.

Cela faisait plus d'une heure que Jane se répétait qu'elle n'avait aucune raison d'être nerveuse ou inquiète. Que M. Sutherland soit de nulle part le jour même où elle avait reçu ces horribles lettres n'avait aucune importance. Pas d'importance non plus que les explications qu'il avait données soient moins crédibles qu'un âne à un concours hippique. Aucune importance non plus qu'il ait décidé de rester et de fouiner dans des affaires qui ne le regardaient pas… Ou peut-être que si ?

Aucune importance qu'elle se soit un jour rêvée amoureuse de lui.

Elle laissa échapper un nouveau soupir. Elle avait beau essayer, elle n'arrivait pas à dissiper ce malaise qui l'envahissait. Il n'était peut-être pas dangereux, mais il risquait de lui attirer des ennuis.

Des années plus tôt, elle avait décidé de refermer la porte sur une vie et d'ouvrir celle d'une autre. Les choses vécues, les gens, les lieux, elle avait tout rangé dans une boîte au plus profond de sa mémoire. À présent, cependant, la boîte dans laquelle elle avait enfermé son passé commençait à s'agiter de manière menaçante. Ce qui s'y trouvait était encore vivant et demandait à sortir.

Et tout cela était la faute de Thomas Sutherland.

Elle n'avait pas pensé à lui, ou si peu, ces sept dernières années. Et découvrir que l'attirance qu'elle éprouvait pour lui à dix-sept ans n'avait pas disparu avait été un choc. Ce n'était certes pas totalement surprenant pour une jeune femme d'être attirée par un grand gentleman séduisant, d'apprécier son regard rieur et son sourire spontané, de se demander ce qu'elle éprouverait en glissant les doigts dans son épaisse chevelure ondulée.

Mais ç'avait toujours été plus que cela.

Aujourd'hui, comme à l'époque, il respirait la confiance en lui. Une confiance dénuée d'arrogance, ce qui, d'expérience, était rare, surtout chez les hommes. Cela venait de la façon dont il se tenait, dont il n'hésitait pas à rire de lui-même – elle n'avait jamais rien vu de tel, ni avant de l'avoir connu, ni depuis. Pour être tout à fait honnête, il fallait avouer qu'elle l'enviait.

Elle était fière de son propre succès et avait confiance en ses capacités créatrices. Néanmoins, une pointe d'anxiété demeurait. C'était un sentiment proche de la peur, même s'il lui était difficile de mettre le doigt sur ce qui l'effrayait. Préserver le monde qu'elle s'était créé demandait de la maîtrise, de la retenue et le sens du secret, oui. Contrairement à d'autres, elle ne pouvait se permettre de se laisser aller.

Cependant, le charme naturel de M. Sutherland combiné à la façon dont il l'avait regardée ce soir – la même que des années plus tôt – expliquait aisément qu'elle soit encore réveillée, à penser à lui, même si elle n'aurait pas dû.

C'était au magasin Ford qu'elle avait vu M. Sutherland pour la première fois. Son frère, Jonathan, s'y était arrêté pour acheter probablement un sucre d'orge en allant au presbytère où il se rendait trois fois par semaine pour apprendre le grec. Bien que Jonathan n'ait pas encore l'âge auquel on sèche les cours pour aller pêcher, il avait à coup sûr passé celui d'avoir besoin de sa sœur aînée pour l'accompagner au presbytère. Mais Jane s'était accrochée à cette coutume, ce qui lui offrait chaque semaine trois occasions en or de sortir de la maison.

Quand la clochette au-dessus de la porte de la boutique avait sonné, annonçant l'arrivée d'un nouveau client, elle s'était retournée et avait pu mieux voir l'homme qu'elle avait déjà remarqué de l'autre côté de la rue. À sa tenue, elle devinait qu'il faisait partie de la petite bande d'officiers arrivés récemment à Tenchley. La rumeur disait au village qu'ils stationnaient temporairement sur la côte en attendant leurs ordres de mission.

Will Ford l'avait salué depuis son comptoir, et le nouvel arrivant, M. Sutherland, avait répondu avec un agréable accent écossais qui avait étrangement émoustillé Jane. Il avait parlé à Will, bien sûr.

Mais c'était elle qu'il regardait.

Jamais, de sa vie, elle n'avait fait l'objet d'un regard aussi approbateur. Quand sa mère examinait son unique fille, elle pinçait les lèvres et secouait la tête. Son père fronçait souvent les sourcils. Elle savait que même Julia Holloway, sa meilleure amie, la trouvait quelconque.

Rien ne l'avait jamais incitée à être plus indulgente avec elle-même que les autres ne l'étaient. Quand elle se regardait dans la glace, elle voyait exactement la même chose que tout le monde, ou ce qu'elle imaginait que tout le monde voyait : une fille bien en chair, aux épais cheveux bruns qui refusaient de boucler. Ses yeux bleus, bien que d'une assez jolie couleur, n'étaient pas suffisamment frappants pour compenser le reste.

Mais à en juger par l'expression de M. Sutherland, l'étincelle dans ses yeux, l'esquisse d'un sourire, il avait décelé quelque chose que les autres n'avaient pas remarqué.

Mortifiée par l'attention qu'il lui portait, flairant une mauvaise blague, elle s'était retournée promptement et s'était concentrée sur les rubans aux couleurs tapageuses. Les jeunes gens en uniforme s'attendaient généralement qu'on leur prête attention, et c'était généralement le cas. Elle refusa de répondre à cette attente.

Si elle n'avait pas imaginé à cet instant que leur première rencontre ne serait pas la dernière, peut-être se serait-elle conduite moins grossièrement.

Trois jours plus tard, elle prenait le thé chez les Holloway, où elle était autorisée à se rendre sans être accompagnée, en partie parce que leur maison était visible depuis celle de son père, mais surtout parce que sir Richard était le maire de Tenchley et qu'il était aussi protecteur avec elle que s'il s'agissait de sa propre fille.

Et pour cette raison, elle ne s'était pas du tout attendue à trouver trois officiers parmi les invités. Sir Richard avait fait les présentations.

— Mademoiselle Quayle, permettez-moi de vous présenter le lieutenant Sutherland.

Elle l'avait gratifié d'une révérence d'autant plus maladroite qu'elle avait été incapable d'ignorer la lueur de reconnaissance dans son regard.

Il avait répondu en s'inclinant avec élégance.

— C'est un plaisir de vous rencontrer, mademoiselle Quayle.

L'après-midi s'était étiré pour devenir soirée, le thé se muant en dîner et en jeu de cartes. Il ne l'avait pratiquement pas quittée. Finalement, elle avait décidé que, puisqu'il semblait vouloir se montrer galant, elle pouvait faire un effort pour être agréable. Il avait écouté ses histoires sur le village et ses habitants avec attention. Elle ne cherchait pas particulièrement à être drôle, et pourtant, cela l'avait fait rire, et elle aussi par conséquent. Il avait déclaré qu'elle avait un don pour raconter des histoires. À plusieurs reprises, elle avait croisé le regard encourageant de Julia.

Quand sir Richard l'avait raccompagnée chez elle, et que son père s'était offusqué de l'heure tardive, elle s'était dit de nouveau qu'elle venait de voir Sutherland pour la dernière fois. Mais deux jours plus tard, alors qu'elle avait conduit Jonathan au presbytère et qu'elle attendait devant, assise sur un banc, M. Sutherland avait surgi de nulle part et s'était assis près d'elle.

Un jour sur deux, pendant plusieurs semaines, ils avaient passé ensemble les heures de classe de Jonathan. Sous le doux soleil de septembre, ils s'étaient promenés, bras dessus, bras dessous, sur l'herbe mal entretenue du cimetière de l'église – le lieu idéal pour faire la cour à une romancière gothique en devenir, bien qu'elle n'ait pas osé parler à M. Sutherland de ce qu'elle écrivait. Elle s'était d'ailleurs efforcée de ne pas considérer ses attentions comme une cour à proprement parler. Il lui avait raconté l'Écosse, la vie militaire, et elle avait été bizarrement fascinée par les deux – fascinée également par lui et l'inexplicable intérêt qu'il lui portait. Et à la fin de ces semaines idylliques, où la fascination s'était imperceptiblement approfondie, devenant tout autre chose, elle avait volontiers promis à Sutherland de lui accorder une danse à la fête du village.

Jusqu'au jour de la fête, elle avait eu peur de ne pouvoir tenir sa promesse. Il avait plu toute la journée. Sa mère se remettait à peine d'un rhume et refusait de s'aventurer dehors. Son père s'était attardé pour ses affaires dans une ville voisine et n'était pas attendu avant la tombée de la nuit.

Une fois de plus, sir Richard Holloway lui avait sauvé la mise. Plaidant sa cause au nom de sa fille Julia, il avait arraché la permission à la mère de Jane de la laisser les accompagner. Elle avait fait grand cas de son apparence, autant qu'elle le pouvait sans éveiller les soupçons de sa mère ou de son frère. Elle avait prié pour que la pluie s'arrête et avait été stupéfaite quand sa prière avait été exaucée. Elle était arrivée à la fête au bras gauche de sir Richard – Julia était accrochée au bras droit – et avait scruté la pièce d'un œil avide.

Mais elle n'avait pas aperçu le moindre manteau rouge, et son imbécile de cœur de jeune fille avait failli se briser.

M. Sutherland et les autres officiers étaient arrivés très tard. Il l'avait trouvée dans le coin des filles qui faisaient tapisserie, au moment où la compagnie était sur le point de se disperser pour aller dîner. Bien que les danses soient terminées, elle avait posé sa main dans celle de Sutherland, pensant qu'il allait la conduire dans la salle du souper, raide de déception. Au lieu de cela, il l'avait emmenée dehors, dans le jardin qu'une gelée précoce avait flétri.

Ils avaient marché en silence jusqu'à ce qu'il trouve non pas le *courage* – même ce jour-là, elle n'avait pas pensé qu'il manquait de courage –, mais la détermination pour lui annoncer que son retard était dû à l'ordre de mission que certains officiers venaient de recevoir. Et que le sien ne tarderait probablement pas à arriver.

Elle avait beau s'y attendre, la nouvelle l'avait affectée. Les heures qu'ils avaient passées ensemble, même s'il s'agissait d'heures volées, avaient donné de la couleur à sa vie terne. À peine avait-il parlé que, déjà, le gris des jours à venir s'abattait à nouveau sur elle.

Puis il s'était penché vers elle, l'étincelle espiègle de son regard s'était muée en une chaleur irrésistible.

— Mademoiselle Quayle, puis-je vous voler un baiser ?

La rumeur prétendait que les soldats prenaient prétexte de leur avenir incertain pour s'attirer les faveurs des jeunes filles, des faveurs qu'on ne pouvait plus leur reprendre. Les officiers n'étaient pas toujours des gentlemen.

— Voler est un péché, monsieur Sutherland, lui avait-elle répondu, le mélange de chagrin et de désir donnant à sa voix un ton guindé. Et je ne veux pas avoir le péché de quiconque sur la conscience.

Sa gorge s'était serrée et il lui fallut s'humidifier les lèvres avant d'ajouter :

— Je vais donc plutôt vous l'accorder.

Elle avait attendu, yeux clos, lèvres offertes, le cœur glacé de peur, tandis que les doigts de Thomas Sutherland cueillaient son menton et que ses lèvres se posaient doucement sur les siennes. Une douce pression, un court instant de chaleur, et son premier baiser – leur baiser d'adieu comme elle l'appellerait plus tard – était à présent derrière elle.

C'était un homme du monde, elle en était certaine. Un homme d'expérience. Cependant, lorsqu'il s'était écarté, il avait paru quelque peu déconcerté. Puis, d'une voix légèrement tremblante, il avait demandé :

— Puis-je vous rendre visite chez vous, demain ?

Chez elle ? Difficile de ne pas en déduire qu'il désirait parler à son père. Après tout, ce soir ne serait peut-être pas la fin, mais le début de quelque chose ? Derrière lui, les étoiles brillaient. Les nuages s'étaient dissipés. Son cœur, qui semblait s'être arrêté de battre depuis des années, était reparti. Après un instant d'hésitation, elle avait accepté.

L'avait-il fait ? Elle n'en avait jamais rien su puisque le lendemain, à l'aube, elle avait...

Elle referma impitoyablement le couvercle sur ses souvenirs afin que rien d'autre ne s'en échappe.

Les événements qui avaient suivi auraient dû chasser Thomas de son esprit. Au lieu de cela, elle se souvenait avec une parfaite clarté de ces semaines avec lui, de cette époque où elle était encore naïve, prompte à croire aux coups de foudre tels qu'on les racontait dans les romans. Mais depuis ce soir de fête, elle avait été contrainte d'affronter la dure réalité. Elle savait désormais de quelle façon ces romans étaient fabriqués. Elle avait compris la source de leur pouvoir et l'utilisait à son bénéfice.

Prudemment, afin de ne pas déranger les chiennes, elle s'enfonça davantage sous les couvertures et ferma les yeux. Chasser les souvenirs de cette époque et les enfermer dans une boîte avec le reste de son passé avaient demandé beaucoup d'efforts. Thomas Sutherland était peut-être à Dunnock, mais elle n'avait pas l'intention de lui laisser de la place, ni dans sa tête ni dans son cœur.

Et certainement pas dans son lit.

En dépit de la mise en garde de la nonne, Allora était déterminée à découvrir la source du halo de lumière. Les murs du couvent, qui furent un jour sa seule protection, lui étaient devenus une prison, et cette lumière un phare vers la liberté. Si seulement elle pouvait trouver le moyen de...

— Déjà au travail, madame Higginbotham ?

Jane réprima un sursaut en entendant la voix de Thomas. Des années de pratique, incluant les interruptions quasi quotidiennes d'Agnès, lui avaient appris à ne pas s'empresser de cacher ce sur quoi elle travaillait. Ce genre de réaction éveillait inévitablement la curiosité.

Les chiennes, en revanche, n'avaient jamais montré la moindre aptitude à feindre le calme. Athéna, qui dormait tranquillement sur le sofa, bondit et se mit à aboyer furieusement. Aphrodite, devant la cheminée, se mit à grogner en position d'attaque.

Thomas parut plus amusé qu'inquiet de leur réaction. Mais il ne s'aventura pas plus loin dans la pièce, cette fois. Avec un soin un peu exagéré, Jane posa un buvard sur sa page, nettoya sa plume et referma la bouteille d'encre, ignorant à la fois les chiennes et le visiteur inattendu.

— J'ai toujours été une lève-tôt, monsieur Sutherland, expliqua-t-elle finalement. Je commence d'ordinaire à travailler à l'aube, jusqu'en milieu de matinée, puis je sors les chiennes.

Entendant évoquer une sortie, Athéna et Aphrodite oublièrent momentanément leur méfiance envers M. Sutherland et se précipitèrent vers Jane en remuant la queue.

— Assis, ordonna-t-elle fermement.

Seule Athéna obéit.

Lorsque Jane jeta un coup d'œil à Thomas, ce dernier se retenait de rire. *Zut.* Il n'était que 9 h 30 et elle allait devoir sortir les chiennes si elle voulait un peu de tranquillité.

— Puis-je vous demander ce que vous faites ici ?

Une épaule appuyée au chambranle de la porte, il avait croisé les bras. S'il s'était rasé ce matin, alors son rasoir avait bien besoin d'être aiguisé. Et cette cravate desserrée, et ces cheveux en bataille ? Ébouriffés, déclara son cerveau. Désarmant, rétorqua une partie d'elle-même qui ne s'exprimait habituellement pas beaucoup.

— Je me rends à Balisaig.

Qu'il ait ou non passé une meilleure nuit qu'elle, ses yeux étaient brillants et pleins de leur malice habituelle. Il était attirant à un point qui aurait dû être interdit.

— Je suis venu chercher mon chapeau et mon manteau.

Qu'espérait-il découvrir au village ?

— Sur la chaise, près de la porte, répondit-elle en le congédiant du geste. À présent, si vous voulez bien m'excuser, il faut que je retourne à mon...

Aphrodite posa les pattes sur ses genoux et lui adressa un aboiement de reproche, comme pour dire : « Tu avais promis. »

Cette fois, Thomas rit ouvertement.

Elle lui lança un regard dur. Cette perturbation dans sa routine était entièrement sa faute.

Il se redressa, mais ne parut pas le moins du monde intimidé par son expression sévère.

— Je trouve injuste que Ratliff vous fasse travailler pendant qu'il s'amuse.

— Il ne s'amuse pas, il fait des recherches.

— Il vous a laissé un beau paquet de pages à copier, je suppose ?

Son regard s'attarda sur le bureau.

D'instinct, elle entreprit de rassembler les feuillets, brisant là l'une de ses règles fondamentales.

— Vous n'avez pas à vous soucier de mon…

— Venez avec moi.

— … travail.

Elle avait fini sa phrase en même temps qu'il répétait la sienne.

— Pardon ? dit-elle.

Elle s'était imaginé qu'il profiterait de l'opportunité de fouiner partout sans l'avoir sur le dos.

— Venez avec moi. Nous pouvons même emmener les chiennes.

Comprenant qu'on parlait d'elles, les bêtes dressèrent l'oreille.

— Peut-être, si nous les épuisons, auront-elles moins d'énergie pour continuer à me détester, suggéra-t-il avec un sourire.

Espérait-il qu'une longue marche ait le même effet sur elle ?

Le premier rayon de soleil de la semaine étincelait comme un diamant à travers la fenêtre aux carreaux en losange. La neige de la nuit précédente avait déjà commencé à fondre. Le monde éblouissant de lumière qui se trouvait de l'autre côté était l'exact opposé de celui de la scène qu'elle était en train d'écrire. D'un doigt, elle glissa une feuille sur la pile qu'elle venait de faire.

Elle avait un livre à écrire et des gens qui dépendaient d'elle. Elle n'était plus une jeune fille naïve qui pouvait se laisser distraire par la perspective d'une promenade au bras d'un beau gentleman.

Un souvenir très récent s'invita alors dans son esprit : la sensation de son bras musclé sous ses doigts la veille au soir.

— Il faut que je travaille.

Il inclina la tête de côté et l'étudia avec attention.

— Ça ne veut pas dire non, jeune fille.

Pendant un instant, elle se refusa à en dire plus, à se laisser charmer par cette pointe d'accent qu'il prenait ou laissait de côté à volonté. Mais il semblait ne pas vouloir comprendre son allusion ni la laisser en paix.

Elle se leva. Aphrodite et Athéna se mirent à sautiller autour de ses chevilles.

— Très bien, monsieur Sutherland. Je vais chercher ma pelisse et je vous retrouve dans la cour dans un quart d'heure.

Tout sourire, il s'inclina, récupéra ses affaires et pivota vers l'escalier.

Une demi-heure de marche jusqu'au village, le temps passé là-bas, puis le retour, plus long puisqu'en montée. Les chiennes jappant tout le long du chemin. Cela suffisait amplement pour que l'agacement provoqué par sa compagnie mette un terme à la stupide fascination qu'il lui inspirait.

7

Un épais tapis de neige recouvrait la cour intérieure du château, piqueté par endroits de traces de pas – ceux de la gouvernante quand elle lui avait apporté son petit déjeuner et ses grandes enjambées à lui, depuis le corps de garde jusqu'au château. En attendant Jane, Thomas tapait des pieds pour les réchauffer en admirant les jeux de lumière dans les petits nuages brillants qu'il soulevait. Les hivers de son enfance n'avaient jamais ressemblé à cela, la neige tombait plus rarement à Glasgow et elle fondait plus vite. Peut-être avait-il été discourtois de s'attendre que Jane y trace péniblement son chemin. Mais dès qu'il avait vu cette neige, il avait eu envie – besoin – d'en partager l'éclat magique avec elle.

Et il ne supportait pas l'idée d'aller à Balisaig tout seul.

Comme promis, elle franchit les portes du château précédée de ses chiennes, qui se mirent aussitôt à courir dans la neige, la reniflant, y plongeant le museau ou essayant de la mordre. Elle rit en les voyant faire. C'était ce même rire joyeux qui l'avait enchanté des années auparavant. Il se demanda avec un pincement au cœur inattendu – entre fierté et jalousie – si son époux l'avait souvent fait rire ainsi.

Sa lourde pelisse de laine était noire, d'un style qu'on pourrait qualifier de pratique. Mais elle la portait avec une capuche bordée de fourrure gris argent qui miroitait dans la lumière matinale et rendait ses yeux encore plus bleus. Il ne se lasserait jamais de la regarder, songea-t-il. Elle était encore plus belle que dans les rêves qu'avait faits son esprit las lorsqu'il était à l'autre bout du monde.

Les chiennes le repérèrent les premières et reprirent leurs habituelles protestations. Elle plissa légèrement les yeux en le regardant, sans vraiment froncer les sourcils, et claqua des doigts pour calmer les bêtes. Un geste d'autant plus inefficace qu'elle portait des gants. Il ne put s'empêcher de rire devant cette démonstration de sévérité ratée.

Il apprécia soudain la fraîcheur de l'air. Mais peut-être cette invitation à l'accompagner n'était-elle pas très judicieuse. Ou peut-être ne l'avait-il fait que par pur égoïsme.

— Chut, les filles, lança-t-il aux chiennes d'une voix grave.

Il tendit les mains, paumes ouvertes, pour qu'elles l'inspectent. Leur fureur se calma un instant. L'une d'elles – Athéna ? Oui, Aphrodite avait le plus de taches – renifla prudemment dans sa direction. Elles le contournèrent largement pour franchir la grille du château. Il considéra cela comme un progrès.

Si seulement il pouvait calmer Jane aussi facilement.

Il lui offrit son bras, mais elle glissa ses mains dans son manchon.

— Je crois qu'elles ne vous aiment pas, monsieur Sutherland.

— Mme Murdoch m'a dit qu'elles n'aimaient pas les hommes en général, répliqua-t-il d'un ton léger.

Ils passèrent sous la herse et s'engagèrent dans un monde à couper le souffle, entre arbres gelés et rochers couverts de neige. Il n'avait connu la beauté des paysages des Highlands qu'en été et il venait de faire un voyage éreintant sur des routes défoncées, glissantes et boueuses. La transformation était donc aussi extraordinaire qu'inattendue.

— Mais je ne m'avoue pas vaincu. Pas encore.

— Je les ai récupérées chez un... gentleman qui les traitait très mal, expliqua-t-elle.

Elle hésita légèrement avant de prononcer le mot *gentleman*, suggérant qu'elle ne considérait pas que le comportement de cet homme mérite un tel qualificatif.

Mais c'est une autre partie de la phrase qui le fit tiquer.

— *Vous* les avez récupérées ? J'avais cru comprendre que ces chiennes appartenaient à M. Ratliff.

— Non.

Il ne distinguait pas son visage, caché qu'il était par la fourrure de son bonnet, mais il sentit dans sa voix qu'elle avait fait la grimace. Comme si elle en avait trop dit et n'avait pas l'intention de refaire la même erreur.

Il y avait quelque chose de définitivement étrange dans la situation, quelque chose sur quoi il n'arrivait pas à mettre le doigt, quelque chose qu'elle ne voulait pas révéler.

— Si elles ne s'entendent pas mieux avec lui, je suis étonné qu'il les tolère.

— J'ai le sentiment que vous vous êtes forgé une opinion défavorable de M. Ratliff. Fausse, dois-je dire.

— Je suis heureux de l'entendre, surtout pour vous.

Il ne voulait pas penser du mal de l'employeur de Jane. Il ne mourait pas non plus d'envie d'imaginer que Ratliff s'entendait bien avec les chiennes, surtout si la raison en était une relation un peu trop intime avec leur maîtresse. Se rappelant les extravagants coussins brodés près de la cheminée, il se dit qu'il s'agissait peut-être d'un cadeau de Ratliff pour faire plaisir aux chiennes, autant que pour leur maîtresse...

— Depuis combien de temps travaillez-vous pour lui ? demanda-t-il en s'efforçant de ne pas montrer ses soupçons.

— Un peu plus de six ans.

Du point de vue arithmétique, ce n'était pas très compliqué. Pourtant, il refit le calcul deux fois avec le même résultat : douze mois après qu'il eut quitté l'Angleterre, elle s'était mariée et était devenue veuve. De toute évidence, elle avait ensuite refusé le soutien de sa propre famille ou de celle de son défunt mari et avait fait le choix de subvenir elle-même à ses besoins en travaillant pour un homme qui était peut-être, ou peut-être pas, une parfaite crapule, un homme qui l'avait amenée ici et l'avait ensuite abandonnée.

Ils marchèrent en silence sur plusieurs centaines de mètres. Il ne parvenait pas à nommer l'émotion aiguë qui le transperçait. Il s'était accroché au souvenir qu'il avait gardé d'elle, à son baiser, à cette preuve de douceur dans un monde aussi usé qu'amer, à cette promesse d'une relation pour un homme qui avait parfois craint d'avoir perdu tout ce qui importait, y compris lui-même.

La nuit du bal, il s'était interrogé sur la stupidité des garçons du village qui l'avaient laissée faire tapisserie. Mais il avait suffi qu'un seul d'entre eux ait un éclair de lucidité et elle s'était mariée, bien sûr, comme il l'avait prévu.

Il fut un temps, cependant, où il avait effrontément pensé être celui qui gagnerait sa main. S'il avait insisté auprès de son père, s'il avait défié les ordres du général Scott, s'il avait retardé son départ, ne serait-ce que d'un jour, les choses auraient-elles été différentes ? Pour l'un comme pour l'autre ?

« Oui, tu aurais perdu ta charge d'officier, et probablement été fouetté jusqu'au seuil de la mort, lui rappela son bon sens. Et elle n'aurait plus rien voulu avoir affaire avec toi. »

Cette pensée n'avait rien de drôle, mais il laissa échapper un petit rire qu'il tenta de faire passer pour une réaction aux facéties des chiennes. Elles chargeaient droit devant, reniflant chaque pierre, chaque touffe d'herbe transformée en créature fantastique par la neige. Il espérait qu'elles ne dénicheraient pas un lièvre. Elles risquaient de se lancer à ses trousses et il lui faudrait les traquer pour les retrouver, ou il perdrait pour toujours les bonnes grâces de Jane. Si ce n'était déjà fait.

— Vous voyez, je vous avais dit qu'une promenade leur ferait du bien.

— Je n'ai jamais douté des bienfaits de l'exercice, monsieur Sutherland. C'est l'horaire qui m'ennuie.

Ses mots étaient aussi glacés que l'air ambiant.

— Et ma compagnie ? risqua-t-il, perfide.

Elle s'arrêta et le dévisagea. Ses joues et le bout de son nez étaient rosis par le froid.

— Honnêtement, je ne sais pas. Vous devez avoir une bonne raison pour me demander de vous accompagner.

— Bien sûr, répondit-il.

Une lueur traversa son regard, comme si elle venait de le prendre en flagrant délit d'espièglerie.

— Je suppose que vous être en train de vous remémorer ce qui s'est passé la dernière fois que nous nous sommes promenés tous les deux, reprit-il.

— Certainement pas.

Ses joues rosirent davantage.

— Non ?

Ces dernières années, il aurait dû être trop occupé à tenter de sauver sa peau pour passer du temps à tomber en pâmoison pour une fille qu'il n'avait fréquentée que quelques semaines. Mais en réalité, il s'était accroché à ces moments comme une nonne à son rosaire, s'attardant sur chaque détail, cherchant… quelque chose. Peut-être du réconfort dans le passé. Une échappatoire au présent. Une promesse d'espoir pour l'avenir.

— Moi, j'y pense souvent.

Elle prit une brève inspiration et ses lèvres s'entrouvrirent de manière engageante. S'il ajoutait à cela une rougeur très visible, ces moments volés avaient signifié quelque chose pour elle aussi.

Lentement, il inclina la tête, cherchant son regard.

— Je commençais à craindre que vous n'ayez oublié.

Leur premier baiser avait été furtif et secret, caché aux yeux indiscrets du village par l'obscurité d'un soir d'automne. À présent, ils étaient au grand jour sous le soleil d'hiver. L'air froid les enveloppait comme des bras et les rapprochait, chacun cherchant la chaleur de l'autre.

Il glissa les bras autour d'elle, une main au creux de son dos, l'autre à l'arrière de sa tête. Sous sa capuche, il sentait son chignon contre sa paume.

Elle retira une main gantée de son manchon pour la poser à plat contre sa poitrine, sur son cœur, sans chercher à l'attirer mais sans le repousser non plus.

Juste avant que ses lèvres rencontrent celles de Jane, un grondement troubla la quiétude environnante. Tous deux baissèrent les yeux. Athéna avait attrapé le bas de la robe de Jane avec ses crocs et s'était assise pour avoir plus de poids et éloigner sa maîtresse de Thomas. Aphrodite dansait autour d'eux, ne sachant trop quoi faire pour contribuer à les séparer.

Jane éclata d'un rire nerveux.

— Vous voyez, je vous avais dit qu'elles étaient une excellente protection.

Thomas releva la tête, regarda spontanément autour d'eux. Il ne vit rien, en partie parce qu'ils étaient entourés d'une mer de blanc, en partie parce que son esprit était plein de Jane, de son parfum, du souvenir de son goût...

— Protection contre qui ?

Elle se libéra des bras de Thomas et un air froid s'engouffra entre eux. Satisfaites, les chiennes filèrent.

— Contre nous-mêmes, peut-être, suggéra-t-elle avec un petit rire.

Elle arrangea sa pelisse, puis enfonça les mains dans son manchon.

— Je n'ai *pas* oublié cette nuit, monsieur Sutherland. Mais je ne pense pas qu'il serait très sage de reprendre notre relation là où nous l'avons laissée. Ne serait-ce que parce que j'ai l'impression que certains baisers pourraient vous distraire de votre enquête.

— Ah ? Vous avez une grande expérience en la matière ?

— Et vous ?

— Ai-je déjà dû accomplir mon devoir malgré des distractions ? répliqua-t-il sans chercher à dissimuler sa contrariété. Dois-je vous rappeler, madame, que je suis un soldat ?

Elle leva le menton d'un cran.

— Soyez certain que je n'ai pas oublié cela non plus.

Ils parcoururent en silence la distance qui les séparait du village. Enfin, Balisaig apparut en contrebas, un point remarquable dans un paysage entièrement blanc. La rue principale, étonnamment large, qui suivait la ligne de la vallée, la reliant au monde au-delà des Highlands, était bordée de maisons et d'échoppes. Au loin se dressait la flèche de l'église, et au-delà, de la fumée noire s'élevait en volutes au-dessus de la forge.

L'endroit était pratiquement le même que dans son souvenir, et il était incapable de dire si c'était bon ou pas.

Il s'arrêta à l'entrée du village.

— Qu'espérez-vous découvrir exactement à Balisaig ? s'enquit Jane, semblant interpréter son hésitation à s'engager dans la bourgade.

La question était plus compliquée qu'il n'y paraissait. Un peu plus tôt, il s'était demandé pourquoi elle n'était pas retournée dans la famille de feu son époux ou dans la sienne. Mais tout de suite après, le souvenir de son père niant jusqu'à son existence lui était revenu en mémoire.

Il n'était pas toujours possible – et presque jamais facile – de rentrer chez soi.

— Je suppose que Robin Ratliff a choisi cet endroit isolé dans l'espoir d'y trouver la paix et le calme, dit-il sans vraiment répondre à sa question.

— Les créateurs préfèrent souvent être affranchis de toute distraction, en effet.

— Voilà un luxe que la plupart d'entre nous ne connaîtrons jamais, rétorqua-t-il. Les gens du coin ont si peu de distractions, ils doivent être très curieux de lui. Ils doivent avoir envie de savoir ce qui est arrivé à tel ou tel personnage, ou quand sortira son prochain livre, ce genre de choses.

— Pas assez pour détourner M. Ratliff de son travail et l'éloigner de sa muse.

— Possible. Mais quelque chose a pourtant réussi à l'éloigner tout court, semble-t-il.

Elle se tourna abruptement vers lui, l'ourlet de sa robe provoquant un petit tourbillon de neige. Une ombre passa brièvement dans son regard. Il aurait pu ne pas la voir, s'il n'avait l'habitude d'être vigilant et de scruter les ombres sur une mer obscure.

— Si ce sont des commérages que vous recherchez, je vous suggère de commencer par *Le Chardon et la Couronne*.

Elle s'arrêta devant le pub dont l'enseigne à demi effacée se balançait au-dessus de la rue. Il se demanda si Jane était dans les Highlands depuis assez longtemps pour savoir que ladite couronne n'avait rien à voir avec celle du roi George ou de ses prédécesseurs.

— C'est également ici qu'est déposé le courrier qui arrive à Balisaig, expliqua-t-elle. Y compris celui de Dunnock Castle.

Il poussa la porte et s'effaça pour la laisser passer.

— Non, objecta-t-elle. Le courrier est arrivé hier, vous vous souvenez. J'ai une autre course à faire aujourd'hui. Après quoi, je retournerai travailler.

— Vous n'êtes pas en train de me dire que vous comptez rentrer seule au château, j'espère ?

Une joyeuse clameur attira leur attention sur un groupe bigarré de garçons et de filles engagés dans une féroce bataille de boules de neige. Leurs cris et leurs rires emplissaient l'air froid. Athéna et Aphrodite s'étaient jetées dans la mêlée, mordillant les talons, tirant sur les manches et les manchons des uns et des autres sans discrimination, heureuses de faire durer le jeu en retardant la victoire de l'un des deux camps, une attitude que les enfants semblaient encourager.

— Les chiennes seront avec moi, rétorqua Jane.

Thomas secoua la tête, peu satisfait de sa réponse.

— Si M. Ratliff avait pensé que les chiennes constituaient une protection suffisante, madame Higginbotham, il ne m'aurait pas engagé. Retrouvez-moi ici dans une demi-heure, dit-il en poussant la porte du pub. Nous regagnerons le château ensemble.

8

À peine était-il entré dans le pub que Jane laissa échapper un soupir, entre soulagement et exaspération. Et avec ce soupir s'envolèrent les mots qu'elle s'interdisait de prononcer. Si elle trouvait qu'il se montrait un peu trop protecteur, ni l'un ni l'autre n'avaient besoin d'une dispute en public.

Peut-être ce profond soupir comportait-il aussi une part de nostalgie, mais elle se refusa à examiner la question.

Elle traversa la rue pour se rendre chez l'apothicaire. Durant l'hiver, lorsque les routes étaient difficilement praticables et que le colporteur ne venait pas, l'apothicaire stockait diverses marchandises en plus de ses habituels médicaments. Bien qu'elle n'ait pas prévu d'acheter quoi que ce soit, elle passa ses doigts sur une sélection de rubans colorés. La douceur de la soie lui rappela ce matin-là, dans la boutique de Will Ford. Aussitôt, elle retira sa main.

— Encore besoin de papier, madame Higginbotham ? s'enquit M. Abernathy derrière son comptoir.

Il était en train de broyer quelque chose dans son mortier. C'était un homme courtaud, râblé, d'une quarantaine d'années, qui avait le sourire facile et des manières rassurantes.

— Oh non, merci ! répondit-elle en cherchant du regard Mme Abernathy. Je suis simplement venue me réchauffer un peu.

— Si c'est ma femme que vous cherchez, elle est allée au presbytère apporter quelque chose à M. Donaldson, dit-il, ayant deviné le véritable but de sa visite.

M. Bartholomew Donaldson était arrivé à Balisaig depuis à peine un mois. Il refusait fermement d'entrer au *Chardon et la Couronne* pour récupérer son courrier, même si tout le monde le faisait et que le pasteur n'était pas censé faire exception. Il avait supplié Mme Abernathy de s'en charger à sa place. Plutôt que de s'offusquer de sa bigoterie, la femme de l'apothicaire semblait ravie de lui rendre service. Ou du moins d'avoir l'occasion d'être l'une des premières à découvrir ce que fabriquait le jeune pasteur.

— Oh, bien sûr ! Avez-vous entendu dire que nous avions un visiteur à Dunnock ? demanda-t-elle au bout d'un moment, histoire de savoir si la rumeur concernant Thomas avait déjà commencé à se répandre.

Il était de toute façon parfaitement inutile de chercher à cacher son arrivée.

— Ah oui ? dit-il, pas vraiment surpris. Ma foi, si vous avez besoin de quelque chose, ou si lui a besoin de quoi que ce soit…

Il sourit, mais Jane remarqua une lueur de curiosité dans ses yeux, avant qu'il remonte ses lunettes sur son nez et poursuive son travail.

Elle était en train d'examiner une paire de jolis bas, les comparant mentalement à ceux de laine noire qu'elle portait habituellement, lorsqu'une bouffée d'air froid accompagna l'arrivée d'un nouveau client. D'un geste vif, elle reposa les bas dans leur boîte et repoussa celle-ci.

Mais la femme qui venait d'entrer n'était pas une cliente.

— On a envie de s'offrir de nouveaux bas, madame Higginbotham ?

Rien n'échappait à Mme Abernathy. Elle regarda par-dessus l'épaule de Jane, et tel le diable offrant la pomme à Ève, elle rapprocha la boîte.

— Ils sont beaux, n'est-ce pas ? Je serais ravie que vous vous fassiez un peu plaisir.

Le rouge de l'embarras monta au front de Jane, comme si elle avait été surprise en train de faire quelque chose de bien plus scandaleux que d'examiner de la lingerie. Elle n'avait certes pas besoin d'une nouvelle paire de bas. Personne ne voyait jamais ses sous-vêtements, si ce n'est Esme qui s'occupait de son linge, et ça n'était pas près de changer. Elle repoussa de nouveau le paquet.

Mme Abernathy secoua la tête, et quelques boucles blondes voletèrent sous la fourrure de son bonnet à la dernière mode.

— Vous n'allez pas porter le deuil toute votre vie, mon petit.

Si elle savait…

Dénouant le ruban de son chapeau, elle se glissa derrière le comptoir et donna un rapide baiser à son mari.

— L'air est frais ce matin, madame Higginbotham. Vous avez bien fait de revenir.

C'était sa façon de demander à Jane pourquoi elle venait au village deux jours de suite. L'air était toujours frais dans les Highlands.

Jane ferma un instant les yeux, se demandant si elle allait réclamer un remède contre la migraine.

Après les irritations de la matinée, elle risquait d'en avoir bientôt besoin. Lorsqu'elle rouvrit les yeux, M. et Mme Abernathy l'observaient. Le regard de Jane s'aventura sur les bas, coupable. À l'évidence, elle aurait dû inventer quelque excuse plausible pour justifier sa visite. Elle avait plus de papier qu'il ne lui en fallait, mais peut-être pouvait-elle demander une bouteille d'encre...

— Je soupçonne que ç'a à voir avec l'étranger, hasarda M. Abernathy, suffisamment bas pour donner l'impression qu'il s'adressait en aparté à sa femme, mais assez fort pour être entendu par Jane. Invite-la donc à boire une tasse de thé.

Mme Abernathy étudia Jane un instant, puis :

— Vous voulez monter prendre une tasse de thé ?

— Je ne devrais pas, les chiennes...

Mme Abernathy balaya cette piètre excuse d'un revers de main.

— La dernière fois que je les ai vues, Mary MacIntyre les avait installées dans sa poussette. L'une d'elles portait même un bonnet de bébé.

— Ce devait être Aphrodite, dit Jane.

Si les deux chiennes supportaient l'affection un peu envahissante de la petite fille, la tolérance d'Athéna avait des limites.

Jane acquiesça et suivit Mme Abernathy dans l'escalier étroit au fond de la boutique. Celui-ci menait à l'enfilade de pièces qui convenait parfaitement à M. Abernathy lorsqu'il était célibataire. Mais l'hiver dernier, au cours d'une visite à Glasgow, il avait rencontré et épousé Mme Abernathy. Elle avait alors commencé à bourrer l'appartement de beaux meubles et de touches féminines. Si cette union était un jour bénie par l'arrivée d'enfants, ceux-ci devraient s'entasser comme un tas de bûches d'un côté du salon, entre le tambour et la harpe de Mme Abernathy.

Pour autant, c'était un endroit agréable où Jane aimait se rendre à l'occasion. Elle avait beau chérir son indépendance, les pièces vides et caverneuses de Dunnock étaient un peu dures à vivre, parfois.

Mme Abernathy enleva son bonnet et ses gants. Jane s'apprêtait à l'imiter puis fit une pause. Se rappelant la main de Thomas, elle se demanda dans quel état étaient ses cheveux. Elle passa les doigts sous sa capuche afin de s'assurer que ses épingles étaient bien en place.

— Il y a un miroir au-dessus de la table en haut de l'escalier, lui rappela Mme Abernathy avec un regard plein de sous-entendus.

Jane balaya la suggestion d'un rire et repoussa sa capuche.

— Vous me croyez vaniteuse à ce point ?

Trois ou quatre à cheveux tombèrent sur le sol et une mèche glissa sur son épaule. Sans un mot, Mme Abernathy se pencha pour ramasser les épingles et les tendit à Jane qui s'empressa de s'en saisir.

Non pas que qui que ce soit à Balisaig ait de raisons de soupçonner que ses joues empourprées et ses cheveux défaits étaient dus au fait que M. Sutherland avait failli l'embrasser.

Peut-être aurait-elle dû le laisser faire. Histoire de se débarrasser une fois pour toutes de souvenirs encombrants et de se prouver qu'elle maîtrisait la situation.

Elle ne pouvait nier qu'elle était curieuse. Le baiser qu'ils avaient échangé des années plus tôt avait été bref et chaste. Le baiser d'un jeune homme certes empressé, mais désirant se comporter en gentleman. Il avait cependant nourri son imagination et son désir d'en recevoir d'autres. Le temps les avait changés tous les deux. Impossible de ne pas se demander ce que donnerait le même baiser aujourd'hui.

En remettant ses épingles en place, ses mains tremblaient. Elle tira ses cheveux dans un chignon encore plus serré que d'habitude, et grimaça en s'écorchant le crâne avec les pointes acérées.

Mieux valait ne pas tenter le diable. Un baiser pouvait conduire à un autre... et encore un autre...

Elle s'assit sur sa chaise habituelle devant la fenêtre, près de la petite table que les Abernathy utilisaient pour prendre le petit déjeuner et le thé. Ses mouvements brusques firent tinter la porcelaine. Assise en face d'elle, Mme Abernathy observait avec intérêt son étrange comportement. Elle sonna la domestique.

— Du café, s'il vous plaît, demanda-t-elle quand la servante entra.

Puis elle pencha la tête et scruta son invité d'un air un peu soucieux.

— Réflexion faite, je pense que c'est d'un thé que Mme Higginbotham a besoin.

Peu après, une fois les tasses posées devant elles et remplies de thé brûlant, Mme Abernathy tendit le sucre à Jane.

— C'est toujours agréable d'avoir de la compagnie, mais les invités peuvent causer du tracas parfois, déclara-t-elle de façon inattendue.

Jane s'ébroua et revint à l'instant présent.

— Oui, confirma-t-elle, versant deux cuillerées de sucre dans son thé. Surtout quand ils n'ont pas été conviés.

— Surtout quand ils sont séduisants, dit Mme Abernathy en dissimulant son sourire dans sa tasse. Enfin, c'est ce que j'ai entendu dire.

Jane remua son thé avec une vigueur inutile.

— Vraiment ? Mieux vaut juger quelqu'un à ses actes qu'à son apparence, comme on dit. Quoi qu'il en soit, je ne pense pas que M. Sutherland restera longtemps. Il est venu voir M. Ratliff pour une affaire en cours, mais mon employeur est à Édimbourg, et je ne crois pas qu'il rentrera de sitôt.

— Ah. En tout cas, il a offert une petite distraction à Balisaig.

Mme Abernathy reposa sa tasse.

— On a toujours besoin de divertissement au mois de janvier, je trouve. D'autant que cet hiver a été particulièrement morose.

Toujours, ce besoin de distraction. Thomas avait raison, évidemment. Personne ne pouvait totalement s'en affranchir. Mais, en venant vivre dans les Highlands, elle s'était efforcée de les limiter. Et si Mme Abernathy avait aussi raison ? Peut-être Jane manquait-elle furieusement de divertissement. C'était peut-être pour cette raison qu'elle avait failli se laisser aller à embrasser Thomas. Cela n'avait peut-être rien à voir avec lui, ou avec leur passé, ou avec ce qu'ils pourraient devenir l'un pour l'autre s'ils décidaient de se faire assez confiance pour se dire la vérité.

Heureusement, il n'apprendrait pas grand-chose au pub. Et il finirait par mourir d'ennui à attendre le retour de Robin Ratliff. Les choses reprendraient bientôt leur cours normal.

Un cours normal qui excluait le badinage, les frôlements et les presque baisers sur le chemin de Balisaig.

— À propos de divertissement… parlons un peu d'autre chose.

La voix de Mme Abernathy ramena Jane à la conversation.

— Il semble que notre M. Donaldson ait commandé un nouveau livre de sermons. Il est arrivé hier par la dernière malle-poste.

— J'espère qu'il sera un peu plus inspirant que celui qu'il utilisait jusqu'ici.

Mme Abernathy feignit d'être choquée, mais Jane aurait parié qu'elle n'en pensait pas moins. L'arrivée du livre n'était toutefois pas l'information la plus importante.

— Il a également reçu une lettre.

— Ah bon ?

— Oui, d'Édimbourg. Un ami, pasteur lui aussi je suppose, a entendu dire qu'un gentleman était revenu de l'étranger pour réclamer le titre de lord Magnus. M. Donaldson a émis l'hypothèse, et je suis d'accord avec lui, que, s'il est venu jusque-là, il ne se passera pas longtemps avant qu'il vienne en visite à Balisaig et à Dunnock Castle.

Jane ouvrit la bouche, mais ne parvint pas à articuler une syllabe.

La lettre du notaire avait évoqué l'éventuelle arrivée du nouveau comte comme une lointaine possibilité. Comment avait-il pu se tromper à ce point ? N'était-il pas censé être au moins aussi informé que l'ami de M. Donaldson ?

Cela étant, réalisa-t-elle, les informations contenues dans la lettre du notaire pouvaient ne pas être à jour. Elle avait peut-être été postée depuis un moment et était restée sur le bureau de M. Canfield pendant des semaines, pendant que ce dernier se prélassait à Bath. Une autre lettre était possiblement en cours d'acheminement, annonçant l'arrivée imminente de lord Magnus. Si le nouveau comte ne s'était pas déjà présenté à sa porte, sans doute était-ce dû aux fortes chutes de neige.

Elle leva les yeux vers la fenêtre et scruta le ciel à la recherche de ces nuages couleur d'ardoise qui annoncent habituellement de nouvelles chutes. Mais le ciel était clair, d'un beau bleu céruléen, et déjà la neige commençait à fondre sur le rebord de la fenêtre.

En vérité, pour les gens de Balisaig et des fermes environnantes, l'arrivée d'un comte qui leur prêterait un peu d'attention après tout ce temps serait une bonne chose. Pour elle, en revanche, ce serait différent.

— Tout va bien, madame Higginbotham ?

Mme Abernathy avait visiblement compris que cette information n'était pas une bonne nouvelle pour tout le monde.

Jane sursauta en sentant la main de son amie sur la sienne.

— Oui, bien sûr. Je suis juste un peu surprise.

— M. Ratliff est à Édimbourg, avez-vous dit ? Alors je suppose qu'il est au courant. Je suis étonnée qu'il ne vous en ait pas averti.

Jane but une longue gorgée de thé avant de répondre :

— Je... Lorsqu'il est en plein travail, il perd souvent de vue les questions prosaïques.

Mme Abernathy arqua un fin sourcil.

— *Les questions prosaïques ?* Mais si le comte revient et décide de rester, vous devrez tous quitter Dunnock !

Oh mon Dieu !

Sur le manteau de la cheminée, le carillon de l'horloge lui rappela que le temps passait. Si elle ne partait pas rapidement, elle devrait faire le chemin de retour avec Thomas. Et elle avait besoin d'un moment de solitude pour réfléchir et se préparer à la suite. Le bail de Dunnock expirait dans quelques jours, et elle n'était pas stupide au point d'imaginer que la venue du comte était une simple coïncidence.

Elle songea qu'elle avait été bien trop préoccupée par l'autre lettre. Or, la véritable menace était là. Elle allait devoir repartir de zéro.

Encore une fois.

— Je dois vous laisser.

Elle se leva brusquement et faillit se rasseoir aussitôt, mais elle refusa de laisser cette faiblesse qui ne lui ressemblait pas prendre le dessus. Elle n'avait jamais été une fragile *demoiselle,* même quand elle était une demoiselle.

Son geste précipité faillit renverser la table. Mais Mme Abernathy, à l'évidence préparée à cette éventualité, avait posé les mains sur le rebord afin de la stabiliser. Elle se leva à son tour et étreignit les mains de Jane.

— Ma chère madame Higginbotham, ne soyez pas inquiète. Je suis sûr que M. Ratliff a la situation bien en main.

Jane parvint à étouffer le rire qui avait pris naissance dans sa poitrine.

— Oui, bien sûr. C'est un homme très intelligent.

Elles rassemblèrent les affaires de Jane, et Mme Abernathy la précéda dans l'escalier. Elles passèrent devant la table de travail de M. Abernathy, qui leva les yeux pour souhaiter à Jane une bonne fin de matinée. Alors que, contrairement à son épouse, il n'était pas particulièrement réputé pour sa perspicacité. Jane vit une lueur d'inquiétude dans ses yeux.

— Bonne fin de matinée à vous aussi, monsieur Abernathy, répondit-elle d'une voix posée.

Si elle fondait en larmes, tout le village serait au courant avant midi.

Mais ses yeux la picotaient et sa gorge était nouée. La pression augmenta encore lorsque Mme Abernathy attrapa la boîte avec les bas et la mit sans un mot entre les mains de Jane.

— Je n'ai pas pris mon réticule, je ne peux pas vous les payer.

— C'est un cadeau, déclara Mme Abernathy.

Elle essayait visiblement de se racheter pour avoir été porteuse de nouvelles particulièrement bouleversantes.

Jane hocha la tête en signe de remerciement et fourra le petit paquet dans son manchon. Si elle se retrouvait à devoir refaçonner entièrement sa vie, une nouvelle paire de bas ne pouvait pas faire de mal.

— Merci, mon amie, murmura-t-elle. Vraiment.

Une fois dans la rue, elle faillit percuter Mary MacIntyre qui regardait par-dessus son épaule le petit chariot qu'elle était en train de tirer. Les deux chiennes y étaient assises côte à côte, trempées, les pattes boueuses, la langue pendante d'épuisement et de bonheur. Le bonnet de bébé avait disparu. Jane espérait qu'elles ne l'avaient pas mangé.

— Je crains que nous ne devions rentrer à la maison, Mary. Je vais reprendre Aphrodite et Athéna.

Mary, yeux brun profond et cheveux roux emmêlés, la regarda d'un air suppliant.

— Oh non, pas tout de suite, madame Higginbotham ! Je vous les ramènerai tout à l'heure, je vous le promets.

Jane songea un instant à céder. Les chiennes étaient épuisées, et elle n'avait aucune envie de les porter pour remonter la colline. Mais Aphrodite, prête à recouvrer sa liberté, se dressa sur ses pattes arrière, menaçant le fragile équilibre du chariot. Jane la prit dans ses bras et adressa un sourire de consolation à Mary.

— Je crois que c'est mieux si elles viennent avec moi.

Plus elle retardait l'heure du retour, plus elle prenait le risque de se retrouver avec une compagnie indésirable. Elle jeta un regard au pub dont la porte était fort heureusement – mais curieusement – fermée. S'informer sur le courrier n'aurait pas dû lui prendre tant de temps. Peut-être Thomas avait-il retrouvé de vieilles connaissances. N'avait-il pas dit qu'il était chez lui à Balisaig ?

Un frisson la parcourut soudain et cela n'avait rien à voir avec la neige.

Chez lui.

Il avait dit qu'il était chez lui à *Dunnock*, non ?

D'autres bribes de conversation lui revinrent en mémoire, s'imbriquant les unes dans les autres de façon beaucoup plus claire qu'elle ne voulait l'admettre. L'évident mensonge quant à la raison de sa présence ici. La révélation de Mme Abernathy au sujet du titre qui avait été réclamé par un homme venu de l'étranger. L'hypothèse de Donaldson sur le fait que l'arrivée du comte au village était imminente.

Jane fut tirée de ses réflexions par une truffe froide et humide contre son poignet. Elle baissa les yeux et découvrit qu'Aphrodite se tortillait dans les bras de Mary.

— Tout va bien, madame ? demanda la petite fille, inquiète.

— Peut-être que M. Donaldson n'a pas toujours tort.

Sa réponse ne leva en rien l'inquiétude de Mary.

— Comment ça ?

Jane se contenta de récupérer ses chiennes avant de reprendre le chemin du château. Une seule et unique pensée lui martelait le crâne telle une pulsation fiévreuse.

Lord Magnus est déjà là.

9

Thomas s'arrêta un instant à l'entrée du pub *Le Chardon et la Couronne* pour permettre à ses yeux de s'habituer à l'obscurité. Après les aveuglants reflets du soleil sur la neige, l'intérieur du pub semblait plutôt sombre, bien que ses murs soient blanchis à la chaux et que la grande fenêtre donnant sur la rue soit propre.

Il était encore en train de cligner des paupières quand il entendit quelqu'un s'exclamer :

— J'y crois pas !

Thomas parvint finalement à distinguer l'homme aux cheveux longs assis sur un tabouret derrière le comptoir. Le pub étant vide, Thomas en déduisit que c'était lui qui avait parlé.

— Ce serait pas Tommy Sutherland, revenu des enfers ?

Il reconnut ce ton moqueur et ce sourire franc.

— Tu veux dire d'Angleterre ? répliqua Thomas sur le même ton.

— Les enfers, l'Angleterre, quelle différence ? répondit l'homme dans un haussement d'épaules.

Thomas s'approcha du bar, main tendue.

— Eleazor Ross, c'est bien toi ?

— Et qui veux-tu que ce soit d'autre ?

Refusant de se contenter d'une poignée de main, l'homme se leva d'un bond et se précipita pour donner une franche accolade à son vieil ami.

— Mais c'est juste Ross, merci de t'en souvenir.

Le nom de son ami avait été un sujet de plaisanterie quand ils étaient gamins. Déjà à l'époque, Ross préférait oublier son prénom calamiteux et se contenter de son patronyme. Il était à présent suffisamment costaud pour que personne ne soit assez courageux, ou assez fou, pour le taquiner sur la question.

— Comment va ta famille ? demanda Thomas quand ils relâchèrent leur étreinte.

— Ma foi, ça va. Papa a arrêté de travailler, mais il descend de temps en temps pour passer la soirée, expliqua Ross en indiquant l'appartement familial au-dessus d'eux. Mes sœurs sont mariées. Elles sont toutes parties, sauf Davina.

La plus jeune de la famille, dont la mère était morte en la mettant au monde, était une petite fille aux cheveux emmêlés la dernière fois que Thomas l'avait vue.

— Et toi ? s'enquit Ross qui inclina la tête et inspecta Thomas. C'est pas en Angleterre que t'es devenu tout noiraud, je parie.

— Je me suis engagé dans l'armée. Ils m'ont envoyé à l'étranger.

— Évidemment ! Il y a pas mieux qu'un Écossais quand on veut que le boulot soit bien fait. Alors, qu'est-ce qui t'amène à la maison ?

À la maison. Encore une fois. Ce rappel qu'il appartenait à Balisaig, plutôt que cette déplaisante réalité : Balisaig lui appartenait.

Thomas ouvrit la bouche, s'apprêtant à raconter les années passées. Le refus de son père de le laisser retourner à Balisaig l'hiver qui avait suivi la mort de sa mère, quand ils avaient appris que sa grand-mère était malade. L'amertume à l'idée que celle-ci ne serait accompagnée d'aucun membre de la famille à l'église le jour de son dernier voyage. La charge d'officier inattendue. L'insoutenable chaleur de la Dominique. Et le dernier ordre troublant du général Scott.

Mais la phrase *je suis Magnus* – peut-être la seule réponse véritablement sincère à la question de Ross – ne voulait pas sortir. Du moins, pas encore. Une fois que ces mots seraient prononcés, ils créeraient inévitablement un fossé entre Thomas et ses amis de jeunesse.

Il balaya la pièce vide du regard. Les chopes avaient été lavées, les tables essuyées, mais les chaises encore éparpillées témoignaient de la convivialité qui s'était exprimée la veille au soir. Un groupe assez important s'était visiblement rassemblé près du feu pour discuter. Dans un coin, deux personnes s'étaient isolées pour s'installer autour d'un vieux jeu d'échecs. Un morceau de chandelle biscornu utilisé pour remplacer un pion ornait encore le plateau.

On disait généralement que l'église était l'âme d'un village, mais c'était ici que les gens se rassemblaient, jour après jour, nuit après nuit. Ici qu'ils partageaient les nouvelles, les joies et les drames. Ici qu'ils se querellaient ou se battaient et ici qu'ils se réconciliaient.

Cette communauté l'avait accueilli autrefois. Le ferait-elle de nouveau ?

— J'ai un travail à faire au château, répondit-il finalement.

Puis, pour changer de sujet, il attrapa le livre que Ross était en train de lire. Le gros volume in-12, pauvrement relié, contenait la première partie d'un roman. *La Fiancée du nécromancien*, de

Robin Ratliff. Vraiment le dernier nom qu'il avait envie de lire.

— Oh, il doit appartenir à Elspeth ! dit Ross en lui prenant le livre des mains.

Il le rangea derrière le bar, non sans avoir, au préalable, glissé quelque chose entre deux pages pour les marquer.

— Tu te souviens d'Elspeth Shaw ? Elle travaille ici maintenant. Sa sœur, Esme, travaille à Dunnock Castle.

Thomas hocha la tête à l'évocation de la jeune domestique qui lui avait apporté son petit déjeuner. Il n'avait qu'un vague souvenir des Shaw, hormis ce qu'il avait trouvé dans l'épais dossier que lui avait remis le général Scott et dans le rapport sur l'état du domaine qu'il avait récupéré auprès de M. Watson. Lorsque le long voyage depuis Londres, puis depuis Édimbourg, était devenu par trop ennuyeux, il avait fini par se plonger dans ces documents qui lui avaient appris à la fois beaucoup et fort peu. Il savait, par exemple, que M. Shaw était l'un des métayers les plus prospères de Dunnock. En revanche, le fait que ses deux filles travaillent comme domestiques signifiait sans doute quelque chose quant à l'état de ses affaires.

— Elle a des goûts littéraires intéressants, commenta Thomas, ironique.

— Ce Ratliff, il sait ficeler une histoire, répondit Ross pour défendre Elspeth – et, de toute évidence, lui-même.

— Il paraît. Dis-moi, il y a encore des gens ici dont je pourrais me souvenir ? Qu'en est-il de Théo ?

Théo Campbell était le troisième membre de l'infernal trio qu'ils formaient des années auparavant.

— C'est le forgeron du village à présent. Il passe presque tous les soirs pour boire une pinte et manger une part de tarte, quand il est pas occupé à faire la cour à sa demoiselle.

Ross se tut le temps de tirer deux pintes de bière mousseuse et d'en poser une devant Thomas.

— Tu dors où ?

— Dans le corps de garde de Dunnock Castle.

L'expression de Ross trahit un mélange de surprise et d'admiration.

— Alors tu as dû rencontrer Mme Higginbotham ?

— Oui, je l'ai vue. Et je lui ai parlé.

Et je l'ai presque embrassée.

Il ne savait pas ce qui le déstabilisait le plus dans cette phase. *Embrassée ?* Ou *Presque* ? Il mourait d'envie de découvrir si ses lèvres avaient le même goût que dans son souvenir. Mais avait-elle raison ? Était-ce déraisonnable de reprendre leur relation là où ils l'avaient laissée ?

Il s'était accroché à cet unique baiser pendant si longtemps que celui-ci était devenu une cristallisation parfaite du passé. Un deuxième risquerait de faire fondre ce précieux souvenir comme neige au soleil.

Ou alors, ces souvenirs, ces sentiments, ces baisers pouvaient-ils devenir une puissante et dangereuse avalanche qui allait les emporter tous les deux ?

Thomas secoua la tête pour chasser ces pensées, clignant à nouveau des yeux comme s'il était aveuglé par la neige. Il se concentra sur l'expression amusée de son ami.

— Pourquoi ? Tu ne l'as pas vue, toi ?

— Oh si ! Elle passe régulièrement prendre son courrier. Elle fait souvent une petite halte pour discuter avec Mme Abernathy qui habite en face. Elle vient à l'église presque tous les dimanches. Et elle a deux adorables petits épagneuls.

Apparemment, même ses chiennes étaient appréciées à Balisaig.

— Les gens du coin ne la trouvent pas un peu… réservée ?

— Tu sais, par ici, on est indulgents avec les Sassenach[1], répondit Ross en haussant les épaules.

— Sassenach, murmura Thomas en écho.

Étranger. Ce mot avait tant de significations. Il était certes pertinent s'agissant de Jane. Il pouvait également s'appliquer à…

Ross réagit à l'expression de Thomas.

— Peut-être bien qu'il faut qu'on le soit avec toi aussi ?

Thomas se força à rire. Pourtant, il avait *bel et bien* peur. Il ne pouvait s'empêcher de se demander, une fois de plus, si leur amitié survivrait à la révélation qu'il était le nouveau comte. Il but une longue gorgée de bière avant de répondre avec son habituel détachement :

— Non, Ross, Balisaig me connaît depuis trop longtemps pour ça.

Son ami approuva d'un air satisfait.

— C'est vrai. Bon, alors, et ce travail, en quoi il consiste ?

— Ma foi…

Du dos de la main, Thomas essuya la mousse accrochée à ses lèvres.

— Que sais-tu du locataire de Dunnock ? s'enquit-il en baissant la voix bien que le pub soit vide.

Les vieilles habitudes avaient la vie dure. Et les gens étaient généralement plus enclins à aider une enquête s'ils pensaient être dans la confidence.

---

1. Terme péjoratif par lequel les Écossais désignent les Anglais. *(N.d.T.)*

— Rien. À part qu'il écrit des livres, dit-il en tapotant la couverture du volume qu'il avait rangé sous le bar. Je l'ai jamais vu.

La réponse de Ross lui était étrangement familière. Thomas chercha à déchiffrer l'expression de son ami. Intérêt ? Méfiance ? Les gens de Balisaig s'interrogeaient sûrement sur le mystérieux M. Ratliff. À moins que leurs propres soucis ne fassent de la vaine curiosité un luxe qu'ils ne pouvaient se permettre.

— Il ne vient jamais au village ? N'entre jamais dans l'église ?

— Certains disent qu'il est malade, expliqua Ross. Mais j'ai jamais entendu dire qu'il avait fait appeler l'apothicaire. Esme a dit à Elspeth qu'il passe plus de la moitié de son temps à l'étranger.

Thomas émit un son qu'il espéra faire passer pour de la surprise.

— Je vois pas en quoi c'est important, reprit Ross avant d'avaler une gorgée de bière. C'est pas comme si on avait l'habitude de voir aussi lord Magnus. Les gens se fichent un peu de savoir s'il y a ou non un quelconque grand homme à Dunnock.

Thomas reposa bruyamment sa chope sur le comptoir et s'approcha de la fenêtre. La plupart des vitres étaient couvertes de givre et permettaient tout juste de distinguer les formes et les couleurs à l'extérieur. Néanmoins, il tenta de distinguer la rue et les quelques passants qui s'y trouvaient.

— Vraiment ? Ils s'en fichent ?

— Ouais. Ça a toujours été comme ça. T'as peut-être oublié.

Est-ce qu'il avait oublié ? Ou sa mémoire avait-elle exagéré les luttes et les sacrifices des habitants de ce village rural ? Avait-il accordé trop d'importance aux plaintes de sa grand-mère à propos de l'indifférence du comte ?

Quinze jours plus tôt, il se serait accroché avec enthousiasme aux mots de Ross, voyant là son ticket de retour auprès du général Scott lui permettant de déclarer que tout allait bien et de demander une nouvelle mission.

Mais deux choses à présent le retenaient.

Pour commencer, parmi les piles de papiers, baux, livres de comptes, il avait trouvé des pages entières de conseils sur la manière de gérer un domaine. En les parcourant, il avait découvert que de plus en plus de propriétaires dégageaient de la terre pour les pâturages. Les métayers chassés de leurs terres devenaient des fermiers précaires. Tout cela était fait au nom du progrès, mais il était évident que ce changement n'améliorait en rien la vie des paysans.

L'adhésion de M. Watson à ce plan aurait suffi à elle seule à alimenter les doutes de Thomas concernant cette idée, mais il était préoccupé par le fait que Dunnock devait rester rentable sinon tout le monde en pâtirait. Il repensa à la famille Shaw. Ross avait raison. Les gens d'ici étaient durs à la peine et avaient survécu à maintes difficultés. On ne pouvait cependant pas ignorer les pratiques agraires modernes. S'ils ne vivaient pas avec leur temps, les gens de Balisaig étaient condamnés à rester à la traîne. En d'autres termes, le changement était inévitable. Mais il se passerait dans de meilleures conditions s'il était guidé par une main sûre.

Et cette main sûre était de droit celle de lord Magnus. Autrement dit, la sienne.

Nom de nom.

Ce qui le retenait aussi, c'était Jane. Il aurait été plus facile de quitter Dunnock si cela n'incluait pas également de quitter Jane. Et l'idée de l'abandonner alors qu'elle était peut-être en danger rendait les choses encore pires.

Mais combien de temps pouvait-il rester sans révéler la vraie raison de sa venue ?

Le bail de Ratliff expirait dans trois jours. Il pouvait le renouveler, bien sûr. Il avait apporté tous les papiers nécessaires. Quelques traits de plume et il serait assuré de toucher un loyer confortable pendant encore au moins un an. Il pourrait alors retourner à Londres, reprendre ses obligations de militaire et gérer Dunnock Castle à distance, comme l'avait fait son prédécesseur.

Mais si, comme il commençait à le craindre, les circonstances l'obligeaient à rester à Balisaig, alors, il lui faudrait naturellement prendre possession de Dunnock, contraignant l'écrivain et son adorable copiste à déménager.

Il tourna de nouveau les yeux vers la fenêtre. Il fallait qu'il réfléchisse en propriétaire terrien. Ou en officier de renseignement. Pas en homme amoureux. Parce qu'il n'avait pas fait ce voyage pour courtiser une jeune femme et s'installer avec elle, quoi qu'en dise le général Scott. Et de toute façon, la jeune femme qu'il avait trouvée ne paraissait pas du tout prête à se laisser courtiser.

En tout cas, rien dans sa façon de carrer les épaules ne le laissait deviner.

Car, malgré les vitres couvertes de givre, il n'avait aucun doute quant à l'identité de la silhouette qui traversait la rue en direction du pub, sa robe oscillant vivement au rythme de ses pas, les chiennes sur ses talons.

Il fut pris de court. Il s'attendait vraiment qu'elle décide de rentrer seule, histoire lui prouver qu'elle en était capable. Or, ce n'était pas le cas, et peut-être était-ce bon signe.

Il se baissa pour mieux la voir à travers une trouée dans le givre.

Elle avait la mâchoire serrée et ses yeux lançaient des éclairs. Ce qui, en revanche, n'était pas bon signe du tout.

Il voulut croire qu'il n'était pas la raison de ce regard farouche et de cette attitude féroce. Mais il dut se rendre à l'évidence vu la direction qu'elle avait prise. Et il était sur le point de découvrir ce qui la poussait à le rejoindre. D'ici une demi-douzaine de pas. Cinq... quatre...

— Combien de lettres Robin Ratliff reçoit-il par semaine ? Ou par mois ? demanda-t-il en se tournant vivement vers Ross.

La question parut dérouter ce dernier.

— Je saurais pas dire. Tout ce qui arrive à Dunnock est adressé à Mme Higginbotham. Elle a dit à Elspeth que l'éditeur de M. Ratliff lui fait parfois suivre du courrier depuis Londres, mais ce courrier lui est adressé à elle.

Comme la lettre de menace. Même si seuls un employé à Londres et quelques personnes à Balisaig savaient où trouver le célèbre écrivain, l'auteur de la lettre n'aurait pas de difficultés à le découvrir. Ses années d'expérience en tant qu'agent secret lui avaient appris qu'une personne déterminée à faire du mal à une autre trouvait toujours l'information nécessaire pour parvenir à ses fins.

Et si l'auteur de la lettre réussissait à retrouver la trace de Ratliff à Balisaig, il serait frustré de découvrir que celui-ci n'était pas là. Et il pourrait aisément s'en prendre à Jane à la place.

— Si tu remarques des changements, des choses inhabituelles dans le courrier pour Dunnock, j'aimerais que tu me le dises, dit-il à Ross.

La porte s'ouvrit soudain à la volée, dissimulant Thomas aux yeux de la personne qui venait de la pousser.

Il s'était attendu à entendre les chiennes aboyer. À entendre Jane s'annoncer avec une exclamation. Peut-être même un juron.

Mais elle n'en fit rien.

— Bonjour, monsieur Ross, lança-t-elle d'une voix dont la suavité fut contredite lorsqu'elle aboya : Non Aphrodite, assise. Tu restes avec ta sœur.

— Elles sont les bienvenues, madame Higginbotham, assura Ross. Et vous aussi, bien sûr.

— Je ne peux les laisser entrer. La neige a commencé à fondre, et elles sont trempées. Je ne reste pas, de toute façon.

Elle franchit le seuil et commença à refermer la porte.

— Je suis juste à la recherche de M. Sutherland.

Une joyeuse étincelle dans le regard, Ross indiqua l'endroit où se tenait Thomas. Elle se tourna brusquement vers lui et, malgré la voix doucereuse dont elle avait usé avec Ross, regarda Sutherland de haut en bas d'un air désapprobateur. Comme s'il s'était délibérément caché derrière la porte. Comme si c'était lui qui avait laissé des traces de pattes pleines de boue sur sa robe.

Son attention se porta de nouveau sur Ross.

— Elspeth a-t-elle fini le livre que je lui ai prêté ?

— Je saurais pas dire, madame, répondit Ross, surpris par ce changement de sujet brutal. Mais je crois pas.

Il passa sa main sous le bar et Thomas supposa qu'il avait repoussé le volume pour le cacher à la vue de Jane.

— Le pub était plein hier soir, avec ce temps.

— Bien sûr. Aucune urgence. Dites-lui bien que je lui apporterai le troisième tome quand elle voudra.

— Je lui dirai, madame.

Elle jeta un coup d'œil à Thomas par-dessus son épaule.

— Vous êtes prêt pour rentrer à Dunnock, monsieur ?

Le miel dans sa voix lui fit presque regretter l'acidité de celle de ce matin. Mais sa posture lui promettait un autre traitement aussitôt qu'ils auraient passé la porte.

— Oui, madame Higginbotham, répondit-il en adressant un clin d'œil à Ross, qui se retenait de rire.

Jane pivota abruptement, offrant à Thomas une occasion inattendue d'admirer la courbe de ses hanches. Elle le précéda vers la porte.

— Je vous suis.

10

Malgré la largeur de l'artère principale de Balisaig, la distance entre la boutique de M. Abernathy et *Le Chardon et la Couronne* était courte. Trop courte pour donner à Jane le temps de prendre une décision concernant Thomas avant qu'elle se retrouve de nouveau à ses côtés sur le rude chemin menant à Dunnock.

Plus elle considérait les éléments qu'elle avait en sa possession, plus elle était certaine de son hypothèse. Elle n'avait pas la moindre idée de la façon dont c'était arrivé – Seigneur, ces lois écossaises étaient tellement bizarres ! –, mais elle était presque sûre d'une chose : le lieutenant de Sa Majesté Thomas Sutherland était désormais lord Magnus.

Que faire de cette information ? L'accuser ? L'admonester ? De tous les mensonges et autres demi-vérités qu'elle avait pu proférer ou entendre dans sa vie, elle n'en avait jamais eu vent de tels. Un comte se prétendant roturier !

— Vous avez collecté des informations utiles au pub, monsieur Sutherland ?

Il hésita un instant avant de répondre :

— Je n'en suis qu'au début.

Le regard qu'il avait échangé avec M. Ross revint à l'esprit de Jane – ce regard amusé, entendu, que seuls les vieux amis pouvaient partager. Il lui avait raconté qu'il passait tous ses étés à Balisaig lorsqu'il était enfant. À présent, il fouinait, espionnait ses propres gens. Dans quel but ?

Elle avait bien l'intention de maintenir une distance convenable entre eux jusqu'à ce qu'elle le découvre. Elle enfonça ses mains dans son manchon afin de dissuader Thomas de lui offrir son bras.

— À en juger par le rythme de votre allure, vous m'en voulez pour quelque chose, jeune fille, lâcha-t-il au bout d'un moment.

Elle dut ralentir le pas et reprendre son souffle avant de répondre :

— Je ne vois pas ce que vous…

— Dites-moi, la coupa-t-il. Vous êtes en colère parce que j'ai essayé de vous embrasser ? Ou parce que je n'ai pas fini ce que j'avais commencé ?

Elle leva les yeux vers lui et découvrit qu'il la regardait, son habituel sourire moqueur aux lèvres. La brûlure dans sa poitrine lui empourprait à présent les joues.

— Contrairement à vos ridicules conjectures, monsieur Sutherland, je n'ai pas passé les sept dernières années – et pas même la dernière heure – à penser à votre baiser.

Encore un mensonge. Était-ce tout ce qu'ils avaient à s'offrir l'un à l'autre ? Mais elle ne voyait pas quelle autre voie suivre. En tout cas, aucune qui ne soit hautement dangereuse.

Il pencha légèrement la tête et cette satanée fossette réapparut tandis qu'il la dévisageait d'un air aussi sceptique qu'amusé.

— Oh, vraiment ?

Elle reprit sa marche rapide. Il s'accorda aisément à son pas.

— Il serait inutile de nier, je suppose, qu'il y a toujours eu comme une... *étincelle* entre nous, admit-elle au bout d'un moment, regrettant d'avoir le souffle court.

Les craquements de la neige sous leurs pas étaient fort bruyants.

— Mais vous aimeriez pouvoir le nier.

Ce n'était pas exactement une question, mais ses paroles étaient teintées d'un petit quelque chose qui ressemblait à de l'incrédulité.

Avait-il raison ? Elle n'avait plus aucune certitude, plus maintenant.

Sauf à propos d'une chose...

— Vous n'êtes pas venu à Dunnock à cause de la lettre.

Elle lut de la surprise dans son regard. De la surprise et peut-être même de la stupéfaction. Comme s'il s'était à demi attendu qu'elle ne croie pas à son histoire, mais pas qu'elle le dise sans détour.

Combien de temps allaient-ils continuer à garder leurs cartes dans leurs manches ?

— Alors pourquoi avoir dit cela ? demanda-t-elle.

— Parce que lorsque je l'ai vue sur le bureau, j'ai eu peur. Mon instinct protecteur a pris le dessus, c'est ma seule excuse.

Un sourire penaud lui incurva les lèvres. Il avait répondu sans hésiter, preuve qu'il était honnête.

— Ce ne sont que des mots jetés sur une feuille de papier.

— Une simple lettre peut être un signe avant-coureur de choses bien plus sérieuses. J'imagine que c'est dans la nature d'un soldat de prévoir le pire et de faire ce qu'il faut pour protéger les autres.

La vision de Thomas en guerrier des Highlands lui traversa l'esprit.

— C'est aussi dans la nature des Écossais.

Il acquiesça avant de poursuivre.

— J'aurais pourtant dû deviner d'emblée que vous n'aviez pas besoin de ma protection.

— Et comment auriez-vous pu deviner une telle chose ?

Elle n'avait pas l'intention de succomber à la flatterie.

— Vous n'avez pas la moindre idée de qui a bien pu écrire cette lettre, ajouta-t-elle. Et vous ne savez pas non plus de quoi je suis capable.

— Ma foi… il y avait un couteau planté dans la lettre.

L'éclair malicieux brilla à nouveau dans son regard.

— Je pensais plutôt que c'étaient mes féroces chiennes de garde qui vous avaient donné à réfléchir.

Soudain, son rire s'éleva dans le silence, allant se répercuter contre les rochers affleurant tout à côté et les remparts du château, un peu plus loin. Ne sachant trop si elle devait se sentir gênée ou rire elle aussi, elle accéléra l'allure.

Elle n'avait fait que quelques pas, lorsqu'il lui lança, rigolard :

— Là, vous me rappelez la façon dont vous m'avez tourné le dos la première fois que je vous ai vue, dans cette petite boutique à Tenchley.

Embarrassée, elle s'arrêta et lui coula un regard par-dessus son épaule.

— Vous avez pris cela pour un défi, je suppose ?

Thomas la regarda intensément, sourcils arqués.

— Ce n'en était pas un ?

— Je…

Comme aucun mot ne venait à sa rescousse, elle se remit en marche. Il ne la suivit pas tout de suite. Après quelques pas, elle lui jeta de nouveau un coup d'œil et le surprit en train de parcourir sa silhouette du regard.

— Disons juste que j'ai aimé ce que j'ai vu, lâcha-t-il.

— C'est ridicule. Tout ce que vous pouviez voir c'était mon... Oh !

— Oui, acquiesça-t-il. Et je voulais en voir davantage.

Tandis qu'elle faisait volte-face – histoire de ne pas offrir son postérieur en spectacle –, son pied glissa sur une plaque de verglas cachée sous la neige. Il franchit d'un bond la distance qui les séparait et la rattrapa par le coude. Elle en eut le souffle coupé, déconcertée non pas par sa force, mais par sa douceur. Les muscles bandés de son bras avaient absorbé le mouvement et les avaient gardés tous deux debout, pourtant la pression de ses doigts n'était pas forte au point de laisser une marque. Une fois certain qu'elle ne tomberait pas, il la lâcha, bien que, en réalité, elle ne se sente pas complètement stable sur ses pieds.

Elle ignorait si elle lui en voulait de l'avoir touchée ou de l'avoir lâchée.

— Vous êtes belle, vous savez ?

Sa voix avait pris une inflexion grave, donnant à ses mots une intensité inhabituelle. Pour une fois, il semblait sérieux.

— Non, je ne sais pas, rétorqua-t-elle, plus hargneuse que les chiennes qui trottinaient tranquillement à leur côté, la fatigue étant venue à bout de leur perpétuelle agitation.

— Quand je regarde dans le miroir, je vois ce qui s'y trouve : un visage quelconque, des cheveux bruns tout ce qu'il y a d'ordinaires et une silhouette... généreuse.

— Votre miroir nécessite un bon polissage, jeune fille. Vos cheveux ont le brun chaud des noisettes toastées et vos yeux...

Il leva la main, comme s'il s'apprêtait à lui toucher la joue. Puis il se ressaisit et laissa retomber son bras.

— Vos yeux me font penser à un ciel d'été lors d'une journée parfaite, l'un de ceux qu'on se remémore avec nostalgie lorsqu'il pleut ou qu'il fait froid. La lumière dont on rêve dans l'obscurité.

Jamais elle ne se serait attendue que Thomas Sutherland soit poète. Son cœur s'emballa en entendant ces mots prononcés avec un doux accent écossais.

— Et pour le reste ?

Thomas passa sa silhouette en revue et un léger soupir lui échappa. Le souffle de Jane s'accéléra notablement.

— Ordinaire ? Généreux ? répéta-t-il avec ironie. J'espère que votre M. Higginbotham a trouvé d'autres mots pour vous faire la cour.

Votre M. Higginbotham.

En un instant, les papillons qui s'agitaient dans son ventre se transformèrent en une énorme chauve-souris. Elle avait été si préoccupée par les secrets de Thomas qu'elle en avait oublié les siens.

Sa consternation devait être visible, car il baissa les yeux tout en s'approchant d'elle.

— Vous l'aimiez vraiment ? J'imagine que oui, puisque vous l'avez épousé si vite après... après mon départ.

Après *son* départ ? Il ne savait donc pas...

— Je...

— Je suppose qu'il vous a fait perdre la tête.

Était-ce son imagination ou la voix de Thomas tremblait-elle ? En tout cas, il avait perdu son ton moqueur.

— Ou peut-être... peut-être le connaissiez-vous avant mon arrivée dans le Sussex. Et peut-être ai-je été un peu présomptueux.

— Non, répondit-elle spontanément, quitte à en révéler plus qu'elle ne le souhaitait.

Il ne parut pas entendre.

— Je comprends que vous m'ayez accueilli si froidement hier soir. Je vois que vous le pleurez encore.

Il releva la tête. Il la balaya de nouveau du regard, mais dans ses yeux, toute trace de lascivité avait disparu.

Ça suffit. Elle se redressa et leva le menton.

— M. Higginbotham a, en effet, trouvé des mots appropriés pour me courtiser. Un poète n'aurait pas mieux fait. C'était un homme indéfectiblement bon et courtois. Il m'a fait une cour délicate. Et il a été généreux à l'excès après notre mariage.

À chaque phrase prononcée par Jane, le regard de Thomas s'assombrissait davantage, devenant presque douloureux. La détermination de la jeune femme commença à fléchir. Elle eut envie de poser la main sur son bras, d'adoucir la force des coups que ses mots lui infligeaient. Sa propre histoire était la preuve qu'on pouvait avoir de bonnes raisons de garder un secret.

Par exemple, n'était-il pas normal pour un tout nouveau propriétaire de vouloir enquêter discrètement sur l'état de ses affaires avant de prendre la moindre décision ? De souhaiter faire le point sur son héritage en toute liberté sans que personne vienne le flatter ou se plaindre auprès de lui ? Il avait peut-être envie de jauger la réaction potentielle de ses amis d'enfance à cet héritage inattendu.

Oui, parfois, un mensonge offrait un accès plus direct à la vérité.

— C'était un parfait gentleman, semble-t-il. Un époux idéal, dit Thomas, d'une voix dépourvue d'accent et d'émotion.

Se rappelait-elle seulement la vérité ? Se rappelait-elle comment faire confiance ?

— Bien sûr, rétorqua-t-elle, surprise par la fermeté de sa propre voix. Après tout, c'est moi qui l'ai inventé.

Elle regretta ses paroles à peine prononcées. Elle aurait aimé pouvoir les reprendre. Mais une fois révélé, un secret s'échappait tel du vif-argent, impossible de le remettre dans sa fiole. Jane n'avait pas de mot pour décrire la façon dont Thomas la regardait en cet instant.

Sortant les mains de son manchon, elle empoigna sa robe et fila en direction du château.

11

Désemparées, Athéna et Aphrodite restèrent aux pieds de Thomas et regardèrent Jane s'éloigner. Puis elles levèrent un regard anxieux vers le jeune homme, comme si elles venaient de s'apercevoir qu'elles avaient été abandonnées à leur ennemi, avant de s'élancer à la poursuite de leur maîtresse, laissant Thomas s'interroger sur les paroles de celle-ci.

« Il n'y a pas de M. Higginbotham », avait-elle dit le soir de son arrivée.

Je l'ai inventé.

Certes, il l'avait suspectée de lui cacher quelque chose. Mais pas cela. Elle s'était inventé un mari et avait imaginé sa mort ? Elle portait le deuil d'un homme qui n'avait jamais existé ? Thomas avait du mal à faire le tri dans ses émotions.

— Jane, attendez !

Répondant peut-être davantage à la difficulté du terrain qu'à l'ordre de Thomas, elle ralentit le pas sans toutefois s'arrêter.

Sur le sol, à quelques mètres devant lui, Thomas découvrit une boîte fine et étroite. Les chiennes l'avaient piétinée et en avaient descellé le couvercle. Jane avait dû la faire tomber en courant. Une forme bleue s'en échappait telle une flaque de printemps sur la neige. Il se baissa pour la ramasser et en découvrit le contenu : une paire de bas de soie ornés d'une broderie délicate qui courait sur toute la longueur. Un cadeau ? Un petit plaisir ?

Il les fourra dans la poche de son manteau et pressa le pas, la rattrapant juste avant qu'elle pénètre dans l'enceinte du château. Les chiens couraient devant elle. Elle s'arrêta, tête baissée, dos courbé.

— Je ne... comprends pas, dit-il simplement lorsqu'il comprit qu'elle n'avait pas l'intention de parler la première, voire de dire un seul mot.

— Je l'ai inventé, répondit-elle d'une voix étouffée.

— Mais pourquoi faire une chose pareille ?

Il n'avait aucun droit, ni même de raison d'être en colère contre elle pour avoir des secrets. En fait, une part de lui se réjouissait de découvrir qu'il ne serait pas en compétition avec la mémoire d'un autre homme. Cependant, il avait haussé le ton malgré lui, tant il était surpris et choqué.

Elle leva si vivement la tête que sa capuche glissa.

— Pourquoi une jeune femme vivant seule voudrait-elle jouir de la protection et de la liberté que notre société offre aux veuves ? Vous n'arrivez pas à le concevoir ?

Ses yeux brillaient du feu d'un autre monde.

— Je...

En réalité, il ne s'était jamais interrogé à ce sujet. Il avait toujours considéré les veuves comme des objets de pitié. Il n'avait jamais imaginé qu'une femme puisse être tentée de revêtir des habits de deuil comme un moyen de résister aux contraintes imposées par la société. À dix-sept ans, lui avait eu le droit de choisir son destin. Il avait pu disposer de sa fortune. De sa propre personne aussi, quoi qu'en dise l'armée britannique. À dix-sept ans, Jane aussi avait voulu prendre sa vie en main, apparemment. Mais pour ce faire, il lui avait fallu jouer les veuves éplorées. Aurait-il eu le courage de faire ce qu'elle avait fait pour goûter à un peu d'indépendance ?

— Je suis désolé que vous ayez eu besoin d'un tel subterfuge, dit-il d'une voix sourde. Toutefois, je l'avoue, je suis heureux d'apprendre que vous n'êtes pas veuve.

Il glissa la main dans sa poche et en sortit la paire de bas qu'il lui tendit.

Elle les prit d'un air réticent, ou circonspect, à tout le moins, comme s'ils appartenaient à quelqu'un d'autre. Elle les enroula méthodiquement pour en faire un petit ballot bien net. Pourquoi les avait-elle achetés ? Songeait-elle à abandonner son faux deuil ? Cela avait-il un lien avec son arrivée ?

— Non, je n'ai pas perdu d'époux, dit-elle en fourrant les bas dans son manchon. Mais cela ne signifie pas que je n'ai pas souffert.

Avant qu'il ait le temps de poser une question, elle enchaîna :

— J'ai perdu ma famille. Je ne les ai pas vus depuis ce soir-là, à la fête du village. Pendant que nous parlions, vous et moi, ma mère a trouvé quelque chose qui m'appartenait. Et qu'elle désapprouvait fermement. Elle l'a montré à mon père. Lorsque sir Richard et Julia m'ont raccompagnée chez moi, mon sort était déjà scellé. Mon père m'a ordonné de quitter la maison. On m'a accordé quelques instants pour rassembler mes affaires et embrasser mon petit frère endormi. Sous prétexte de m'aider à faire mes valises, notre gouvernante m'a donné ce qui était, je le crains, les économies de toute une vie. À l'aube, j'étais dans la malle-poste pour Londres. Seule.

— Jane, souffla-t-il.

Il ne savait quoi dire d'autre. Les circonstances qui l'avaient amenée ici étaient pires, bien pires que tout ce qu'il avait pu imaginer. La part de lui qui, en général, agissait avant de réfléchir, cette part qui avait tant désiré la vie de soldat, eut envie de se rendre sur-le-champ à Tenchley pour corriger son père. Mais l'autre, celle qui avait été entraînée à pratiquer le délicat travail de renseignement – parfois ennuyeux, mais toujours dangereux – savait que la précipitation ne résoudrait rien.

Et entre ces deux parties de son âme était fichée une écharde gênante qui l'incitait à se demander ce que la mère de Jane avait bien pu trouver.

— Pendant sept ans, je me suis demandé pourquoi votre père m'avait affirmé qu'il n'avait pas de fille.

Elle pâlit et il crut qu'elle allait se trouver mal. Il lui tendit la main et, à sa grande surprise, elle l'attrapa, s'y accrochant avec une force surprenante. Retrouvant son équilibre, elle croisa son regard. Il lut dans le sien la douleur d'une blessure inguérissable.

— Vous avez tenu votre promesse ? murmura-t-elle sans lui lâcher la main. Vous êtes allé lui demander ma main ?

— Oui.

S'il avait cru au destin, il aurait été tenté d'affirmer qu'il était en train de tenir sa promesse. Malgré les années et les océans qui les avaient séparés, il était là.

Ils étaient là, tous les deux.

— Comment avez-vous fini par arriver à Balisaig ? demanda-t-il.

Avait-elle pensé à lui ? Aux histoires de sa folle jeunesse qu'il lui avait racontées ? Il ne parvenait pas à se souvenir s'il avait mentionné le nom de son village.

Elle s'écarta – oh à peine ! –, mais cela suffit pour qu'il comprenne que, bien qu'elle ait besoin de raconter à quelqu'un – à lui – ce qui lui était arrivé, elle n'était pas encore prête à partager toute son histoire.

Pourtant, après une nouvelle pause, elle reprit, sans pour autant répondre vraiment à sa question :

— Le voyage jusqu'à Londres a été plein d'enseignements. Après ma deuxième tentative pour trouver un logement, j'ai compris que j'allais devoir mentir. Si une jeune fille célibataire ne pouvait espérer trouver un logement respectable, peut-être une veuve le pourrait-elle. Mme Higginbotham était notre gouvernante, et comme c'était son argent dont je disposais, j'ai commencé à donner son nom. Finalement, j'ai trouvé un emploi et j'ai réussi à la rembourser, avec intérêts. Lorsque l'occasion m'a été donnée de mettre davantage de distance entre Tenchley et moi, je n'ai pas hésité.

Elle avait passé beaucoup de choses sous silence dans cette confession, il le savait. Pour commencer, elle n'avait pas évoqué Ratliff. Mais pour l'heure, il connaissait l'histoire dans ses grandes lignes, et c'était suffisant.

— Avez-vous continué à correspondre avec Mme Higginbotham ? s'enquit-il. Ou avec votre amie ?

— Grands dieux, non ! Je suis certaine que mon père a veillé à ce que mon nom n'ait plus droit de cité à Tenchley. Si j'avais continué à écrire à Julia et que cela s'était su, sa réputation aurait été ruinée. Jamais je ne l'aurais exposée à un tel risque. Et je ne pouvais pas non plus mettre en péril l'emploi de Mme Higginbotham.

— Donc, vous n'avez plus de nouvelles de votre famille ?

Elle fit une pause, comme pour rassembler son courage.

— Ma mère est morte d'une maladie foudroyante il y a quatre ans. Mon père n'en est devenu que plus amer. Je le sais parce que… parce que j'ai renoué avec mon frère, une fois que j'ai été sûre qu'il était à Oxford. Il a compris, je crois, que ce qui était arrivé n'était pas entièrement ma faute.

Pas entièrement ? Rien de ce qu'elle avait fait ne justifiait que son père l'ait ainsi bannie de la maison, la laissant sans ressources parmi les loups. Son propre père et lui n'avaient peut-être pas eu la meilleure des relations, mais même en mourant, il ne l'avait pas abandonné aussi complètement que ne l'avait fait M. Quayle.

Une fois de plus, deux forces contraires s'opposaient en lui. D'un côté, le désir farouche de rester près d'elle et de la protéger contre toutes les douleurs à venir ; de l'autre, un besoin féroce de retrouver celui qui l'avait blessée et de faire justice.

Elle frissonna et ce léger tressaillement passa d'elle à lui à travers leurs mains toujours jointes.

— Vous avez froid, dit-il en lui étreignant les doigts avant de les relâcher.

Il combattait un puissant désir de la prendre dans ses bras.

— Je suppose qu'il serait inapproprié de vous offrir de vous réchauffer.

Elle secoua la tête et laissa échapper un soupir. Mais, comme il l'avait espéré, sa proposition taquine avait chassé en partie sa tristesse, laissant la place à un amusement un peu réticent.

— Monsieur Sutherland, vous passez beaucoup trop de temps à penser aux effets que peuvent avoir vos baisers.

Sa réponse allégea un peu le poids qui lui oppressait la poitrine.

— Non, jeune fille, c'est *votre* baiser qui colonise mon esprit, répliqua-t-il avec un clin d'œil.

Elle rougit.

— Vous ne devriez pas dire de telles choses, murmura-t-elle. Deux étrangers ne devraient pas passer autant de temps à parler de baisers.

— Des étrangers ? répéta-t-il, cherchant à masquer une petite note chagrine dans sa voix.

— Que savons-nous vraiment l'un de l'autre ? Si cette matinée a prouvé quelque chose, c'est qu'il y a de nombreux secrets entre nous. Les raisons pour lesquelles je prétends être Mme Higginbotham, celles pour lesquelles vous êtes revenu à Balisaig.

L'envie de lui dire la vérité s'empara soudain de lui. Mais il la ravala aussitôt. Ce n'était ni le moment ni le lieu pour lui révéler quoi que ce soit. Sans parler de tout lui révéler.

Elle lui avait déjà avoué qu'elle craignait que lord Magnus ne la contraigne à quitter sa demeure. Choisir ce moment précis pour lui annoncer que c'était lui le comte, risquait de créer plus de problèmes que cela n'en résoudrait.

Comme il se taisait, quelque chose traversa le regard de Jane. De la déception ? Elle frissonna de nouveau.

— Je vais rentrer, j'ai beaucoup de travail, dit-elle, retrouvant son ton guindé.

Après lui avoir adressé une vague révérence, elle passa la porte et disparut.

Il ne la suivit pas, bien qu'il en ait envie. Elle lui avait déjà donné plus que ce qu'il était en droit d'attendre. C'était à son tour, à présent, de réfléchir à la meilleure façon de la payer en retour.

Il marcha le long du mur d'enceinte, se demandant s'il n'allait pas regagner ses quartiers pour ruminer tout ce qu'il venait d'apprendre. Mais ses pieds en décidèrent autrement. Il n'était pas encore midi et il ne supportait pas l'idée de s'enfermer dans une pièce sans fenêtre alors que le soleil brillait encore.

Réticent à fouiller plus avant dans les secrets de Jane, il décida d'explorer plutôt le château. Il passa la tête dans toutes les pièces dont les portes étaient ouvertes. Il inspecta la salle de garde – aucun humain en vue – et les réserves – pratiquement vides –, puis termina par l'étable, qui abritait deux ânes et un chat tigré qui fila dès qu'il entra. Dougan, qui étrillait les ânes en sifflant faux, jeta un regard par-dessus son épaule.

— Bonjour, Dougan, lança-t-il en portant la main à son chapeau.

La barbe et les cheveux autrefois roux de l'homme commençaient à blanchir, et même dans la faible lumière de l'étable, Thomas remarqua que son kilt était rapiécé.

— Bonjour !

Il semblait nerveux. Mme Murdoch avait prévenu Thomas que Dougan était timide avec les inconnus, mais qu'il avait bon cœur.

— Ne vous interrompez pas pour moi. Je me familiarise avec l'endroit, c'est tout. J'imagine que vous n'avez pas vraiment l'usage de chevaux, ici, non ?

Les ânes pouvaient aussi bien tirer un chariot que retourner la terre du potager. La majeure partie des terres des Highlands était meilleure pour faire paître des troupeaux de vaches ou de moutons que pour y faire pousser des céréales. Dougan hocha la tête et continua à brosser les animaux. Thomas était sur le point de quitter l'étable lorsque son regard fut attiré par un box qui se trouvait dans la pénombre.

Il n'y avait là ni cheval ni fourrage, mais une forme étrange, cachée sous plusieurs couches de bâches poussiéreuses. Sans doute rien de bien passionnant, un vieux chariot cassé ou une pile de caisses. Il s'en approcha d'un pas tranquille comme si la chose n'avait que peu d'intérêt.

— Dougan, dit-il en soulevant d'un doigt le coin de l'une des bâches, vous avez une idée de ce que...

Dougan laissa tomber son étrille qui atterrit sur le sol couvert de paille avec un bruit sourd.

— Oh non, mon gars ! s'exclama-t-il, les yeux exorbités.

Thomas n'aurait su dire si l'homme niait savoir de quoi il s'agissait ou s'il l'avertissait de ne pas aller plus loin.

Quoi qu'il en soit, cela attisa sa curiosité. Il tira sur le tissu grossier couvert de poussière.

Dougan fit un pas supplémentaire.

— Mme Higginbotham, elle aimerait pas ça.

Mme Higginbotham ? Il repensa à tout ce que Jane lui avait révélé. Que lui cachait-elle d'autre ?

— Je vous promets que c'est moi qui ferai les frais de sa colère, assura Thomas en tirant d'un coup sec sur la bâche.

Le moment était venu d'endosser le rôle de seigneur du château.

La première bâche glissa sur le sol, révélant le panneau avant et le brancard d'une calèche. Un carrick, pour être précis. L'ombre était trop épaisse pour qu'il en voie davantage.

Il attrapa l'une des deux autres bâches, et Dougan commença à se tordre les mains. Lorsque la deuxième bâche tomba, la troisième la suivit presque aussitôt dans un nuage de poussière et de paille. Le chat tigré, qui avait osé sortir ses moustaches du trou entre deux stalles où il s'était caché, y retourna aussitôt.

Thomas ne put retenir un petit sifflement de surprise.

— Eh bien, qu'avons-nous là ?

Le carrick de compétition rutilant, corps et roues peints en rouge et noir, aurait fait pâlir d'envie n'importe quel jeune mâle de Balisaig à Brighton. Même dans la faible lumière, il étincelait. Il avait du mal à croire qu'un équipage aussi ostentatoire ait pu appartenir à feu lord Magnus. Ce qui ne laissait qu'un suspect possible : un romancier dépensier, qui, comme il l'avait déjà remarqué, avait un goût pour la grandiloquence. Oui, ce carrick sentait Robin Ratliff à plein nez.

Mais pourquoi Ratliff ne l'avait-il pas pris pour aller à Édimbourg ? Le temps incertain, peut-être. Ou une peur légitime d'attirer une attention malvenue. Les bandits de grand chemin pouvaient certes s'attendre que le conducteur d'un tel véhicule ait de l'argent sur lui. Sans compter la valeur du véhicule lui-même.

Cela étant, il n'y avait aucun signe de la présence de chevaux. Et pour un tel attelage, il ne fallait pas n'importe quels chevaux. Une paire de même couleur, noirs, évidemment, bien dressés et bien nourris, nécessitant des soins qui allaient au-delà de ceux que Dougan était capable de prodiguer.

Comme s'il lisait dans les pensées de Thomas, le vieux gardien se pencha, attrapa un coin de bâche et le tritura, incertain.

— Mme Higginbotham va pas aimer ça du tout, gémit-il.

— Et qui va lui raconter ? rétorqua Thomas en lui donnant une tape sur l'épaule avant de lui offrir un grand sourire.

— Oh, elle saura ! Même si vous faites attention. Un simple coup d'œil sur les bâches, et elle verra qu'elles ont été déplacées. Et Dieu vous garde si vous avez égratigné la peinture.

Dougan secoua la tête d'un air sombre, comme si Thomas ferait aussi bien d'accepter son triste sort et de se présenter de lui-même à son bourreau.

Thomas n'écoutait que d'une oreille. Bien qu'il ne soit pas un adepte des courses, il ne pouvait s'empêcher de se demander comment le carrick se pilotait, à quelle vitesse il roulait, et si quelqu'un dans le voisinage avait des chevaux qu'il pourrait emprunter pour l'essayer.

— Allez, mon gars, insista Dougan.

Il ramassa une des toiles avec un soupir et Thomas l'aida à l'étendre sur le carrick, le dissimulant de nouveau à la vue.

Une fois les trois bâches en place, Dougan recula d'un pas et observa leur travail d'un œil critique. Il secoua de nouveau la tête, l'air désespéré.

— Elle va savoir. Vous verrez.

— Et alors ? Après tout, je n'ai fait qu'y jeter un coup d'œil. Je suis sûr que M. Ratliff n'y verrait pas d'objection.

— Hein ?

— M. Ratliff, l'écrivain. Celui qui loue Dunnock et qui possède ce carrick.

Le regard de Dougan disait clairement que, même s'il savait qu'on le considérait comme un peu « simplet », il avait l'impression que Thomas l'était encore plus.

— C'est la voiture de Mme Higginbotham. Vous avez pas écouté ce que je vous ai dit ?

— Non, Dougan, s'esclaffa Thomas, elle fait beaucoup de choses pour le compte de M. Ratliff et je ne serais pas surpris qu'il lui ait demandé de garder un œil sur son carrick – même si j'ai du mal à comprendre pourquoi il ne se sert pas de cette merveille lui-même. Mais c'est une employée, et une dame, elle ne pourrait...

Ses protestations se firent moins assurées à mesure que Dougan secouait la tête de plus en plus énergiquement.

— Mme Higginbotham conduit cette voiture, et elle m'a dit que je dois veiller à ce que personne y touche. Elle avait de l'allure sur ce truc.

Thomas l'imaginait sans peine. Ses joues en feu, son regard de triomphe.

Il fut tenté d'insister, d'affirmer que tout cela était impossible, mais ce matin, il avait eu d'autres preuves que Ratliff était un employeur exceptionnellement généreux et qu'il avait une confiance totale en Jane. En fait, Thomas n'avait jamais vu une chose pareille.

Le courrier au nom de Mme Higginbotham.

Les épagneuls de Mme Higginbotham.

Et à présent, le carrick rutilant de Mme Higginbotham.

Bien sûr, ce nom était une fiction, Jane venait de le lui confesser.

Thomas lissa distraitement un pli sur la bâche. Personne à Dunnock Castle ou à Balisaig n'avait jamais vu Robin Ratliff. Tout ce qui entourait cet homme était aussi mystérieux que cette calèche.

Était-il... possible qu'elle l'ait inventé, lui...

Il refoula cette pensée avant qu'elle se forme complètement.

Sa nature l'avait toujours poussé à agir d'abord et à réfléchir ensuite. Le général Scott avait fait de son mieux pour atténuer cette tendance à être impulsif. Un officier du renseignement se devait de rassembler des preuves et de les analyser. Il ne devait jamais tirer de conclusions hâtives. Si tentantes soient-elles.

Il salua Dougan d'un signe de tête et quitta l'étable.

12

Les murs du couvent avaient été bâtis pour assurer la sécurité de ses occupants contre d'éventuels intrus. Il était plus facile d'en sortir que d'y entrer. Allora y parvint au prix de quelques phalanges éraflées et d'une petite déchirure dans sa robe, facile à raccommoder. Une fois passé le portail en fer forgé, elle se dirigea vers la forêt. La brume s'étendait sur la vallée telle une couverture fantomatique. Si elle lui avait permis de s'échapper aisément, elle dissimulait cependant la mystérieuse lumière incandescente. Toutefois, déterminée à en découvrir la source, elle poursuivit son chemin, son cœur manquant un battement au moindre bruissement de feuille ou craquement de branche.

En dix ans, elle n'avait jamais été autorisée à s'aventurer au-delà de l'enceinte du couvent. Sa connaissance des alentours se limitait aux vues qu'elle en avait croquées depuis divers points d'observation lorsqu'elle était censée améliorer ses talents en dessin. À présent, au sol, tout semblait différent. Avait-elle seulement pris la bonne direction ?

Alors que le désarroi l'avait presque incitée à faire demi-tour, son épaule heurta quelque chose. Elle réprima un cri de douleur. L'obscurité et la brume l'empêchaient pratiquement de voir, aussi tâtonna-t-elle de ses doigts engourdis par le froid pour identifier ce qui avait arrêté sa progression. Un mur s'étirait aussi haut que ses mains pouvaient aller. Ce n'était pas une barrière, donc, mais un genre de structure. Un cottage ? La hutte d'un ermite ?

Avec précaution, elle longea la paroi jusqu'au bout. Elle entendit des voix s'élever dans la nuit. Des voix d'hommes, deux ou trois, au moins. Ils parlaient dans une langue qu'elle ne comprenait pas. Leurs voix étaient aussi rugueuses que les planches avec lesquelles la cabane était construite. Était-elle tombée sur un repaire de brigands dont la rumeur disait qu'ils étaient fréquents dans la forêt ? Une étrange exaltation la parcourut. Elle connaissait si peu les hommes.

Osant à peine respirer, elle risqua un regard furtif au-delà du coin de la cabane. De la lumière s'échappait d'une porte entrouverte. Peut-être les hommes à l'intérieur avaient-ils vu l'étrange lumière ? Peut-être pourrait-elle convaincre l'un d'entre eux de l'y conduire. À tout le moins, elle…

— Tiens, tiens, chuchota une voix dans son oreille, si proche qu'elle sentait la chaude haleine de l'homme contre sa joue.

Il plaqua vivement la main sur sa bouche et l'attira contre lui pour l'immobiliser.

— Qu'est-ce qu'une jolie jeune fille comme vous fait dehors par une nuit pareille ?

— Madame Higginbotham ?

Le cœur battant presque aussi rapidement que celui de son héroïne, Jane fit un bond. Elle serra sa plume et parvint tout juste à ne pas la lancer et à ruiner son travail en y répandant de l'encre. Après avoir pris deux profondes inspirations pour se calmer, elle regarda vers la porte où Elspeth Shaw, la serveuse du *Chardon et la Couronne*, se tenait. Elle portait encore son tablier par-dessus sa robe de travail en laine, ses joues étaient rougies par le froid et ses cheveux blond-roux s'échappaient de sa natte.

— Oh, je vous ai fait peur ? dit-elle avec un sourire amusé qui contrastait avec son ton d'excuse.

— C'est Mme Murdoch qui m'a dit de monter.

Après une nouvelle inspiration pour faire bonne mesure, Jane jeta un regard à la fenêtre où le crépuscule commençait à teinter le ciel. Les visiteurs tardifs allaient-ils devenir une habitude ?

— Qu'est-ce qui vous amène ici par une soirée pareille, Elspeth ? demanda Jane, qui faillit lever les yeux au ciel au souvenir de la question du brigand.

Elle avait dû penser au temps qu'il faisait dans son livre. Mais il était évident qu'Elspeth n'aurait jamais grimpé jusqu'à Dunnock si la neige était de nouveau tombée.

Jane était plus qu'habituée aux interruptions. Ne pas se laisser distraire, comme l'avait dit Thomas de façon lapidaire, était un luxe que la plupart des gens ne connaissaient pas. Avant de venir à Dunnock, elle n'avait jamais eu de pièce à elle pour écrire.

Pour autant, elle trouva que l'interruption de ce soir tombait particulièrement mal. Elle avait passé la moitié de l'après-midi à essayer de se mettre au travail alors que son esprit ressassait sa stupide confession, ses soupçons concernant Thomas, et le regret d'avoir manqué encore une fois l'occasion de l'embrasser. À la fin de la journée, sa frustration avait atteint des sommets.

Elle s'était toujours efforcée de séparer sa vie de son œuvre, mais ce soir, l'envahissant défaut de son héroïne – la curiosité – combiné à cette attirance malvenue pour un homme qui n'était pas fait pour elle, voire qui pouvait être une menace, lui semblait un peu trop familier. Peut-être l'auteur de la lettre anonyme avait-il raison, quoique par inadvertance. Peut-être ses livres avaient-ils une dangereuse influence sur le cœur et l'esprit des jeunes femmes trop sensibles.

Ravalant sa contrariété, elle posa sa plume. Elspeth Shaw était presque une amie, et en tout cas, une passionnée de son œuvre. Elle n'avait rien fait pour mériter ce manque de courtoisie.

En se levant, elle remarqua un petit volume dans la main de la jeune femme et se rappela sa promesse de lui prêter le prochain tome de *La Fiancée du nécromancien* quand elle aurait fini le précédent. Elle avait beau avoir eu maintes fois la preuve que les lecteurs aimaient ses histoires, elle n'en revenait pas que quelqu'un grimpe une colline escarpée un soir d'hiver dans le seul but de connaître la suite.

Avant qu'elle ait pu dire quoi que ce soit, Elspeth écarquilla les yeux.

— Mais c'est quoi ce que vous portez, madame Higginbotham ? demanda-t-elle en étouffant un rire.

Jane jeta un coup d'œil à sa robe de chambre en soie brodée.

— Une robe de chambre, répondit-elle sèchement.

Elle avait toujours trouvé injuste que les hommes puissent porter ce genre de vêtement confortable à la maison tout en étant considérés comme habillés convenablement, alors qu'une dame qui servirait le thé en peignoir provoquerait un scandale. Avant de quitter Londres, elle avait fait faire une robe de chambre aux mesures de Robin Ratliff. C'était sa tenue favorite pour écrire.

— Je suppose que vous avez fini le deuxième volume de *La Fiancée du nécromancien*, enchaîna Jane, ignorant les ricanements d'Elspeth.

— Moi, je l'ai fini il y a deux jours, répondit la jeune femme, mais Ross ne voulait pas me laisser vous le rendre. Il lit lentement, ajoute-t-elle avec un clin d'œil.

Jane ne put retenir un sourire.

— Vraiment ?

Était-ce là la raison de la visite d'Elspeth à une heure pareille ? M. Ross avait-il lu le roman en cachette et envoyé son employée chercher le volume suivant dès qu'il avait terminé avec le précédent ? Il faut dire que la fin de ce deuxième tome avait été pensée pour laisser le lecteur dans un véritable état d'angoisse…

Un nouvel éclair de fierté la traversa. Que diraient-ils s'ils découvraient que c'était grâce à elle que leur curiosité était ainsi piquée au vif ?

La vie s'était déjà chargée de répondre à cette question. Ferait-elle jamais suffisamment confiance à qui que ce soit – à Thomas – pour tâcher de découvrir si cette question pouvait appeler d'autres réponses ? Elle lui avait déjà révélé bien plus qu'elle n'en avait l'intention. Serait-elle assez courageuse pour dévoiler le secret le plus important de son existence ? Et cette fois-ci, la suivrait-il en révélant ses propres secrets ?

— Bien sûr, répondit Elspeth, interrompant le cours de ses pensées. Mais il vous fait dire que je suis là à cause de la lettre.

— La lettre ?

Une sensation de froid remonta le long de son échine. Elle tendit à Elspeth le volume relié et la jeune femme lui rendit celui qu'elle avait à la main.

— Oui, une lettre pour Dunnock a été mélangée avec le courrier de quelqu'un d'autre.

— Oh ? Le courrier de qui ?

— De M. Donaldson.

Elle aurait préféré que ce soit n'importe qui d'autre dans le village.

— Et il l'a rapportée au *Chardon et la Couronne* ? demanda-t-elle, sachant que le pasteur était effrayé à l'idée qu'on puisse le soupçonner de fréquenter le pub.

— Non, c'est Mme MacIntosh qui l'a rapportée cet après-midi.

Elspeth désigna du menton le volume qu'elle venait de rendre à Jane.

— Je l'ai mise dans le livre pour pas qu'elle se mouille.

Instinctivement, les doigts de Jane se crispèrent sur la reliure de cuir. Elspeth fronça les sourcils, visiblement déçue que Jane ne montre pas plus d'intérêt pour la lettre. Ou au moins de la curiosité.

Jane se contenta de hocher la tête.

— Merci, Elspeth.

Se voyant ouvertement congédiée, la jeune femme haussa les épaules et serra contre elle le nouveau volume. Elle était sans doute satisfaite d'avoir rempli sa tâche et visiblement ravie d'avoir pu récupérer ce qu'elle était venue chercher en réalité. Ce soir, M. Ross aurait du mal à la faire travailler.

Lorsqu'elle fut partie, Jane retourna à son bureau. Le frottement de ses pantoufles paraissait bruyant dans la pièce anormalement calme. Les chiennes ne ronflaient pas, elles étaient parties rendre une visite vespérale à Agnès pour réclamer des friandises. Le feu lui-même était si faible qu'il ne produisait ni craquements ni sifflements.

Elle s'assit et posa avec précaution le livre au centre de sa table de travail, recouvrant les exploits d'Allora. Elle scruta longuement la couverture brun-roux. Le cuir avait été assombri par la transpiration de plusieurs paires de mains, la gaufrure était scindée en deux par une tache circulaire, comme si on avait posé dessus un verre humide, probablement au pub, et un coin de la couverture était déchiré. Tous ces signes d'usure lui réchauffaient le cœur, lui rappelant que le volume avait fait le tour de Balisaig, tout comme d'autres exemplaires avaient fait le tour d'autres villages. *La Fiancée du nécromancien* avait fait se dresser des cheveux, perturbé des sommeils et gagné des cœurs partout en Grande-Bretagne. Il lui fallait se le rappeler lorsque le doute menaçait.

Elle glissa l'index sous la couverture pour la soulever.

La lettre la dévisageait, le pâté de cire avec lequel elle avait été scellée la regardait, tel un œil injecté de sang. Prenant son coupe-papier sur le plateau, elle fendit le cachet d'une main étonnamment ferme, puis utilisa la pointe de la lame pour déplier les pages, comme si elle craignait que le papier lui-même n'ait été trempé dans quelque chose qui rendrait son toucher dangereux.

Elle s'attendait à tout – une lettre du notaire l'informant que sa demande de renouvellement du bail de Dunnock avait été refusée, ou une autre lettre d'un malade dissertant sur les effets délétères des romans gothiques sur les jeunes gens et en particulier sur les cerveaux des jeunes filles –, mais n'était en aucun cas préparée à ce qu'elle découvrit.

Le court message était composé de mots découpés dans des journaux et collés sur la feuille. Voir ces différents types de caractères alignés irrégulièrement sur la page aurait presque été drôle s'ils n'avaient pas annoncé sa perte, ou plutôt celle de Robin Ratliff.

Elle ferma les yeux et laissa retomber la couverture du livre. Cette lettre venait-elle de la même personne que la dernière fois ? Elle l'espérait presque, même si la façon dont elle avait été écrite rendait la chose impossible à savoir à coup sûr. Sinon, elle allait devoir affronter le fait que, sous prétexte qu'elle s'était autorisée à raconter quelques histoires fantaisistes, non pas une, mais *deux* personnes voulaient à présent sa mort.

Elle envisagea de tout jeter au feu, livre inclus. Ne pas le faire signifierait que l'auteur de la lettre méritait son attention.

Mais il – ou elle – l'avait déjà, son attention. Réduire la lettre en cendres n'y changerait rien, n'apaiserait pas la peur qui lui martelait à présent le crâne et la poitrine. Qu'est-ce qui le pourrait ?

Thomas.

Le murmure monta du plus profond d'elle-même. Si elle avait été sentimentale, ou stupide, elle aurait pu dire du plus profond de son âme.

Le nom prononcé rompit le silence. Elle rouvrit les yeux d'un coup. Avec détermination, elle ouvrit de nouveau le livre et en sortit la lettre afin de l'étudier de plus près. Elle savait que ses livres n'étaient pas pour tout le monde. La critique ne la dérangeait pas. Mais ceci ? Quel esprit dérangé pouvait prendre le temps de chercher et de découper chaque mot pour écrire cette horrible menace ? Elle retourna la lettre pour voir si l'adresse avait été « écrite » de la même façon. Qui diable avait… ?

La feuille tomba sur le bureau avant même qu'elle réalise qu'elle lui avait échappé. C'était la même écriture que sur la lettre précédente. Exactement la même... quoique avec un important changement. Cette lettre n'était pas adressée à Mme Higginbotham, ce n'était pas M. Canfield qui la lui avait fait suivre. Elle ferma de nouveau les yeux, mais les mots étaient gravés en lettres de feu sous ses paupières.

M. Robin Ratliff
Dunnock Castle
Balisaig, Inverness, Écosse

Elle rouvrit lentement les paupières et fixa l'autre côté de la pièce. Entre la précédente lettre et celle-ci, quelque chose s'était produit : l'auteur de la missive avait découvert où vivait Ratliff – où *elle* vivait.

Ses mains tremblaient et elle n'avait pas la force de les en empêcher. Elle parvint cependant à arracher un morceau de papier de la page sur laquelle Allora venait de tomber dans les bras de son improbable héros. Elle griffonna quelques mots dessus en priant pour qu'ils soient lisibles.

Thomas était-il capable de la protéger d'un fou ? Elle l'ignorait.

Mais si elle ne croyait pas en sa promesse de la garder en sécurité, alors qu'attendait-elle de lui ?

Rassemblant son courage, elle se leva et alla tirer le cordon de la sonnette.

Finalement, Thomas décida de ne pas faire part à Jane de ses soupçons. Au lieu de cela, il avait longé deux fois le mur d'enceinte extérieur avant de regagner le corps de garde toujours aussi fébrile. Pendant son absence, Esme était venue arranger le salon et aérer son lit. Bien qu'il appréciât les efforts de la bonne, l'ordre qui régnait à présent ne convenait pas à son humeur. Tout comme son mentor, il trouvait difficile de réfléchir lorsque les choses autour de lui étaient trop nettes.

Malgré le soleil, dont la luminosité était amplifiée par la neige, il faisait sombre dans le corps de garde. Il alluma une lampe et entreprit de fouiller les recoins que, trop fatigué, il n'avait pas explorés la veille au soir. Il trouva de vieux rapports sur le domaine qui auraient dû être envoyés à M. Watson mais ne l'avaient jamais été, quelques manteaux, un tricorne passé de mode depuis au moins vingt ans, rangés dans le camphre au fond d'une armoire. Et dans un placard d'angle, les œuvres complètes de Robin Ratliff.

Quoi de mieux que ces romans pour confirmer ou infirmer sa théorie sur leur auteur ? songea-t-il en faisant courir son doigt sur la rangée de volumes. Bien que le général Scott lui ait expliqué que le travail de Ratliff était très lu et très populaire, il avait le sentiment que les lire, maintenant qu'il soupçonnait Jane de les écrire, était une intrusion dans sa vie privée. Aujourd'hui, elle lui avait déjà révélé certains de ses secrets ; en découvrirait-il d'autres entre ces pages ? Cela étant, s'il voulait comprendre ce qui avait provoqué le courroux de l'auteur de l'horrible lettre, sans doute lui serait-il utile de savoir ce qu'ils contenaient.

Il alluma les bougies une à une jusqu'à ce que la pièce soit bien éclairée, puis il s'installa sur le sofa, une jambe sur l'assise, l'autre au sol, et ouvrit le premier tome de *La Fiancée du nécromancien*.

Quelques heures plus tard, il achevait presque la lecture du deuxième tome, totalement absorbé par l'histoire de la pauvre Ophélia, une orpheline trouvée dans la forêt et élevée par des paysans, alors qu'elle n'était visiblement pas de leur condition. Il avait enlevé ses bottes pour poser les pieds sur le sofa, jambes repliées afin d'y appuyer le livre, ce qu'il n'avait pas fait depuis qu'il était gamin… et encore. Même le plateau garni d'un copieux dîner que lui avait apporté Esme n'avait eu droit qu'à une brève seconde d'attention de sa part. Il ne pouvait s'arracher au récit effrayant des myriades de cruautés que devait endurer la pauvre Ophélia et des bruits étranges venus du château de lord Ruthveyn, dans l'ombre de qui tous luttaient pour survivre. La voix sensuelle et riche qui émanait de ces pages contrastait avec celle parfois guindée, ou du moins contrôlée, avec laquelle Jane s'exprimait. Cela l'incitait presque à reconsidérer sa théorie sur la véritable identité de Ratliff.

De temps en temps, il faisait une pause pour tenter de comprendre ce qui avait pu mettre l'auteur de la lettre dans un tel état de fureur, comme s'il pouvait y avoir une logique à tout cela. Si on partait du principe qu'il était dangereux de s'attacher à des personnages de fiction au point d'en oublier ses devoirs, alors oui, le livre devenait un risque sérieux pour ses lecteurs.

Et puis, bien sûr, il y avait ce château menaçant et son lord mystérieux qui s'acquittait à peine de ses devoirs envers les gens de son domaine. De ce côté-là, l'inspiration pouvait fort bien venir de Dunnock et des travers du précédent lord Magnus.

Ou peut-être du nouveau.

Dans le chapitre douze du deuxième tome, la famille adoptive d'Ophélia acceptait une terrifiante proposition. Sans même s'en apercevoir, Thomas se retrouva en position assise, les deux pieds sur le sol. Lord Ruthveyn, connu pour sa pratique de la magie noire – sa fiancée n'était-elle pas morte de sa main la nuit précédant leurs noces ? –, offrit une forte somme en échange de la main de la jolie et innocente jeune fille. Et sans la moindre hésitation, le couple démuni renonça à son rôle de parents et lui vendit leur fille.

Plus il avançait dans sa lecture, plus Thomas considérait que son hypothèse était juste : c'était la cruauté de la famille de Jane qui l'avait poussée à écrire cette histoire. Tout comme son héroïne, elle avait été trahie par ceux en qui elle avait confiance et contrainte de faire son chemin seule dans un monde sans pitié.

Thomas accéléra sa lecture comme Ophélia montait dignement au château, refusant de verser la moindre larme. Le château semblait vide, aucun signe du nécromancien. Des cris et des plaintes à briser le sommeil à tout jamais montaient du donjon. Thomas se dit qu'il devait des excuses à Ross pour s'être montré gentiment moqueur au pub ce matin. Car lui aussi aurait détesté être interrompu au moment fatidique où Ruthveyn et Ophélia étaient sur le point de se rencontrer.

Libre de déambuler dans le château, car il n'y avait personne pour l'en empêcher, Ophélia ne découvrit ni instruments de torture ni laboratoire inquiétant. Elle passait le plus clair de son temps dans la vaste bibliothèque, émerveillée par les murs couverts de livres. Un soir, alors qu'elle longeait les étagères en faisant courir son doigt sur les reliures poussiéreuses, une voix demanda :

— Pourquoi ne les ouvrez-vous jamais ?

Elle repéra la silhouette dans l'ombre, près du fauteuil où il était sans doute assis depuis un moment, à l'observer. À ces mots, elle comprit que ce n'était pas la première fois.

Cela ne pouvait être que lord Ruthveyn, bien qu'il soit plus jeune qu'elle ne l'avait imaginé, et beaucoup moins effrayant. Il était mince, le teint cireux, un rideau de cheveux noirs encadrait son visage, mais il n'était pas laid, tant s'en fallait.

— Parce que je n'ai jamais appris à lire, milord, répondit-elle après l'avoir gratifié d'une révérence.

Dans les chapitres suivants, Ruthveyn lui apprenait à lire, au cours de scènes où s'installait entre eux une intimité aussi croissante qu'inattendue. Finalement, Ophélia en sut assez pour être capable de faire la lecture à lord Ruthveyn chaque soir avant de se retirer, tandis qu'il sirotait ce qu'il appelait sa potion d'oubli – un alcool fort que la jeune femme était trop naïve pour connaître. Au moment où Thomas commençait à être certain que les rumeurs de sorcellerie qui couraient sur le compte de l'aristocrate allaient se révéler fausses dans les quelques pages restantes, Ruthveyn pénétra dans la bibliothèque avec une coupe pleine à ras bord destinée à Ophélia.

— Cupidio, lui expliqua-t-il en lui ordonnant de boire.

Les enseignements de lord Ruthveyn avaient été trop complets pour qu'elle ne comprenne pas ce que le nom du breuvage impliquait. Mais elle n'avait pas besoin de potion d'amour pour honorer ses vœux de mariage. Néanmoins, elle avala le verre d'un trait, léchant les dernières gouttes au goût de miel sur ses lèvres.

— Alors ?

Il se tenait droit, bras croisés, le visage à la fois fermé et plein d'espoir.

Elle tomba à genoux devant lui, en proie à un désir non dissimulé, bien qu'en réalité la potion n'ait rien changé. Le désir au creux de son ventre n'avait rien à voir avec le breuvage qu'elle venait d'avaler.

— Apprenez-moi à vous satisfaire, milord.

Fin du volume II

Dans sa hâte pour attraper le troisième volume, Thomas renversa la théière. La majeure partie de son contenu se répandit sur ses genoux. Heureusement, le thé était froid, et le reste goutta sur le sofa et le tapis, manquant de peu les quelques livres éparpillés sur le sol.

Il était encore en train d'éponger le liquide quand on frappa à la porte.

Jurant dans sa barbe, il traversa le bureau en chaussettes et tira la lourde porte d'entrée. Il faisait nuit noire ; il devait être très tard. Lorsque l'air froid s'engouffra dans ses vêtements mouillés, c'est à voix haute qu'il jura.

— Bon sang, quoi, maintenant ?

Emmitouflée dans un châle, la vieille Mme Murdoch le regarda d'un air réprobateur.

— Je voulais pas... C'est Mme Higginbotham qui m'a demandé de vous donner ça, répondit-elle sèchement en lui fourrant un morceau de papier plié dans la main.

Elle était repartie avant qu'il ait le temps de s'excuser. Il resta un instant sur le seuil, laissant l'air glacé imprégner ses vêtements humides, pour se punir de s'être si mal comporté. Lorsqu'elle eut disparu dans le château, il battit en retraite dans sa chambre. S'immobilisant devant la cheminée, il déplia le message griffonné d'une main tremblante.

Robin Ratliff est au château et souhaiterait vous parler.

Un message inattendu, à coup sûr, et étrangement énigmatique. L'économie de mots et la précipitation avec laquelle le message avait été délivré sentaient la détresse. L'écriture était bien trop tremblante pour qu'il soit certain qu'elle était de la main de Jane. Peut-être son hypothèse était-elle fausse. Si elle était bel et bien Ratliff, pourquoi choisir ce moment précis pour le lui révéler ?

À moins qu'il ne soit arrivé quelque chose, quelque chose qui l'incitait à lui avouer la vérité ?

Après un dernier coup d'éponge sur ses vêtements tachés, il enfila ses bottes et son vieux manteau. Lorsqu'on lance une invitation à minuit, on pardonne une tenue négligée.

Une fois dans le château, il traversa le grand hall désert et gravit l'escalier sud aussi vite que ses marches étroites et courbes le lui permettaient. La porte du bureau était ouverte, si bien qu'il vit Jane avant qu'elle-même le voie. Absorbée dans ses pensées, elle faisait les cent pas devant le feu, tête baissée. Avec ses cheveux rassemblés en une lourde tresse tombant sur son épaule, elle avait l'air aussi jeune que lorsqu'il l'avait rencontrée, sept ans plus tôt.

Il franchit le seuil d'un pas précautionneux, mais il n'y avait pas de chiens en vue. Jane s'immobilisa et le regarda, visiblement prise de court. Il s'inclina.

— J'ai reçu un message me disant que Robin Ratliff est au château. Où est-il ?

Elle le dévisagea longuement avant d'écarter les bras.

— Ici.

De toute évidence, elle s'attendait à le surprendre avec cette révélation, et malgré ses soupçons, elle y parvint.

Elle portait ce qui ressemblait à une robe de chambre masculine dont la soie pourpre capturait la lumière à chacun de ses mouvements. Il n'y avait aucun doute cependant, c'était bien à elle qu'appartenait le vêtement, taillé pour une petite stature. C'était exactement dans ce genre de vêtement qu'on imaginait un auteur de romans gothiques aux mœurs dissolues. Et cela effaça immédiatement de son esprit le souvenir de la triste robe de deuil de Mme Higginbotham.

Il fit un pas vers elle, mais elle leva une main, lui indiquant de s'arrêter là. Elle n'en avait visiblement pas terminé avec les révélations.

— J'ai reçu une autre lettre ce soir, j'ai pensé que vous souhaiteriez être mis au courant, dit-elle en montrant le bureau, sans toutefois le quitter des yeux. N'est-ce pas, lord Magnus ?

13

Jane avait espéré ressentir du soulagement après avoir révélé son plus sombre secret. Et un sentiment de triomphe pour avoir deviné le secret de quelqu'un d'autre. Au lieu de cela, elle se sentait vulnérable. Agitée.

Mais peut-être ces sentiments étaient-ils causés par la lettre.

Elle regarda Thomas s'approcher du bureau à grands pas. Rien dans son expression ni son attitude ne trahissait une quelconque réaction au fait qu'elle l'avait appelé par son titre. Peut-être s'était-elle trompée finalement ? Il s'empara de la lettre et l'étudia si longuement qu'elle eut l'impression qu'il avait oublié sa présence. Puis il reposa le feuillet.

— Depuis quand savez-vous qui je suis ? s'enquit-il sans lever les yeux.

Elle avait donc vu juste. Elle prit une profonde inspiration, regrettant qu'il ne la regarde pas.

— Hier soir, j'étais sûre que vous étiez envoyé par le nouveau comte, malgré vos dénégations. Mais ce matin, au village, j'ai appris qu'il s'était rendu récemment à Édimbourg et qu'il ne tarderait sans doute pas à venir à Dunnock pour s'enquérir de l'état du domaine. Je me suis alors rappelé que vous veniez de très loin, et j'ai pensé aux liens de votre famille avec Balisaig. C'est là que j'ai compris qu'il était fort probable que vous soyez lord Magnus. Toutes les pièces du puzzle s'emboîtaient.

— Vraiment ?

Il leva enfin la tête pour la regarder. Son expression d'ordinaire espiègle avait cédé la place à une espèce d'amertume, au doute – des sentiments qu'elle ne le pensait pas capable de ressentir.

— Si vous aviez des soupçons à mon sujet depuis le début, je suppose qu'il est normal que vous ayez refusé de m'embrasser.

Pendant des années, elle s'était cachée, n'avait cessé de mentir. Et où tout cela l'avait-il menée ?

— À présent, je regrette de ne pas l'avoir fait.

Il s'appuya contre le bureau, croisa les bras.

— Vraiment ?

Elle hocha la tête, jeta un coup d'œil à la lettre sur le bureau et se passa la langue sur ses lèvres.

— J'aurais bien besoin d'un peu de distraction.

La malice réapparut dans son regard, mais il ne dit mot.

— Vous n'avez pas été totalement surpris lorsque je vous ai avoué que j'étais Robin Ratliff, n'est-ce pas ?

Il haussa une épaule, comme réticent à acquiescer.

— Votre message, ce soir, et la neige ont formé les dernières pièces du puzzle. Il n'était pas difficile de voir qu'aucune voiture n'était entrée ou sortie du château aujourd'hui, ce qui signifiait que le mystérieux Ratliff était au château depuis le début. Et puis, ce que vous m'avez dit ce matin à propos de Higginbotham et de votre famille m'a poussé à me demander s'il n'y avait pas autre chose. Après que nous nous sommes séparés, j'ai déambulé autour du mur d'enceinte et je suis tombé sur le vieux Dougan qui s'occupait de ses ânes. En dépit de ses avertissements, j'ai fouillé un peu dans un des box et j'ai trouvé...

— Le carrick, acheva-t-elle à sa place.

Elle aurait dû se douter qu'un jour l'une de ses petites extravagances la trahirait.

— Le carrick *de course*, oui, en convint-il. Et qui allait parfaitement avec l'idée que je me faisais du locataire de Dunnock. Mais Dougan a affirmé qu'il vous appartenait. En ajoutant cela au reste, j'ai commencé à avoir des soupçons. Puis j'ai passé l'après-midi à lire *La Fiancée du nécromancien*, pour être sûr.

Le regard de Jane se porta sur l'affreuse lettre, puis revint sur lui, et elle haussa le menton.

— Et ? dit-elle d'un air de défi.

Il eut un rire ironique, décroisa les bras. Son manteau s'ouvrit.

Jane découvrit qu'il ne portait qu'une chemise de batiste à demi sortie de son pantalon de daim usé, mais bien ajusté. Il n'avait pas de cravate, si bien qu'elle voyait sa peau bronzée dans le V de sa chemise.

— J'ai renversé la moitié de la théière en me ruant sur le troisième tome.

Le tissu humide soulignait les muscles saillants de son abdomen.

— Oh, Seigneur !

Elle se souvenait parfaitement de la rupture dramatique qui s'opérait entre le deuxième et le troisième volume de *La Fiancée du nécromancien*. Elle rougit.

— J'imagine que vous voulez connaître la suite ?

Elle n'aurait su décrire son expression. Narquoise, peut-être. Intriguée. Et en tout cas, passablement impressionné.

— Ça, jeune fille, je crois que je peux le deviner.

Elle le balaya à nouveau du regard, laissant ses yeux s'attarder sur chaque détail de son anatomie. Il était bien trop séduisant. Et trop sûr de lui.

— Avec tout le respect que je vous dois, lord Magnus, j'en doute.

Il eut la bonne grâce de rire de nouveau, mais une ombre traversa son regard. Il semblait ne pas apprécier d'entendre son titre proféré à tout bout de champ, contrairement à d'autres.

— Si je me trompe, alors Robin Ratliff a dû considérablement décevoir ses lecteurs.

Il la taquinait, bien sûr, mais ces paroles n'étaient pas loin de la vérité.

— Quelques-uns, oui.

Ce fut à son tour de la regarder attentivement.

— Entre autres vos parents, j'imagine. Vous m'avez dit que votre mère avait trouvé quelque chose qui vous appartenait et qu'elle désapprouvait. C'était un de vos écrits, je suppose ?

Jane acquiesça.

— En effet. Mais si on lui avait laissé le choix, elle aurait trouvé au fond de son cœur la capacité de me pardonner, je pense. Mon père, en revanche…

Le souvenir qu'elle avait soigneusement refoulé surgit, aussi vif et dangereux qu'une balle de pistolet.

Le craquement du papier tandis que son père agitait sous son nez la terrible preuve de ses péchés. La petite bulle de salive qui se formait au coin de sa bouche comme il crachait sa colère. Les larmes de sa mère roulant sur ses joues. Les volutes de fumée qui s'élevait de la cheminée dans laquelle on avait jeté son manuscrit.

— Mon père désapprouvait – désapprouve – tout ce qui peut ressembler de près ou de loin à de la fantaisie. Les romans surtout.

L'éclair dans le regard de Thomas la prit par surprise. Quelqu'un avait-il déjà été en colère pour elle ? Il respirait fort, tâchant d'expirer lentement, bien que cela parût n'avoir aucun effet apaisant.

— Et donc il a...

— Tout brûlé, dit-elle avant d'échapper à son regard furieux en allant s'asseoir sur le sofa. À sa décharge, ma prose était particulièrement choquante. Heureusement, j'avais gardé une copie cachée sous une latte descellée du parquet de ma chambre. Quand je suis arrivée à Londres, le premier éditeur que j'ai rencontré a déclaré que ma prose ne méritait pas mieux que le feu. De telles scènes ne pouvaient selon lui paraître dans aucun livre à destination des bibliothèques ambulantes.

— Et vous avez transmis ce conseil à Robin Ratliff, n'est-ce pas ?

Il s'écarta du bureau et la rejoignit. Il s'installa dans le fauteuil de cuir comme s'il lui appartenait.

Ce fut au tour de Jane de rire, un brin ironique.

— Oui, mais Robin Ratliff a décidé de ne pas le suivre. Et grand bien lui en a pris puisque Persephone Press a payé une coquette somme pour publier le livre tel quel.

Il se pencha en avant, posa les coudes sur ses genoux.

— D'autres personnes ont-elles été... troublées par votre travail ? Je ne parle pas des critiques habituelles. Combien de lettres avez-vous reçues ?

— Comme celle-ci ? s'enquit-elle en indiquant le bureau. Aucune. Je n'ai jamais...

Elle s'interrompit, comme il se levait pour récupérer la lettre. Il retourna s'asseoir et la tint devant lui. Elle avait envie de la lui arracher des mains de peur qu'il ne s'empoisonne en la touchant.

— Je pense que ces dernières années, parvint-elle à articuler, une vingtaine de braves gens nous ont écrit, à moi ou à M. Canfield, pour se plaindre de la frivolité ou du goût douteux de mes romans, ou pour me dire qu'on ne pouvait plus rien tirer de leurs filles lorsqu'elles lisaient mes histoires. Mais je n'ai jamais rien lu qui m'ait réellement inquiété jusqu'à hier. Et avant ce soir, je n'avais jamais vraiment eu… peur.

— Difficile de ne pas s'alarmer devant une chose pareille, commenta-t-il.

Il tourna et retourna la feuille pour observer à la lumière du feu les lignes irrégulières aux caractères disparates, rassemblés ici dans le but de créer quelque chose de terrifiant.

— Celui qui a écrit ça voulait vous effrayer autant par la forme de la lettre que par son contenu. La folie apparente que nécessite l'écriture d'une telle lettre, la tentative pour rester totalement anonyme… Cela glace le sang. Et c'est délibéré.

Elle fut réconfortée d'apprendre que sa réaction n'était ni anormale ni exagérée.

— Mais ce n'est pas tout, insista-t-elle. Regardez l'adresse. Robin Ratliff n'a jamais reçu le moindre courrier à Dunnock Castle. Cette personne sait qu'il – je veux dire, que je…

Thomas attrapa la main de Jane et la serra. Elle était chaude. Ou plutôt, c'était la sienne qui était glacée, réalisa-t-elle.

— Il en sait moins qu'il ne le croit. Pour commencer, il croit s'adresser à un homme, et non pas à Jane Quayle.

— Mais s'il vient enfoncer cette porte, cela fera-t-il une différence ?

Il lui étreignit la main un peu plus fort, jusqu'à ce qu'elle le regarde.

— C'est possible.

Elle aurait certes préféré qu'il lui réponde oui, qu'il lui assure qu'elle était parfaitement en sécurité. Mais son honnêteté était un réconfort qui l'incitait à lui faire confiance malgré les secrets qu'il avait gardés pour lui.

— Vous avez dit que ce genre de lettre était une *tentative* pour rester anonyme. Cela signifie-t-il que la tentative pourrait échouer ?

Il étudia de nouveau le document, mais ne lui lâcha pas la main.

— D'autres sont bien plus qualifiés que moi pour cet exercice, un exercice qui requiert un grand sens du détail.

Il souligna un groupe de mots du doigt.

— Vous voyez la forme de ces lettres, la petite cassure en haut du *o* ? Cela doit venir d'un journal bien spécifique. L'idée est de parvenir à déterminer quels journaux et quels magazines ont été utilisés, afin de délimiter la zone d'où ces lettres ont été écrites. Si les caractères sont ceux du *Times* de Londres, nous aurons du mal, mais s'il s'agit du *Bristol Mercury* ou de l'*Edinburgh Gazette*, nous aurons au moins une idée de l'endroit d'où ce courrier est parti.

Elle ne regardait plus la lettre, elle le regardait lui. Elle se souvenait de ce qu'il lui avait dit des compétences qu'il avait acquises à l'armée. La capacité d'identifier d'obscurs caractères d'imprimerie ne faisait généralement pas partie des expertises d'un soldat ordinaire.

En revanche, s'il avait passé ces sept dernières années, ou plus, à faire quelque chose d'extraordinaire…

— Qu'avez-vous dit que vous faisiez dans l'armée ? *Ratisser les plages*, c'est cela ? Je n'aurais pas imaginé que cela impliquait de décoder des lettres cryptées…

La feuille trembla de façon inquiétante, mais il ne la froissa pas comme elle le craignait. Il ne regardait plus ni la lettre ni elle, mais le sol.

— Le mieux pour nous deux, c'est que je ne réponde pas à cette question. Du moins, pas maintenant. Le travail de tout soldat est dangereux, mais plus je vous en dirai sur le mien, moins j'aurai de chances de pouvoir retourner le faire. Et je suis sûr que vous n'avez pas envie que je reste coincé à Dunnock pour toujours, ajouta-t-il.

Il n'avait donc pas l'intention de s'installer à Balisaig ? Il souhaitait rejoindre l'armée ?

Elle s'efforça de se convaincre que c'était une bonne nouvelle. Elle ne serait pas obligée de quitter sa maison une fois de plus. Mais après des années passées ici, elle savait aussi que Balisaig et Dunnock Castle avaient besoin d'être pris en main. Qu'ils avaient besoin d'un chef. Et en vérité – quoiqu'elle ne soit pas ravie de le réaliser –, elle avait encore assez d'affection pour lui pour préférer qu'il soit ici plutôt qu'en train de risquer sa vie à l'autre bout du monde.

— Certes, répondit-elle d'un ton faussement léger. Même dans un château aussi vaste, lord Magnus ne cesserait de tomber sur Robin Ratliff.

Il répondit par un rire moqueur. Puis il passa son pouce sur les phalanges de Jane, lui pressa les doigts avant de lâcher sa main qui commençait tout juste à se réchauffer.

— Ne faites pas cela, dit-il. S'il vous plaît.

— Vous ne voulez pas que je vous appelle par votre titre ? Mais vous êtes le comte.

À ces mots, il se leva et regarda la porte qu'il n'avait pas fermée.

— Je suis le fils d'un maître d'école de Glasgow et d'une jeune fille des Highlands rencontrée pendant une randonnée. Et surtout, je suis lieutenant dans l'armée de Sa Majesté. Je ne peux pas…

Sa phrase inachevée demeura suspendue entre eux.

— Vous ne pouvez pas ? Ou vous ne voulez pas ?

Il parcourut la pièce du regard.

— Je n'aurais jamais imaginé devoir prendre ce genre de décision. Il y a un conflit entre ce que j'étais et ce qu'on attend de moi désormais.

— Ce sont plutôt les deux faces d'une même pièce, rectifia-t-elle doucement. Les deux ne peuvent être d'égale importance, bien sûr, à moins que vous n'ayez l'intention de rester en équilibre pour toujours sur une crête très escarpée, une position précaire, à coup sûr. Mais un homme avec votre passé, votre éducation, votre expérience, est exactement ce dont Dunnock a besoin, me semble-t-il.

— Mon passé, se moqua-t-il. Les gens des environs se souviennent d'un jeune garçon particulièrement dissipé. Ils ne vont pas...

Elle, plus que quiconque, était très bien placée pour parler des gens de Balisaig.

— Ils le feront. En temps voulu.

Il ne se départit pas de son expression sceptique.

— Ma foi, d'ici là, je ferais bien de m'en tenir à ce que je sais faire le mieux. Regardons de nouveau cette lettre. Ensemble.

Il la lui tendit.

— Dites-moi ce que vous remarquez.

Après une hésitation, elle attrapa le feuillet d'une main étonnamment ferme. Au début, le fatras de mots dansa devant ses yeux. Une petite voix en elle fit écho à ses mots à lui : « Je ne peux pas. » Mais lui aussi avait besoin d'une distraction. Elle allait le faire. Pour lui.

— Ici, dit-elle en tapotant du bout du doigt un endroit de la lettre. Cette phrase vient de la *Monthly Review*. *Une prose idiote et malsaine* – je m'en souviens. C'est la chose la plus élogieuse que leurs critiques aient écrite à propos de *La Fiancée du nécromancien*.

Thomas fronça les sourcils en relisant la phrase.

— Un plumitif insipide, maugréa-t-il.

— Oui, ils m'ont appelée comme cela, aussi, dit-elle avec un petit rire. Oh, ne soyez pas offensé pour moi ! À mon avis, la vraie victoire a été de pénétrer leurs sacro-saintes colonnes. Vous rendez-vous compte ? Le succès de mon livre a contraint la *Monthly Review* à reconnaître l'existence des romans gothiques. Cette critique est peut-être celle que je préfère.

Thomas semblait osciller entre surprise et amusement.

— Nous savons donc à présent que la personne qui a écrit ces lettres lit vos critiques.

— Apparemment. Et la partie *choquant et scandaleux, impropre aux regards innocents* vient de la *Critical Review*. M. Canfield a dû réimprimer le livre après cette critique tant elle a fait vendre de volumes.

— Et ces caractères-ci ? s'enquit-il en s'asseyant près d'elle. Vous les reconnaissez ?

— Je n'en suis pas sûre.

Se concentrer sur chaque morceau de phrase à partir desquelles la lettre avait été composée était plus facile que de considérer le tout d'un bloc. Cependant, la proximité de Thomas, la chaleur de son corps qui la touchait presque, le mélange d'odeurs – eau de Cologne, laine humide de son manteau, épices du thé renversé – étaient en soi terriblement tentants.

— Et ces bandes plus longues, celles qui me traitent de *vil personnage condamné aux feux de l'enfer* ? Le papier est différent.

— Je dirais qu'il vient d'un livre. C'est étrange, ajouta-t-il après une pause. C'est une chose de découper un journal à un demi-penny, c'en est une tout autre d'aller puiser dans des revues ou des livres. Celui qui a envoyé cette lettre doit être assez aisé.

— Ou fou, rétorqua-t-elle. Et pourquoi « celui » ? Vous êtes sûr que ça vient d'un homme ?

— Non, je ne peux pas en être certain, admit-il à contrecœur. J'imagine que ce sera une maigre consolation si je vous dis que s'il s'agit d'une femme, il est moins probable qu'elle mette ses menaces à exécution et vienne *graver vos mots impies dans votre chair avec une plume*.

Jane laissa échapper un rire.

— Une *très* maigre consolation, oui. Personnellement, je n'arrive pas à garder une plume aiguisée sur plus d'une page ou deux. J'espère au moins qu'il voudra bien partager son secret.

Après ce trait d'humour noir, un sourire incurva les lèvres de Thomas.

— Je pense qu'il est temps d'aller se coucher.

Il replia la lettre avec précaution et la glissa dans la poche de son manteau.

— Je vais m'assurer que tout est bien fermé, reprit-il en se levant. Et que Dougan est aux aguets. Les chiennes…

— Il vaudrait mieux qu'elles restent avec Mme Murdoch. Elle est toute seule.

Thomas se figea.

— Et vous ?

Ce soir, elle l'avait poussé à affronter ses peurs. Peut-être était-il temps pour elle d'affronter les siennes ? Mais de quoi avait-elle peur ?

De le désirer ? D'avoir besoin de lui ?

Ou de le perdre. Encore une fois ?

Elle était habituée à la solitude, mais fatiguée, si fatiguée de se sentir seule.

Elle inclina légèrement la tête comme chaque fois qu'un défi se présentait à elle.

— Je voudrais que vous restiez avec moi cette nuit, Thomas.

L'invitation en elle-même était à peine moins choquante que le fait qu'elle l'appelle par son prénom. Mais il aurait été mal venu de l'appeler M. Sutherland à présent, et elle ne voulait pas le blesser en utilisant le titre qu'il semblait porter avec tant de difficulté.

— Comme cela, je saurai que je ne risque rien.

La veille seulement, ils s'étaient retrouvés l'un en face de l'autre après sept ans de séparation. Les choses avaient tellement changé. Et si peu. L'air entre eux semblait crépiter.

— Jane, souffla-t-il.

Il regarda la porte de sa chambre à coucher avant de lui adresser un bref signe de tête.

— Très bien. Je vais dormir ici. Mais ayez la gentillesse de me laisser une couverture sur cet affreux sofa, dit-il en remontant le col de son manteau avant de pivoter pour sortir. Et verrouillez la porte de votre chambre.

La chaleur de l'anticipation se transforma en une boule glacée d'incertitude dans son estomac comme elle le regardait passer la porte. Elle était déçue.

Ses yeux attrapèrent les reflets du feu sur la soie de sa robe de chambre, elle regarda les taches d'encre sur ses doigts. Malgré elle, un léger sourire flotta sur ses lèvres. Non, les mots qu'il avait prononcés avant de partir n'étaient pas ceux qu'elle attendait.

Dieu merci, Robin Ratliff savait exactement comment manœuvrer un héros réticent.

14

Après avoir vérifié que l'enceinte extérieure du château était sécurisée, Thomas réfléchit un moment avant de se décider à réveiller Dougan pour lui expliquer que quelqu'un voulait du mal à Mme Higginbotham. Inutile d'évoquer Robin Ratliff. De toute façon, Dougan semblait surtout avoir un faible pour Jane. Bien qu'il soit considéré comme ayant l'esprit lent, Dougan comprit pourtant immédiatement les paroles de Thomas.

— Garder le portail fermé ? Personne entre ou sort ? Très bien, mon gars. Personne fera de mal à Mme Higginbotham tant que je serai là.

Thomas le remercia et regagna ses quartiers où il récupéra le couteau qu'il avait caché au fond de sa malle. Il le glissa dans le fourreau dissimulé dans sa botte. S'armer contre un ennemi inconnu lui était si familier que c'en était presque apaisant. Pour autant, il ne s'attendait pas à devoir le faire ici, à Dunnock.

Cela étant, à quoi s'était-il attendu ?

Il repensa à ce que Jane lui avait dit. Pour la première fois, il songea que, peut-être, tout ce qu'il avait vécu l'avait conduit ici. Les fils de sa vie s'étaient emmêlés jusqu'à devenir un nœud gordien, impossible à dénouer. Allait-il utiliser sa lame pour trancher cet écheveau ? Mais Jane – chère Jane, plus sûre de lui qu'il ne l'était lui-même – faisait partie de cet écheveau, un lien qui reliait son passé et son présent.

Dans le salon, il essaya de remettre un peu d'ordre. *La Fiancée du nécromancien* gisait sur le sol.

J'imagine que vous voulez connaître la suite ?

Grands dieux, oui. Pourquoi lui avait-elle demandé de revenir ? Pourquoi avait-il accepté ?

Il pouvait bien se raconter que c'était parce qu'elle avait besoin de protection et qu'il était de son devoir de la lui fournir. Mais ce n'était pas l'entière vérité. Ils désiraient l'un et l'autre quelque chose de risqué.

Le seul souvenir d'un baiser l'avait pratiquement rendu fou pendant sept ans. Que se passerait-il s'il était tourmenté par le souvenir de quelque chose de plus ?

Un frisson le traversa, désir et luxure, et avec lui, ce qui ressemblait à une lueur d'espoir. Ou le présage d'une douleur à venir.

Un homme intelligent aurait cherché une autre distraction pour traverser cette nuit interminable. Il ramassa le livre, le glissa dans sa poche et souffla les chandelles avant de sortir.

Une fois dans l'enceinte intérieure, il s'assura que tout était bien verrouillé derrière lui, puis il se mit à la recherche de la chambre de Mme Murdoch. Il aurait erré un certain temps si Aphrodite et Athéna ne s'étaient pas mises à aboyer dès qu'elles entendirent ses pas. Peut-être étaient-elles meilleurs gardiens qu'il avait voulu l'admettre.

La porte de la chambre de Mme Murdoch s'ouvrit à la volée.

— Qui est là ?

— C'est moi, madame. Excusez-moi, je voulais juste…

— J'aurais dû m'en douter.

Elle invita Thomas à entrer d'un signe de tête. La pièce était confortable, presque entièrement remplie par deux chaises à l'assise lie-de-vin postées de chaque côté d'une table en chêne cirée. La lumière d'une lampe ajourée mouchetait les coussins brodés et les murs vert pâle. Sur la table se trouvait le panier à ouvrage de Mme Murdoch ainsi qu'un livre ouvert et retourné, comme si elle venait d'interrompre sa lecture. D'après la couverture, il s'agissait d'un roman. L'un de ceux écrits par Jane ?

La gouvernante plongea la main dans sa poche et en tira des petites bouchées qu'elle donna aux chiens pour les calmer.

— Des croûtes de fromage, expliqua-t-elle en s'essuyant les mains sur son tablier. Ça fonctionne à merveille. Mais après, il vaut mieux pas dormir dans le sens du vent, si vous voyez ce que je veux dire.

Malgré son humeur morose, Thomas ne put s'empêcher de rire.

— C'est bon à savoir.

Les chiennes le regardaient avec le même air méfiant que Mme Murdoch. Pour autant, elles se tinrent tranquilles.

— Je suis désolé de vous déranger, mais Mme Higginbotham m'a demandé de vous dire de garder les chiennes avec vous cette nuit.

Mme Murdoch parut sceptique.

— Comment ça ? Les garder ici ?

— Elle a reçu des nouvelles inquiétantes. C'est pour cela qu'elle m'a envoyé chercher.

— Des mauvaises nouvelles ? Il faut que j'aille la voir ?

Sentant l'anxiété dans sa voix, les deux chiennes tendirent le cou.

— Laissez-la dormir, s'il vous plaît. Et gardez les chiennes avec vous. Elle se reposera davantage si son sommeil n'est pas interrompu.

Bien que cette phrase soit surtout destinée à lui-même, il posa un regard sévère sur les chiennes. Les poils d'Athéna se hérissèrent tandis qu'Aphrodite restait couchée, presque soumise, sur le tapis aux motifs de roses.

Mme Murdoch promena le regard sur Thomas, remarquant visiblement sa mise négligée.

— Vous retournez au corps de garde, je suppose ?

Il inclina la tête, ce qu'elle prit, comme il l'espérait, pour un assentiment.

— Bonne nuit, monsieur Sutherland.

— Bonne nuit, madame Murdoch.

Il traversa le grand hall et monta l'escalier en colimaçon en veillant à ne pas faire de bruit. La porte du bureau grinça légèrement lorsqu'il l'ouvrit. La pièce était silencieuse et plongée dans une semi-obscurité. Les seules lumières étaient celles du feu mourant et d'une unique bougie pratiquement consumée.

Il dénicha une autre bougie, l'alluma, puis inspecta les coins les plus sombres de la pièce. Vide. À sa grande surprise, elle était allée se coucher, comme il le lui avait demandé.

Il essaya de se convaincre qu'il lui en était reconnaissant.

Elle lui avait laissé une couverture et un oreiller, maigre réconfort pour affronter la nuit misérable qui l'attendait. Il pouvait poser soit les pieds, soit la tête sur le sofa, mais pas les deux en même temps. Après avoir déposé son livre près de la bougie, sur une petite table, il retira son manteau, ramassa la couverture et s'installa aussi confortablement que possible dans le fauteuil en cuir. Pas trop confortablement, cependant. Même s'il était peu probable que quoi que ce soit se produise cette nuit, il était hors de question qu'il soit surpris en plein sommeil alors qu'il était de garde. Il s'empara du livre, rapprocha la bougie. S'il se fondait sur sa lecture de l'après-midi, la fin de l'histoire risquait de le tenir éveillé pendant quelques heures.

Jane avait assuré qu'il ne devinerait pas la suite, il ne fut donc pas surpris de découvrir que le premier chapitre du troisième tome ne s'ouvrait pas là où s'arrêtait le deuxième, mais dans la ferme de la famille adoptive d'Ophélia, dévastée par la culpabilité – peut-être comme Jane l'aurait espéré de sa propre famille après son départ. Bien qu'ils soient dans le besoin, ils avaient compris qu'ils avaient fait du tort en envoyant leur fille dans l'antre du monstre. Rassemblant un groupe de paysans armés de faux, de fourches et de torches, ils se préparaient à un sauvetage risqué.

Pendant ce temps, dans la bibliothèque, Ophélia était agenouillée aux pieds de Ruthveyn, les yeux baissés, attendant. Thomas s'enfonça dans son fauteuil, une position qui convenait à ce qu'il anticipait.

Le tapis de la bibliothèque, bien qu'assez épais, lui irritait les genoux sous la fine mousseline de sa robe. Elle se demanda s'il entendait son cœur battre dans le silence pesant. Pourtant, elle ne releva pas la tête, gardant les yeux rivés sur la main pâle, aux longs doigts fins agrippant l'accoudoir du fauteuil avec une férocité surprenante. Elle l'avait mis en colère. Elle l'avait déçu.

Au bout de ce qui lui parut une éternité, la main bougea enfin, la dentelle de sa manche glissant sur son poignet, sa chevalière armoriée brillant dans la lumière. Il tendit lentement la main, posa les doigts sur sa gorge, des doigts froids, légers à la rendre folle.

Il demeura ainsi un instant, comme s'il prenait son pouls, puis remonta le long de sa mâchoire, et lui fit enfin relever la tête. Il passa la pulpe de son pouce sur sa bouche. De son regard sombre entre ses paupières mi-closes, il observait les mouvements de sa propre main. Elle entrouvrit les lèvres.

— C'est très joli, ma chère.

Sa voix était rauque.

— Vraiment très joli.

En entendant le raclement d'une clé dans la serrure, Thomas sursauta et laissa tomber son livre.

Jane entra dans la pièce d'un pas hésitant.

— Oh, c'est vous !

Elle s'avança et s'arrêta devant lui.

— Je n'arrivais pas à dormir.

Des instincts contraires combattaient en lui. Se lever, comme il se doit, en présence d'une femme ou rester assis pour lui cacher le gonflement caractéristique de son pantalon.

Il en voulait au livre de l'avoir mis dans cette situation. Mais la vue de Jane et de ses courbes pleines soulignées par la lumière de la bougie que sa chemise de nuit masquait à peine en était tout aussi responsable. Quelques mèches échappées de sa tresse lui caressaient la joue. Un court moment, il se demanda s'il ne s'était pas endormi pendant sa lecture et ne se trouvait pas en plein rêve.

Qu'elle soit réelle ou qu'elle soit le produit de son imagination n'y changeait rien. Si elle faisait deux pas de plus, et se mettait à genoux devant lui, il risquait de se déverser dans ses sous-vêtements.

Jane, bien sûr, ne fit rien de la sorte.

Elle croisa les bras devant sa poitrine, cachant ses tétons insolents.

— Je n'étais pas certaine que vous viendriez.

Il ne pouvait la blâmer pour son scepticisme. Après avoir quitté Tenchley si abruptement des années plus tôt ou avoir tenté de cacher son identité et la vraie raison de sa venue à Dunnock, il lui avait donné de bonnes raisons de se méfier.

Pour calmer son ardeur mal venue, il inspira un grand coup, changea de position, et tâcha de penser à autre chose qu'à Jane si légèrement vêtue. Quelque chose qui le refroidirait. Le grésil, la neige et... *cette affreuse lettre*.

L'espace d'un instant, il avait presque oublié la raison de sa présence ici. Bien entendu, *elle* ne l'avait pas oubliée. La lumière de la bougie souligna un froncement de sourcil trahissant son inquiétude.

Il se leva d'un mouvement fluide, attrapa la couverture et la posa sur les épaules de Jane avant de l'inciter à s'asseoir dans le fauteuil qu'il venait de quitter près du feu.

— Je vous avais dit que je reviendrais.

Il s'empara du tisonnier et remua les braises avant d'ajouter un peu de bois pour ranimer le feu.

— Je voulais dire plut tôt, précisa-t-elle, quand je vous ai envoyé le message.

Du coin de l'œil, il vit qu'elle le regardait. Puis elle baissa les yeux en même temps que la voix.

— Je n'étais pas certaine que vous répondriez.

— Vous n'étiez pas obligée d'en faire une prétendue convocation de Robin Ratliff. Je serais venu aussi si c'était vous qui me l'aviez demandé, dit-il en se frottant les mains.

— Je l'ignorais.

Il se plaça hardiment devant elle, l'obligeant à lever les yeux vers lui.

— Eh bien, à présent, vous le savez.

Ses joues s'empourprèrent. Elle tripota le bord de la couverture contre sa poitrine, puis parut se rappeler que c'était lui qui l'avait mise là, et glissa les doigts sous ses cuisses pour les garder sous contrôle.

Il lui tendit la main.

— Debout, jeune fille. Il est très tard, vous devriez être couchée.

— Je ne suis pas une gamine, protesta-t-elle, bien que son expression ressemblât furieusement à la moue boudeuse d'une enfant.

Finalement, elle prit la main qu'il lui tendait. Taquin, il la tira un peu brusquement pour l'aider à se lever et elle se retrouva contre lui.

Ce n'était pas son intention, pas vraiment. Une perte d'équilibre momentanée, un mauvais calcul dans son élan. Quoi qu'il en soit, elle était là, délicieusement douce et tiède entre ses bras.

Elle étouffa une petite exclamation, pas tout à fait un *oh !* comme si cette collision n'avait pas été une surprise totale, mais que la sensation qui en résultait en soit une. Elle ne s'écarta pas.

Et lui, Dieu lui vienne en aide, il ne la lâcha pas aussitôt.

— Non, en convint-il dans un souffle, vous êtes une femme. Mais si je dois vous protéger, nous ne pouvons pas…

— Nous ne pouvons pas ? Ou vous ne voulez pas ?

D'un geste possessif, elle posa la main sur la poitrine de Thomas, là où se trouvait son cœur.

— Je pense que vous craignez que si quelque chose se produit entre nous cette nuit, cela ne revienne à profiter de la situation. Parce que je suis une dame et que vous êtes un gentleman. Parce que vous êtes un féroce guerrier écossais et que je suis une demoiselle en détresse. Parce que vous êtes le seigneur du château et que je n'en suis que l'humble locataire.

Il allait pour protester, mais elle continua avant qu'il ait le temps d'ouvrir la bouche.

— Auriez-vous par hasard oublié que j'écris des livres qui font scandale ?

Elle passait le bout de l'index le long de sa clavicule, provocante, et il eut soudain la vision de ce que ces doigts pourraient faire ailleurs...

— Ils m'ont rendue obscènement riche.

Elle le regarda entre ses cils sombres.

— Je suis libre et autonome depuis longtemps.

Libre. Autonome. Elle ne faisait pas uniquement référence aux questions financières, devina-t-il. Imaginer ces doigts glisser entre ses cuisses marquerait la fin de ses bonnes résolutions... même si elles étaient déjà en train de s'effondrer. Lui aussi était... *autonome* depuis longtemps. Bien trop longtemps.

Le sentant hésiter, elle se mordilla la lèvre et le scruta, les yeux grands ouverts. Cela le frappa : c'était typiquement ce qu'un personnage de roman ferait, le genre d'attitude qu'Ophélia pourrait adopter pour prendre Ruthveyn au piège. La façon dont une innocente imaginait la séduction.

Mais ils n'étaient pas dans un livre de Jane.

Il fit courir sa main le long de son bras avant de la poser sur sa joue. Du pouce, il libéra la lèvre prise entre ses dents.

— Dites-moi, dans l'intrigue que vous avez concoctée pour nous, que se passe-t-il au prochain chapitre ?

— Ma foi…, commença-t-elle de sa voix habituelle.

Comme si ce qu'elle proposait était éminemment pragmatique, alors même que ses joues s'étaient empourprées davantage.

— … si nous cédons à ce qui occupe nos pensées cette nuit, j'espère que nous nous réveillerons l'esprit plus clair demain. Et une fois que nous serons capables de nous concentrer, nous parviendrons à découvrir qui est l'auteur de ces lettres ridicules.

Devait-il lui expliquer que ni l'un ni l'autre ne risquait d'arriver ? À moins que l'auteur des lettres ne se montre, son identité resterait probablement un mystère. Et succomber à l'attirance qu'ils avaient l'un pour l'autre ne serait pas, comme elle semblait l'imaginer, l'équivalent d'une bougie qu'on éteint. Mais plutôt celui d'un feu qu'on attise. Du moins pour lui.

Mais peut-être saisissait-elle parfaitement le dilemme.

— Dans quelques jours, poursuivit-elle, l'un de nous va quitter Dunnock. Soit je reste et continue à être Robin Ratliff, soit c'est vous, et vous devenez lord Magnus.

Il doit y avoir une autre option. Un autre choix possible.

Cette pensée s'évanouit au moment où la main de Jane glissa sur son torse, s'arrêtant de nouveau sur son cœur qui battait la chamade.

— Durant tout ce temps, ni vous ni moi n'avons réussi à oublier un simple baiser. Voulez-vous passer les sept, ou même les vingt-sept prochaines années à vous demander comment cela aurait été si nous étions allés plus loin ?

Grands dieux, non.

Dans un recoin de son cerveau, il savait qu'il lui fallait répondre avec des mots, et plutôt certains que d'autres. De préférence des paroles romantiques.

Mais il décida plutôt de l'embrasser. Pas un baiser doux et tendre, cette fois. Un baiser profond, exigeant.

Le genre de baiser qu'il pourrait conserver avec lui pendant vingt-sept ans si nécessaire.

La main toujours sur sa joue, il s'empara de ses lèvres avec tant de fougue qu'il eut peur qu'elle ne recule. Au lieu de cela, elle se rapprocha davantage, ajustant ses courbes à ses angles saillants. D'abord avide, il se délecta ensuite de sa bouche à la fois si souple et si ferme, l'incitant à lui rendre son baiser. Finalement, il se risqua à lui titiller les lèvres du bout de la langue jusqu'à ce qu'elle les entrouvre et qu'il puisse goûter à sa douceur une fois de plus.

S'il mettait un terme à ce baiser maintenant, il le regretterait, il le savait. Le sang qui avait déserté son cerveau y retournerait et il se rappellerait que l'embrasser était une très mauvaise idée. Dans de nombreuses années, il se souviendrait de cette nuit, se rappellerait qu'il y avait eu un moment où il aurait pu continuer et où il s'était arrêté. Et il se maudirait pour avoir fait une chose pareille.

Il continua donc à l'embrasser jusqu'à ce qu'ils aient du mal à respirer l'un et l'autre. Jusqu'à ce que les doigts de Jane agrippent sa chemise et qu'elle enroule son bras libre autour de sa taille. Jusqu'à ce qu'il s'aperçoive qu'il était en train de l'emmener vers la chambre – ou peut-être était-ce elle qui l'emmenait –, dans un étrange pas de deux qu'ils avaient hâte d'exécuter.

Il s'arrêta lorsque son pied heurta quelque chose au sol. Elle s'écarta juste assez pour lui couler un regard méfiant, puis elle suivit la direction de son regard. Le troisième tome de *La Fiancée du nécromancien* gisait par terre, abandonné.

Un sourire naquit au coin des lèvres de Jane.

— Vous aviez prévu de l'emporter au lit ? Un peu de lecture pour passer le temps ?

Il la gratifia d'un baiser rapide et la poussa en direction de la chambre.

— J'espère avoir tout le divertissement dont j'ai besoin cette nuit.

Ce fut au tour de Jane de trébucher. Juste un peu. Mais elle se rétablit avant qu'il puisse la rattraper. C'est alors qu'une lueur indécise s'alluma dans son regard.

— Thomas ?

— Qu'y a-t-il, jeune fille ?

Les yeux baissés, elle murmura :

— Il faut que je vous dise… La plupart des choses que j'ai écrites sont le pur produit de mon imagination. Je n'ai pas eu jusqu'à présent l'occasion d'avoir des informations de, euh… de première main.

— Cela ne me surprend pas, dit-il, ne sachant trop où cette conversation les menait. Je n'attendais pas vraiment que vous ayez eu des liens avec un magicien soupçonné d'avoir assassiné sa promise.

Elle fronça les sourcils, et soudain, il comprit. Pour le monde extérieur, elle était soit Robin Ratliff, écrivain à scandale, soit Mme Higginbotham, une femme avec de l'expérience. Ce qu'elle essayait de lui rappeler, c'était qu'elle était également l'innocente Mlle Quayle qu'il avait rencontrée des années plus tôt.

— Vous savez quoi, jeune fille ? murmura-t-il en déposant un tendre baiser sur sa tempe, en matière d'amour, l'imagination est une qualité primordiale.

Elle le dévisagea un moment, comme si elle n'était pas certaine de le croire. Puis ses lèvres s'incurvèrent sur un sourire un brin coquin. Elle attrapa la chandelle, le prit par la main et l'entraîna dans la chambre.

15

Il la regardait encore avec ce sourire malicieux quand elle lui lâcha la main pour aller poser la chandelle sur la table de chevet. Il tourna la clé dans la serrure, puis croisa les bras, attrapa sa chemise et s'en débarrassa d'un geste fluide.

Son corps était aussi bronzé que son visage, nota-t-elle. Soit il avait pour habitude de se promener torse nu, soit le soleil des tropiques était si puissant qu'il pouvait traverser le tissu d'une chemise. Une ligne fine de poils sombres disparaissait sous la ceinture de son pantalon.

Elle n'osa pas regarder plus bas. Ses bras et sa poitrine musclés suffisaient amplement à satisfaire son regard. Elle avait envie de promener les doigts sur chaque centimètre de sa peau, y compris sur la longue cicatrice près de ses côtes, rappel des dangers auxquels il avait été confronté. Elle voulait respirer son odeur virile. Elle avait envie…

— Chacun son tour, jeune fille, c'est ça le fair-play, murmura-t-il en haussant les sourcils d'un air suggestif.

L'ardeur de son regard lui fit serrer les cuisses. Dieu merci, son mouvement fut masqué par sa chemise de nuit.

Retenant son souffle, elle laissa glisser au sol la couverture drapée sur ses épaules, puis leva la main pour tirer sur le ruban qui fermait sa chemise de nuit au col... avant de faire une pause.

— Je ne... Ne devrions-nous pas éteindre la bougie ?

— Et quel plaisir en retirerions-nous ?

Il l'avait laissée regarder, à présent, c'était son tour. Fair-play, avait-il dit. Pourtant, elle hésita. Bien qu'il ait essayé de le cacher, elle avait vu dans quel état l'avait mis la soumission de la délicate Ophélia à lord Ruthveyn.

— Je... J'ai bien peur de ne ressembler en rien à l'héroïne du roman de Robin Ratliff.

Avait-on jamais dit chose plus ridicule ? N'importe qui pouvait voir que...

Elle chercha un autre mot que *généreux* utilisé le matin même. Le terme préféré de sa mère pour la décrire était *robuste*, quand elle était de bonne humeur. Une couturière l'avait qualifiée de *dodue*, comme une dinde de noël.

Thomas s'approcha, tendit la main vers le ruban – non, vers sa main. Ses doigts tièdes se refermèrent sur les siens, non pour l'inciter à aller plus loin, mais pour calmer sa nervosité.

— Ce n'est pas l'apparence qui fait une héroïne, Jane. C'est la volonté, la force de caractère, le courage. Vous avez tout cela. Et bien plus, dit-il en lui soulevant le menton pour qu'elle croise son regard.

Volonté. *Courage*. Oui elle pouvait le faire. Elle le voulait. Elle enroula alors le ruban autour de son index et le dénoua. La soie se desserra suffisamment pour lui permettre de faire glisser sa chemise de nuit sur ses épaules. Puis plus bas. Sur sa poitrine trop opulente pour qu'elle puisse s'habiller à la dernière mode. Sur son ventre et le long de ses cuisses, et jusqu'au sol.

Quand Thomas recula, elle ferma les yeux. Son cœur battait à tout rompre. Non, elle n'était pas courageuse. Comment avait-elle pu être si…

— Tournez-vous.

Cet ordre la fit frissonner, quoique pas de peur. Lentement, pour ne pas se prendre les pieds dans sa chemise de nuit, elle pivota jusqu'à lui présenter son dos.

Dans le silence qui suivit, elle enroula les bras autour de son buste, n'osant imaginer ce qu'il devait penser.

Mais il lui était impossible d'oublier ce qu'il lui avait dit à propos de leur première rencontre. Ce jour où elle n'avait pas hésité à lui tourner le dos, lui offrant une vue de premier ordre sur son postérieur. Et il avait…

— Je sais que certains hommes aiment les filles menues, dit-il d'une voix rauque. Mais l'écrivaine que vous êtes aurait intérêt à se rappeler que tous les héros ne se ressemblent pas.

Il s'approcha d'elle mais ne la toucha pas.

— Tous les hommes ne se satisfont pas d'une simple collation, ajouta-t-il. Personnellement, je préfère les festins.

La chaleur de son corps si proche lui arracha un frisson.

Il déposa un chemin de baisers sur la courbe de son épaule. Les picotements de sa barbe sur sa peau délicate transformèrent le frisson en un frémissement de désir.

— De quoi avez-vous envie, Jane ?

Sa virilité était lovée contre ses fesses, comme quémandant une réponse.

Il avait dit qu'elle avait de la force de caractère. Mais en cet instant précis, ses pensées étaient en déroute. Perdues dans les recoins de son imagination. Assaillies par les images d'un livre cochon sur lequel elle était tombée en faisant des « recherches » pour son premier roman. Des désirs à la fois familiers et inconnus couraient dans ses veines et titillaient cet endroit mystérieux au creux de ses cuisses.

Puis, en un éclair, tous ces désirs, ces fantasmes, se figèrent en un seul. Un désir urgent, primordial.

— Je... je veux...

Sa poitrine se souleva.

— Je veux que vous me preniez dans vos bras. S'il vous plaît. Prenez-moi simplement dans vos bras.

Elle voulut se retourner, mais les bras de Thomas l'encerclèrent avant qu'elle en ait eu le temps. Elle se laissa aller contre lui, tout entière à la sensation de sa peau contre la sienne, leurs souffles erratiques à l'unisson. Il posa ses lèvres sur le sommet de sa tête et ne bougea plus.

Elle aurait pensé qu'un homme dans cette situation aurait attrapé ses seins, ou son mont de Vénus. Ils étaient quasiment nus, dans sa chambre où elle l'avait invité, et son sexe se pressait contre le bas de son dos à travers le tissu de son pantalon.

Mais Thomas semblait avoir compris que l'heure de cette intimité-là n'était pas encore venue. Qu'à ce moment précis elle avait juste besoin de ce qu'elle lui avait demandé : sentir ses bras autour d'elle. Ce contact humain dont elle s'était privée depuis si longtemps. La bienveillance et la compréhension qu'on ne lui avait jamais donnée.

Combien de temps restèrent-ils ainsi ? Après coup, elle serait bien incapable de le dire. Incapable de dire qui avait fait le premier pas. Mais, finalement, elle se retourna, noua les bras autour de son cou, frotta doucement les pointes de ses seins contre son torse dur. D'une pression de la main sur son dos, il la plaqua contre lui. De son autre main, il dessina des cercles langoureux juste au-dessus de ses fesses. Puis il l'embrassa.

Si leur premier baiser avait été presque brutal, celui-ci était un baume, la douce caresse de leurs lèvres s'unissant pour le simple plaisir de se retrouver. Lorsque sa langue la taquina, elle la toucha timidement avec la sienne, puis ils respirèrent leurs soupirs et recueillirent leurs souffles. Le désir se déployait en elle, mais elle le tint à distance : elle voulait que ces sensations-là durent encore. Elle désirait tout ce que cette nuit pouvait lui offrir.

Et plus.

Oh, Seigneur !

Son cœur bondit dans sa poitrine tel un moineau tentant de s'échapper de sa cage. *Plus ?* N'était-elle pas en train de commettre une terrible erreur ? Que se passerait-il si, au réveil, elle était insatisfaite ? Si elle se réveillait en souffrant ? Chaque matin, pour le reste de ses jours…

Elle avait dû se raidir involontairement, s'écarter ou laisser échapper un son. Thomas cessa de l'embrasser et la regarda, sourcils arqués.

— Jane ?

Si elle hésitait, elle était perdue. Elle resserra ses mains sur sa nuque.

— J'ai envie de vous, Thomas, dit-elle d'une voix remarquablement posée, espérant ne trahir aucune peur. Emmenez-moi au lit.

À ces mots, l'ancien sourire réapparut et, de nouveau, la fossette se creusa sur la joue de Thomas.

— Je n'ai jamais été de ceux qui suivent les ordres, dit-il. Mais pour vous, je vais faire une exception.

Il la relâcha le temps qu'elle grimpe sur le lit haut et s'installe entre les draps luxueux, tandis qu'il enlevait ses bottes et s'affairait à retirer son pantalon.

Il lui tournait le dos lorsqu'il parvint enfin à se débarrasser entièrement de ses vêtements, elle put ainsi admirer les globes parfaits et plus pâles de ses fesses, et les muscles puissants de ses cuisses. Le soleil ne l'avait donc pas touché partout.

Puis il se retourna, et elle put l'admirer dans son entièreté. Il se dirigea vers elle, le sexe dressé, raide et sombre, gorgé de désir. Cette vision était à la fois follement excitante et un peu inquiétante. Elle fut tentée de détourner les yeux, mais elle ne supportait pas l'idée que sa timidité lui fasse perdre ne serait-ce qu'un instant de l'expérience qu'elle vivait. Il s'arrêta près d'elle, passant la main sur toute la longueur de son sexe, cherchant à la fois à l'exciter et à le lui présenter comme une offrande.

— Il y a un peu de place pour moi dans ce lit, jeune fille ?

Elle ravala sa salive et acquiesça. Sa tête était à nouveau pleine de ces fantasmes décadents et de ces gravures scabreuses montrant des poses dont elle doutait qu'elles soient humainement réalisables.

Elle avait une nuit pour découvrir si elle se trompait.

Cela étant, ce dont elle avait le plus envie était si conventionnel que cela ne manquerait pas d'apparaître ennuyeux à un homme qui avait eu la vie de Thomas. Elle voulait juste s'allonger sur le lit, jambes écartées, et le prendre en elle profondément, sentir le poids de son corps sur le sien.

Elle frissonna lorsqu'il souleva drap et couverture, et posa le genou sur le matelas pour la rejoindre. Quand il s'allongea sur le flanc, près d'elle, elle sentit sa chaleur sur tout son corps et commença à trembler d'impatience.

— Vous avez froid ?

Il allait tirer la couverture, mais elle secoua la tête.

— Je suis seulement un peu nerveuse, je crois. Je me disais que vous pourriez... vous savez, venir sur moi et...

Il laissa échapper un petit rire.

— Ce sera avec grand plaisir. Le moment venu. Pour l'instant, les dames d'abord.

De ses doigts agiles, il ôta le ruban qui maintenait sa tresse, puis glissa les doigts dans celle-ci jusqu'à ce que sa chevelure se déploie en vagues sensuelles. Puis il lui massa délicatement le crâne, juste assez pour effacer des années de tension.

— C'est mieux ? Tournez-vous, juste un peu.

Elle se laissa manipuler jusqu'à ce qu'elle se retrouve blottie contre lui, dos collé à son torse. C'était presque la même position que tout à l'heure, un bras sous sa tête, l'autre autour de sa taille. Mais, cette fois, ses mains coururent sur sa peau, d'abord avec légèreté, puis avec plus de fermeté. Thomas lui murmurait des mots doux, anéantissant ses derniers doutes quant à son pouvoir de séduction.

— Vous êtes une œuvre d'art, chuchota-t-il en traçant une ligne depuis son genou jusqu'à la courbe de sa hanche et sur son ventre légèrement arrondi. Si douce. Et quand un homme est en érection, c'est cette douceur-là qu'il désire, croyez-moi.

Sa verge vint se nicher dans le creux sous ses fesses.

Puis il referma les mains sur ses seins, et un grondement de plaisir lui échappa.

— Ah, jeune fille, vous avouerai-je combien j'ai rêvé de cela, de la couleur de vos tétons et de leur forme ? Mais mon imagination ne vous rendait pas justice.

Jusqu'à présent, elle avait toujours été gênée par la couleur rose-brun de ses aréoles, trop larges pour être cachées par les corsages légers à la mode. Mais tandis que son pouce allait et venait sur la peau douce comme un pétale de rose jusqu'à ce que les pointes de ses seins se dressent hardiment, elle commença à voir l'avantage que constituaient leur taille et leur forme. Lorsqu'il les pinça doucement, elle ne put s'empêcher de gémir. Quand il pinça plus fort, elle se cambra spontanément à la recherche de cette merveilleuse sensation de plaisir et de douleur mêlés. Et quand il lui promit de les sucer jusqu'à ce qu'elle crie, son corps entier se raidit et frémit.

— Peut-être pas totalement indépendante, finalement, non ? la taquina-t-il.

Un frisson la traversa. Avait-il vraiment pensé, tout à l'heure, qu'elle parlait de... *plaisirs solitaires* ? En temps normal, elle aurait déclaré avec force qu'elle ne voyait pas de quoi il parlait. Jamais elle ne ferait cela !

Enfin, rarement...

La main de Thomas descendit lentement le long de son corps, jusqu'au triangle bouclé entre ses cuisses.

— Quand vous serez prête à jouir, alors, laissez-moi venir en vous, lui demanda-t-il.

Et soudain, ce qu'elle s'apprêtait à nier lui parut vain. Il lui écarta légèrement les cuisses, passa l'une de ses jambes à elle sur la sienne pour qu'elle soit mieux offerte à ses caresses.

— C'est cela, jeune fille. Si humide. Si impatiente.

Il glissa les doigts entre les replis de sa féminité et elle se tortilla contre lui, car il contournait à dessein la petite crête où se trouvait la source de son plaisir et tournait autour avec une douceur insoutenable.

— S'il vous plaît..., réussit-elle à murmurer d'une voix enrouée.

— Puisque c'est demandé si gentiment, soupira-t-il contre son épaule, et elle sentit qu'il souriait.

Se concentrant sur le petit bouton charnu, il l'amena très vite à la jouissance sans cesser de lui murmurer des mots doux à l'oreille.

Sans forces, elle ne put que laisser échapper un miaulement de protestation quand il retira son bras et la fit basculer sur le dos. Il était bien trop tôt pour qu'il s'éloigne d'elle, pour être privée de lui, rassasiée de sa chaleur. À son grand soulagement cependant, il se hissa sur elle et lui écarta les jambes. Ses baisers se firent plus brusques, plus affamés, et avant qu'elle ait eu le temps d'y répondre, sa bouche descendait le long de son cou jusqu'à ses seins, qu'il se mit à sucer, ranimant son désir tel un feu vivant.

Il se redressa alors en position assise et regarda ses mains rugueuses courir à l'intérieur de ses cuisses ouvertes, son phallus dressé entre elles. Ses pouces allaient et venaient de chaque côté de son mont de Vénus, là où la peau est fine et délicate. Jane n'avait jamais imaginé qu'on puisse contempler cet endroit précis de son anatomie, et sans parler de la contempler elle avec un désir aussi brut. Il aimait ce qu'il voyait, même elle ne pouvait le nier.

— Si nous avions plus de temps, je vous embrasserais ici. Et là. Jusqu'à ce que vous jouissiez de nouveau.

Son pouce passa de nouveau sur le petit bouton de rose et elle sursauta. Elle n'était pas choquée, elle devait même avouer qu'elle était curieuse de ce que sa bouche pourrait faire à cet endroit.

C'est alors qu'il introduisit un doigt en elle, suivi rapidement d'un second.

— Mais comme il ne s'agit que d'une nuit...

Elle ferma à demi les paupières lorsqu'il attrapa sa queue – c'était le mot employé dans ce livre scandaleux... – et la plongea dans sa douce humidité.

Elle s'attendait à éprouver de la douleur, et ce fut un peu le cas. Mais la gêne fut de courte durée. Elle était encore si détendue d'avoir joui que son corps accueillit son sexe dur avec plaisir, comme Thomas l'avait prévu. Il était à présent sur elle, comme elle le lui avait demandé, sa tête et ses épaules emprisonnées entre ses bras, et il déposait des baisers sur sa bouche, son menton, son front. Lorsqu'il s'enfonça en elle, les pointes de ses seins se tendirent. Et très vite, bien plus qu'elle ne l'aurait cru possible, elle sentit monter une nouvelle vague en elle. Elle souleva les hanches pour aller à la rencontre des siennes et se délecta de la puissance avec laquelle son corps d'homme, son mouvement du bassin, la repoussa contre le lit.

Son rythme s'accéléra, et son souffle se fit de plus en plus irrégulier. Dans un râle étranglé, il se retira au moment où ses muscles intimes commençaient à se contracter autour de lui. Sa semence se répandit sur son ventre, et il s'effondra sur elle.

Jane ferma les yeux, s'efforçant de graver dans sa mémoire chacun des instants qu'elle venait de vivre. L'odeur de transpiration sur sa peau, le poids de son corps, la chaleur humide et la plaisante douleur, vestiges de leur passion partagée.

Plus tard, elle rangerait ces nouvelles perceptions dans le sombre tiroir réservé à ce genre de souvenir. Pour l'instant, et tandis que la pendule sonnait 2 heures, elle se demanda si ce serait mal de recommencer.

16

Au début, Thomas ne comprit pas ce qui l'avait réveillé. Il se releva à demi sur le lit confortable et balaya la pièce du regard. Le lever du soleil ? Non, il était passé depuis longtemps. Les fenêtres, hautes et étroites, ici comme partout ailleurs dans le château, étaient orientées à l'est. La lumière qui emplissait la chambre le fit cligner des yeux. Il les frotta, encore à moitié assoupi.

À son côté, Jane dormait, dos vers lui, chevelure répandue sur les oreillers. Une épaule blanche et ronde émergeait de sous le drap. Il fut tenté d'y faire courir son doigt. Dieu qu'elle était sensuelle... Il l'avait prise trois fois, durant la nuit précédente – deux de plus qu'il n'en avait l'intention et trois de plus qu'il ne l'aurait dû. Et pourtant, son sexe ingrat s'était réveillé dur et impatient. Presque malgré lui, il tendit la main pour la toucher, puis se ravisa.

Il s'obligea à se rallonger et à fermer les yeux. Ils s'étaient accordés sur une seule nuit. Et c'était le matin.

Il ne pensait pas s'être rendormi, pourtant, le son de plusieurs voix – deux au moins, et l'une d'entre elles était agitée – lui parvint du salon et le réveilla en sursaut une fois de plus. Était-ce cela qui l'avait réveillé plus tôt ? Il jeta un coup d'œil à la porte. Heureusement, la clé était toujours dans la serrure. Il ne s'agissait probablement que d'Esme se parlant toute seule en balayant devant la cheminée.

Il n'eut pas le temps de se détendre de nouveau que la porte de la chambre trembla dans son cadre comme si elle avait reçu un coup. En un éclair, il se redressa en position assise. Des voix étouffées mais inquiètes émanaient du bureau.

— Jane, réveillez-vous ! lui dit-il doucement à l'oreille en lui secouant l'épaule. Je crois que quelqu'un essaie de forcer la porte.

Écartant ses cheveux de son visage, elle se releva brusquement et remonta le drap sur sa poitrine. Elle semblait aussi surprise de trouver quelqu'un dans son lit que par ce qu'il venait de lui dire.

— Quoi ? Qu'avez-vous dit ?

Il n'eut pas besoin de se répéter car quelque chose heurta de nouveau la porte, aussitôt suivi par un gémissement et quelques jurons.

Puis, s'approchant du trou de la serrure, la voix se fit plus audible.

— Poussez-vous de là, Dougan, vous servez vraiment à rien. Madame Higginbotham, vous m'entendez ? Oh, qu'est-ce que je dois faire ?

— Mme Murdoch ! murmurèrent Jane et lui d'une même voix.

Ce devait être le fruit de son imagination, mais Thomas avait l'impression que Jane avait l'air… *amusée*.

Qu'elle trouve ou non amusante la tentative de sa gouvernante de faire irruption dans sa chambre, elle se leva d'un bond pour y mettre fin. Thomas eut à peine le temps d'entrapercevoir son corps nu qu'elle avait déjà enfilé sa chemise de nuit.

Prestement, elle rassembla ses affaires et les lui lança.

— Il faut vous cacher le temps que je comprenne ce qui se passe. Dans l'armoire, ajouta-t-elle avec impatience en désignant un meuble antique alors qu'il était encore en train de chercher la porte d'un éventuel dressing. C'est le seul endroit où vous pourrez tenir.

Dire qu'il pouvait y tenir semblait quelque peu exagéré. Certes, l'armoire était haute et profonde, mais elle était aussi remplie à ras bord d'habits, des vêtements de deuil, mais aussi d'autres, aux couleurs plus vives, datant peut-être de l'époque où elle n'avait pas encore endossé le rôle de Mme Higginbotham. Impossible d'enfiler son pantalon là-dedans, malgré ses tentatives. Il n'arrivait même pas à fermer complètement derrière lui. La petite fente laissée par les portes entrouvertes avait toutefois un avantage. Il put admirer le calme avec lequel Jane se dirigea vers la porte, tourna la clé et ouvrit abruptement. Dougan, qui s'était à l'évidence lancé de nouveau à l'assaut de la porte, fonça tête la première avant de s'étaler sur le sol.

La douce Jane se précipita vers lui et se pencha, la main posée sur son épaule.

— Tout va bien, Dougan ? Vous ne vous êtes pas fait mal ?

— Et quand bien même, c'est son boulot, déclara Mme Murdoch sur le seuil.

Aphrodite et Athéna se ruèrent dans la pièce et se mirent à renifler leur maîtresse avec anxiété.

— Mon Dieu, madame Higginbotham, la frayeur que vous nous avez faite !

— La frayeur ? Je ne...

— Ça vous ressemble pas de verrouiller la porte. Vous vous sentez pas bien ? Ça fait un quart d'heure que je cogne et que j'appelle. Et comme vous répondiez pas, je suis allée chercher Dougan. Il est presque 10 heures, et j'osais pas penser à ce qui…

Elle secoua la tête, visiblement bouleversée.

— Et puis, il y a l'état des chambres…

— Des chambres ? répéta Jane. Quelles chambres ? L'un de vous deux voudrait-il me dire ce qui se passe ?

— Quand Esme a apporté son petit déjeuner à M. Sutherland, expliqua la gouvernante, un peu agacée, elle a trouvé le corps de garde vide et complètement en désordre… Le plateau de thé était renversé, les vêtements éparpillés, elle a eu peur que quelque chose ne lui soit arrivé.

— Je l'ai entendue crier, intervint Dougan. J'ai bien surveillé l'enceinte hier soir, tout comme il a dit. Personne rentre, personne sort.

— Qui vous a dit ça ?

— M. Sutherland, répondit Mme Murdoch à sa place. Évidemment, c'était normal de prévenir Dougan qu'un intrus pourrait essayer d'entrer dans Dunnock. Je me demande pourquoi il a pas eu la courtoisie de me prévenir moi aussi.

— Ma foi… Dougan est le gardien, lui rappela Jane.

Si Thomas ne la voyait pas, il entendit le sourire dans sa voix.

— Il n'empêche que quand je suis montée pour voir si tout allait bien, j'ai été choquée. Des feuilles éparpillées, une flaque de cire sur le tapis, des livres par terre…

Cette panique sembla un peu exagérée à Thomas. Il ne s'agissait que d'un seul livre, et elle avait certainement vu des endroits plus désordonnés.

— Je savais que jamais vous auriez laissé le bureau dans cet état, madame. En tout cas, pas de votre plein gré. Et puis il y a ça.

D'un ton triomphant, elle indiqua sa preuve la plus criante : le manteau de Thomas.

— C'est celui de M. Sutherland. Je l'ai trouvé derrière une chaise, comme si on avait essayé de le cacher...

— M. Ratliff a reçu une lettre de menaces, déclara Jane posément, et Thomas ne put qu'admirer son calme. Cela m'a alarmée, vous vous en doutez. J'ai travaillé tard, mais j'ai demandé à M. Sutherland de monter la garde, hier soir, de patrouiller dans le château. Je suppose qu'il est venu dans le salon cette nuit, après que je me suis couchée, qu'il a trouvé qu'il faisait un peu... chaud et qu'il s'est débarrassé de son manteau.

Cette affirmation fut accueillie avec scepticisme par la gouvernante. Personne n'avait jamais trouvé la moindre partie d'un château des Highlands « un peu chaud » au mois de janvier.

Son attention fut heureusement détournée par autre chose.

— Qu'est-ce que vous tripotez là, Dougan ? interrogea-t-elle.

Lorsque Thomas comprit ce qui avait attiré son regard, il ne trouva plus du tout que le détournement de son attention était heureux.

— C'est un drôle de couteau, hein ? dit Dougan en le lui tendant. Je viens de le trouver là-bas, par terre.

Instinctivement, Thomas tâta les bottes qu'il avait gardées à la main. Vides. Bon sang. L'arme avait dû tomber quand Jane lui avait lancé ses affaires dans le fol espoir de dissimuler les preuves de ce qui s'était produit dans cette pièce durant la nuit.

— Il est à moi, répondit Jane en le reprenant des mains de Dougan.

Thomas retint son souffle, craignant que l'un d'entre eux ne se coupe le doigt au cours de l'échange. À tort.

— Vu les circonstances, j'ai pensé qu'il valait mieux que je m'arme et que je verrouille la porte de ma chambre.

Thomas se détendit un peu. Si Dougan semblait convaincu par les explications de Jane, on ne pouvait en dire autant de Mme Murdoch. Toutefois, s'étant assurée que Jane allait bien, elle décida d'abandonner l'interrogatoire, du moins pour l'instant. Elle fit signe à Dougan de la suivre et se dirigea vers la porte.

Deux choses se produisirent alors, en lien l'une avec l'autre, qui mirent fin à l'illusion temporaire de victoire.

Le battant de l'armoire s'ouvrit dans un craquement, comme mû par une volonté propre. Stupéfait, Thomas vit Athéna introduire sa truffe dans la fente. D'un geste, il tenta de la chasser, mais elle se mit à grogner.

Mme Murdoch s'arrêta sur le seuil et fronça les sourcils.

— C'est bien beau d'avoir un autre homme sous la main pour surveiller un peu tout ça, mais où est donc M. Sutherland ?

Suivant le regard de sa gouvernante, Jane tourna la tête en direction de l'armoire. Elle avait l'air inquiète, nota Thomas. Et en effet, si Mme Murdoch décidait d'aller voir ce que le chien avait trouvé, ce serait la fin de tout. Jane avait beau être un pur génie créatif, si la gouvernante ouvrait l'armoire et y découvrait un homme nu, même le fameux Robin Ratliff aurait du mal à inventer une explication plausible.

— Athéna, ici ! ordonna Jane à la chienne qui ne lui obéit pas. Il n'était pas dans sa chambre quand Esme lui a apporté son petit déjeuner, dites-vous ? Êtes-vous allée voir en cuisine, madame Murdoch ?

Elle se glissa entre la gouvernante et l'armoire, et les poussa vers la porte, Dougan et elle.

— Je suis sûre qu'un homme de sa carrure doit avoir un bel appétit.

L'estomac de Thomas eut au même instant la mauvaise idée de gargouiller, comme pour confirmer ce qui venait d'être dit. En réaction, Athéna aplatit les oreilles et eut un petit jappement inquiet.

Finalement, il entendit la porte se refermer derrière Dougan et Mme Murdoch. À sa grande surprise, Jane ne tourna pas la clé. Elle se laissa aller contre le panneau de chêne, parvenant à peine à contenir son rire. Après avoir observé sa maîtresse, tête inclinée de côté, comme si elle s'interrogeait, Aphrodite trotta jusqu'à Athéna pour l'aider à enquêter sur ce qui se trouvait dans l'armoire.

Thomas compta jusqu'à trois avant de sortir de sa cachette. Les chiennes s'écartèrent, puis s'engouffrèrent dans l'armoire, reniflant partout. Avant qu'il puisse les en empêcher, elles s'étaient saisies de son pantalon, qu'il avait laissé tomber, et commencèrent à se le disputer.

— Allons, allons, ça suffit, dit Jane, venant à la rescousse.

Elle lança un regard amusé à Thomas et confisqua leur nouveau jouet aux chiens.

— Vous devriez peut-être enfiler ceci en attendant, dit-elle avant de lui lancer son manteau.

Pour l'attraper, il dut lâcher ses bottes qui manquèrent de lui écraser les orteils en tombant. Le bruit lui valut un froncement de sourcils réprobateur, qui disparut rapidement.

— J'ai peur qu'il ne soit un peu abîmé…

Jane passa les doigts à travers les trous dans la jambe du pantalon que les dents acérées des chiens venaient de faire.

— Esme est très douée pour raccommoder les vêtements, le rassura-t-elle. Mais il faudra faire avec pour l'instant.

Elle déposa le pantalon sur le lit, et repartit vers la porte, tressant sa natte en chemin avec des mouvements rapides et précis.

— Pendant que vous vous préparez, je vais descendre et essayer de distraire Agnès le temps que vous regagniez le corps de garde et que vous vous habilliez convenablement. Il ne serait pas bon que vous soyez en retard.

En retard ? Habillé convenablement ? Il avait espéré s'écrouler dans un lit pour encore quelques heures. Pas seul, de préférence.

Elle regarda par-dessus son épaule et, cette fois, ne détourna pas les yeux.

— En retard à l'église, précisa-t-elle. Auriez-vous oublié que nous sommes dimanche ?

Il avait sans doute grimacé, car elle esquissa un sourire ironique.

— J'ai la faiblesse de penser que nous en avons tous deux grand besoin, ajouta-t-elle.

Était-elle si pressée de laisser derrière elle les événements de la nuit ? Il hocha la tête sèchement, il ne s'agissait pas vraiment d'un assentiment.

— J'aimerais récupérer mon couteau avant que vous partiez.

Elle s'approcha et lui tendit l'arme.

— J'espère que vous n'avez pas l'intention de faire quoi que ce soit d'inconsidéré.

La nuit dernière, elle s'était ouverte à lui, lui avait dévoilé des pans entiers d'elle-même qu'elle n'avait jamais partagés avec quiconque. Pour une fois, il ne pensait plus à son corps. Il pensait être préparé à ce que lui réserverait le lendemain. L'inévitable malaise. S'apercevoir que les choses entre eux avaient changé et que c'était douloureux.

Mais cette espièglerie était pire, bien pire que ce à quoi il s'attendait. La Jane dont il se souvenait - un peu absurde, drôle et intelligente - se trouvait toujours en elle, attendant d'être libérée. Et il était en train de tomber éperdument amoureux d'elle.

De nouveau.

— Cela dépend, dit-il en orientant la lame pour attraper un rayon de soleil. À quel point les sermons du pasteur sont-ils ennuyeux ?

Elle secoua la tête en riant, adorablement partagée entre honnêteté et irrévérence.

— Mortellement.

17

Debout dans le grand hall vide, Jane toucha de sa main gantée son chignon serré sous sa capuche, puis lissa le tissu de sa pelisse de laine noire, tout en faisant mentalement le bilan de ses aventures de la nuit.

Son corps était aussi sain et solide qu'il l'avait toujours été, parfaitement inchangé... hormis la marque laissée par l'un des baisers féroces de Thomas, fort heureusement caché sous son corsage, et une légère douleur, pas déplaisante, entre ses cuisses. Si son esprit n'était pas aussi aiguisé, ce matin, qu'elle l'avait espéré – elle n'avait pas pris en compte les effets du manque de sommeil –, elle n'avait pas perdu entièrement sa lucidité.

Qu'en était-il de son cœur ? Ses doigts se posèrent sous son sein gauche. Le rythme était parfaitement régulier, Dieu merci. Elle s'était inquiétée pour rien la nuit dernière. Il n'y avait aucune raison pour que ce qui s'était produit hier ait des conséquences aujourd'hui.

Ou demain.

Elle prit une profonde inspiration et traversa la pièce dallée, puis l'enceinte intérieure jusqu'à la cour où les domestiques étaient rassemblés sous le ciel gris. Dougan portait un kilt rapiécé, Mme Murdoch affichait son habituelle expression réprobatrice, Esme semblait impatiente de retrouver sa famille, et la cuisinière et la fille de cuisine frissonnaient, rêvant sans doute à la chaleur des fourneaux. Dougan ayant déjà levé la herse, Jane fit signe à la petite troupe de se mettre en chemin.

C'est alors que la porte du corps de garde s'ouvrit dans un grincement. Baissant la tête sous le linteau, Thomas sortit pour les rejoindre, le rouge écarlate de son uniforme contrastant avec la pierre grise et le paysage hivernal. Les doigts de Jane se crispèrent sur sa pelisse et son pouls s'emballa, comme à dix-sept ans. Il n'avait pas le droit d'être aussi séduisant.

En deux enjambées, il l'avait rejointe.

— Vous m'avez dit de m'habiller convenablement, lui rappela-t-il, comme s'il lisait dans ses pensées.

Il s'inclina pour saluer le groupe qui se remit en marche, sauf Mme Murdoch qui s'arrêta pour l'inspecter de haut en bas avant de donner un coup de menton satisfait et de suivre les autres.

— Estimez-vous heureux d'être resté dans les bonnes grâces de Mme Murdoch, lui dit Jane, s'efforçant de retrouver sa voix habituelle.

— Je le suis, assura-t-il, taquin. Mais j'avoue que ce qui m'intéresse, c'est de savoir si je suis remonté dans votre estime.

— Comment osez-vous parler de… ? Sur le chemin de…

Elle avait chuchoté, les yeux rivés sur les autres, heureusement trop loin pour les entendre.

Il inclina la tête et, caché par le bord de son chapeau, lui adressa un clin d'œil coquin.

— Je suis heureux de savoir que je ne vous ai pas déçue.

Elle ouvrit la bouche, mais, comme cela lui arrivait trop souvent ces derniers temps, ne trouva rien à répondre. Elle rougit, soupira et détourna les yeux. Ils firent quelques pas en silence, puis elle déclara :

— Je ne suis pas sûr que nous soyons l'un et l'autre dans l'état d'esprit qui convient pour écouter le sermon de M. Donaldson.

Elle tenta de ravaler un sourire en pinçant les lèvres.

— Ou peut-être sommes-nous exactement dans l'état d'esprit qui convient, ajouta-t-elle.

Les yeux pétillants, Thomas demanda :

— Fera-t-il pleuvoir le feu et le souffre sur nous ? Est-il du genre à nous faire trembler pour nos péchés ?

Comme si elle n'avait pas déjà suffisamment tremblé.

Mme Murdoch choisit ce moment pour lancer un regard acéré par-dessus son épaule. Jane devinait sans peine de quoi ils avaient l'air tous les deux, marchant côte à côte, si proches, riant. À l'évidence, Agnès soupçonnait quelque chose, mais si elle avait la moindre idée…

— Belle matinée, n'est-ce pas, madame ? lui lança Thomas.

Au grand étonnement de Jane, la gouvernante eut un petit gloussement approbateur avant de se retourner. Existait-il une seule femme au monde qu'il n'était pas capable de charmer ?

— Depuis combien de temps ce Donaldson est-il pasteur à Balisaig ? s'enquit-il comme ils s'approchaient du village.

— Depuis quelques semaines seulement. À l'automne dernier, la santé du vieux M. Parkham a commencé à décliner. J'ai pris la liberté d'écrire à

M. Watson, le régisseur de lord Magnus… Pardon, *votre* régisseur, pour l'informer de la situation. Je suis désolée si j'ai outrepassé mes fonctions, mais j'ai eu le sentiment que quelqu'un en position d'autorité devait en être averti.

Thomas hocha brièvement la tête.

— M. Donaldson est arrivé peu après et a joué le rôle de… vicaire, si tant est qu'une telle fonction existe chez les presbytériens. Malgré cette aide, M. Parkham a insisté pour se charger de l'office de Noël, sans tenir compte de son épuisement. Le lendemain, sa gouvernante l'a retrouvé mort. Il était décédé dans son sommeil. Après cela, M. Donaldson s'est simplement… glissé dans le rôle du pasteur, sans que personne élève d'objection.

Thomas resta silencieux un long moment, puis :

— C'est un homme jeune ?

— En âge, oui. Mais pas en esprit.

Thomas fronça les sourcils, perplexe.

— Vous verrez, dit-elle.

L'église de Balisaig était excentrée, bordée sur deux côtés par le cimetière et sur le troisième par le presbytère. Une fois à l'intérieur, les domestiques du château s'installèrent sur un banc, au fond. Sans réfléchir, Jane remonta la nef et alla s'asseoir à sa place habituelle, le banc réservé à Dunnock Castle, auquel elle considérait avoir droit vu le loyer exorbitant dont elle s'acquittait.

Après un instant d'hésitation, si bref que Jane crut l'avoir imaginé, Thomas ouvrit la porte menant au banc, qui portait un blason à demi effacé, et s'assit près d'elle, sous une plaque portant le nom de quelque précédent lord Magnus.

Cela attira bien sûr l'attention de toute la congrégation. S'il avait décidé d'être discret, un manteau rouge n'était pas franchement le bon choix. Jane entendit la rumeur enfler, puis retomber lorsque M. Donaldson arriva.

L'office commença sans rencontrer grand enthousiasme, comme c'était le cas depuis que M. Donaldson s'en chargeait. Un vague bourdonnement sonnant faux et une prière marmonnée. Elle essaya de se concentrer sur le texte de la prière, sur l'inconfort des sièges, sur les jeux de lumière à travers le chœur. Sur n'importe quoi plutôt que sur la forme des cuisses de Thomas, moulées dans son pantalon blanc, ou sur la largeur et la puissance de ses épaules qui la frôlaient presque. Peut-être aurait-elle mieux fait de feindre une migraine ce matin.

Une église n'était pas un endroit approprié pour une femme qui ne regrettait pas ses péchés.

M. Donaldson devait avoir environ vingt-cinq ans ; grand et mince, il avait les cheveux et les yeux noirs. Bien qu'il ait vécu toute sa vie en Écosse, il n'avait presque aucun accent. Jane le suspectait d'avoir tout fait pour s'en débarrasser afin de gagner en sérieux et en respectabilité.

Un effort que les gens de Balisaig ne semblaient pas apprécier. Alors qu'il montait au pupitre, les épaules des fidèles commencèrent à s'affaisser, comme si l'assemblée avait poussé un soupir collectif. Jane agrippa le bord du banc à s'en donner des crampes, se préparant à l'assaut à venir contre les plaisirs simples de la petite communauté.

Évidemment, M. Donaldson n'avait pas les quarante années d'expérience à Balisaig de son prédécesseur. En fait, il n'avait l'expérience de rien. Les péchés qui pullulaient dans une ville comme Édimbourg, d'où il venait, étaient si éloignés de ce qu'offrait la vie dans un village tranquille des Highlands que c'en était risible. Il ne servait pas à grand-chose d'expliquer aux gens du cru qu'ils devaient renoncer aux plaisirs du *Chardon et la Couronne*, ou qu'il leur fallait abjurer les jeux d'argents. À vrai dire, quand Jane s'était installée, on parlait encore du jour où M. Shaw avait perdu un shilling dans une partie de whist en 1796.

Ce qui ne signifiait pas que les habitants de Balisaig étaient exempts de défauts. Si elle avait vu assez peu de gens s'adonner à la paresse ou à la gourmandise, la colère et la jalousie s'exprimaient à l'occasion. Et comme ils n'étaient après tout que des humains, ils ne devaient pas manquer de se laisser aller de temps à autre à la...

— *Luxure.*

Tel un boulet de canon, le mot que M. Donaldson prononça dans le silence s'écrasa dans un bruit sourd. Quelque part dans le fond, on entendit un ronflement (sans doute Edward Shaw qui, à douze ans, s'intéressait relativement peu aux péchés de la chair), suivi d'un bruit de claque (probablement administrée par Mme Shaw ou par l'une de ses filles) sur la tête du ronfleur. Jane serra le bord du banc encore plus fermement, en partie pour ravaler le rire qui monterait en elle, en partie pour empêcher son esprit de s'égarer sur des chemins où il valait mieux ne pas s'attarder, surtout dans une église.

La seconde raison fut toutefois contrecarrée par la main de Thomas qui, glissant de son genou, vint couvrir la sienne. La réaction convenable aurait été de la repousser et de croiser sagement les mains sur ses cuisses.

Mais quelque part au cours des dernières vingt-quatre heures, elle s'était habituée à ses caresses. Et avait perdu l'envie d'être convenable.

— Le Christ et ses apôtres n'ont cessé de nous ordonner d'éviter les tentations de la chair, continua M. Donaldson, à peine dérangé par les perturbations émanant de la famille Shaw. Et pas simplement de les éviter, mais de couper la main ou d'arracher l'œil qui nous pousse à l'offense. Si le sacrifice, si la violence sont nécessaires pour contrôler notre nature de pécheurs, pour résister aux attraits de la luxure, alors notre devoir est d'exercer ces vertueuses passions, car elles sont le meilleur moyen de combattre le vice.

Arrivant à sa conclusion, le révérend fit une pause, scrutant l'audience, s'attardant sur certains visages.

— Nous devons aussi éliminer ceux qui nous mènent sur les chemins de la tentation. La femme qui se vêt sans modestie, le pourvoyeur d'alcool qui réveil nos bas instincts. Celui qui raconte des histoires lubriques.

À ces mots, Thomas serra la main de Jane. Elle sursauta, attirant brièvement l'attention de M. Donaldson.

— Certains parmi nous se réjouissent de faire le travail de Satan à sa place. N'ayons pas de commerce avec les intermédiaires du diable.

Du coin de l'œil, elle vit la fossette se creuser sur la joue de Thomas, comme s'il se reconnaissait dans cette description.

— Suivez l'exhortation de saint Paul, abhorrez le mal ! acheva Donaldson.

Tandis que l'assemblée entamait le cantique final, Thomas se pencha vers Jane.

— Il a oublié la meilleure partie : accrochez-vous à ce qui est bon, murmura-t-il en agitant les sourcils d'un air suggestif.

C'était sans doute sacrilège en ce lieu, mais elle ne put s'empêcher de penser à ce qu'elle avait ressenti entre ses bras. Elle parvint à déguiser un soupir tremblant en toussotement.

Lorsque la petite foule commença à quitter l'église, les conversations reprirent de plus belle.

— Pincez-moi, c'est Tommy Sutherland ! s'écria M. Shaw.

Jane comprit alors qu'elle s'était méprise sur la nature de la curiosité qui s'était emparée du village.

Thomas lui toucha discrètement le coude avant de la quitter pour s'approcher du vieil homme qui l'avait de toute évidence connu alors qu'il était très jeune. À partir de là, Thomas fut pris dans un tourbillon de salutations et reçut même un baiser d'Elspeth, qui devait à peine être sortie de l'enfance la dernière fois qu'il était venu à Balisaig. M. Campbell, le forgeron, qui discutait tranquillement avec Davina Ross, s'approcha, main tendue. Thomas ignora son geste et le gratifia d'une accolade avec force tapes dans le dos.

Jane sourit, malgré le nœud qui se formait dans sa poitrine. Pensait-il à la façon dont les gens l'auraient accueilli s'ils savaient qu'il était lord Magnus ? Peut-être. Mais il devait aussi voir à quel point il était apprécié.

Il appartenait à cet endroit, y était à sa place – si Robin Ratliff n'avait pas occupé le château.

Jane se fraya rapidement un chemin vers la sortie de l'église, saluant poliment de la tête ici ou là, et offrant une courte révérence à M. Donaldson qui se tenait dans le vestibule, dernier obstacle entre elle et la bouffée d'air frais dont elle avait désespérément besoin.

Mais le pasteur ne se laissa pas décourager.

— Et qui est notre visiteur de ce matin, madame Higginbotham ? s'enquit-il, dévoilant deux rangées de dents jaunâtres dans ce qui était probablement une tentative de sourire. Je parle évidemment du gentleman en uniforme.

— Le lieutenant Thomas Sutherland, rentré récemment des Indes occidentales où il a été stationné pendant quelques années.

— Invité à Dunnock, je suppose ?

La possibilité que ses questions puissent paraître indiscrètes ne sembla pas lui traverser l'esprit.

Jane s'efforçait d'ordinaire de ne pas mentir ouvertement à des prêtres, en particulier dans l'enceinte d'une église. Mais aujourd'hui, elle se réjouit d'avoir un don pour inventer des histoires. Ce n'était pas à elle de dire la vérité.

— M. Ratliff, mon employeur, a décidé de rester à Édimbourg jusqu'à la fin de l'hiver. Mais il ne voulait pas laisser les résidents du château sans protection. Je suis sûre que vous le comprenez, ajouta-t-elle en baissant les yeux.

Elle avait beau ne pas bien connaître M. Donaldson, elle était certaine que ce n'était pas le genre d'homme à considérer qu'une femme pouvait se protéger elle-même.

— En effet, je comprends parfaitement.

Levant les yeux, elle vit son expression pincée.

— Ce qui m'étonne, c'est que M. Ratliff le comprenne lui aussi. Ce que j'ai entendu à son sujet ne laissait pas deviner qu'il puisse être si… convenable et prévenant.

Jane força un sourire.

— Peut-être, monsieur Donaldson, que votre prochain sermon pourrait porter sur les méfaits de la médisance ?

Il eut une expression étrange, comme s'il était prêt à approuver cette suggestion mais qu'il y voyait un piège.

— J'y pense, madame, je voulais vous demander si vous aviez un peu de temps pour venir au presbytère après l'office ? J'aimerais engager les dames les plus en vue de Balisaig afin d'élever un peu le niveau de notre village. Peut-être pourrions-nous former un petit comité qui offrirait quelques distractions régulières, des choses plus saines que ce que propose *Le Chardon et la Couronne* ?

Lorsqu'elle hocha vaguement la tête, il pressa les mains l'une contre l'autre – ce qu'il pouvait apparemment faire de mieux pour exprimer sa joie.

— Parfait ! Je vais en parler avec Mme Abernathy et… Mme Shaw, peut-être ? Qu'en pensez-vous ? Je m'inquiète un peu pour l'âme de son fils.

Jane fut dispensée de répondre car déjà le pasteur s'empressait d'alpaguer la femme de l'apothicaire. Elle coula un regard par-dessus son épaule et constata que Thomas était encore entouré. Elle n'avait pas vraiment d'excuse pour échapper à la réunion au presbytère. Peut-être pourrait-elle toutefois la quitter très vite en expliquant qu'elle avait prévu de rentrer à Dunnock avec Thomas. Même s'il n'en avait pas été question, bien sûr. Ils avaient soigneusement évité toute conversation sur ce qui se passerait après.

Existait-il un moyen pour qu'ils aient un avenir commun, elle et lui ?

Sans attendre les autres femmes, Jane se dirigea vers le presbytère, une pittoresque construction en pierre à peine plus grande qu'un cottage, juste deux pièces en bas et deux à l'étage. La maison était vide, mais cela ne surprit pas Jane, Donaldson avait dû donner sa journée à Mme MacIntosh. La porte s'ouvrait sur un modeste vestibule, à peine plus large que l'escalier qui le surplombait. Les murs étaient peints en gris et le parquet ciré n'était couvert d'aucun tapis. À droite et à gauche, des portes menaient, l'une au salon, l'autre au bureau.

Jane repoussa sa capuche, déboutonna sa pelisse et attendit dans le salon. Le mobilier était confortable quoique passé de mode, le papier peint, défraîchi, et le tapis plus qu'usé. M. Parkham n'avait rien voulu changer dans la maison après le décès de son épouse, et M. Donaldson, qui était célibataire, n'avait sans doute aucun intérêt pour la décoration.

Après ce qui lui parut une éternité, bien qu'objectivement il ne s'écoulât pas plus d'un quart d'heure, elle se leva et traversa l'étroit vestibule pour se rendre dans le bureau dont les fenêtres donnaient sur le parvis de l'église. Donaldson avait sans doute du mal à extraire Mme Shaw d'une conversation avec ses amies, ou peut-être avait-il décidé d'inviter d'autres femmes.

Si le salon était meublé simplement, le bureau, remplis d'étagères, accueillait une grande table de travail, deux fauteuils en cuir près de la fenêtre et une table plus petite entre les deux. Au vu des airs méticuleux du pasteur, elle fut surprise de découvrir une pièce où toutes les surfaces étaient couvertes de livres, de brochures, de journaux empilés n'importe comment. Comme elle s'approchait prudemment de la fenêtre, elle frôla le coin d'un livre ouvert, en équilibre sur le bord du bureau et le fit tomber, de même que les papiers coincés dessous et entre ses pages.

Elle se baissa pour le ramasser et s'esclaffa en découvrant qu'il s'agissait de *La Fiancée du nécromancien*. Le pasteur le lisait sans doute pour avoir le plaisir de le mettre en pièces, devina-t-elle. Elle ne put toutefois s'empêcher de se demander si l'homme n'y avait pas trouvé une tout autre sorte de plaisir.

Comme elle rassemblait les feuillets épars, son regard fut attiré par des phrases soulignées. Pas dans le livre, mais sur les autres feuilles – des coupures de presse à propos du roman.

Les phrases en question lui étaient désagréablement familières depuis la lettre de la nuit précédente. En toute hâte, elle fourra les feuilles volantes dans le livre et le reposa là où il se trouvait précédemment, ou à peu près, en espérant qu'il ne s'apercevrait de rien.

D'un pas rapide, elle s'approcha de la table entre les fauteuils pour jeter un coup d'œil dehors. Mais elle ne put s'empêcher de couler un regard au projet sur lequel M. Donaldson était en train de travailler. Tout comme le bureau, la table était couverte de piles de livres et de feuilles volantes. Des journaux, certains très anciens. Un pot de colle. Et un outil ressemblant à un canif et très aiguisé.

Sur la table un livre était ouvert sur un essai intitulé : *De la vertu féminine*, qui, en gros, critiquait la lecture des romans et les jeunes femmes dépravées qui s'y adonnaient.

Ce que nous pouvons dire à propos de certains livres qui, nous a-t-on assuré (car nous ne les avons pas lus), sont par nature si indignes que celle qui est capable de s'y plonger est, au fond de son âme, une

Le dernier mot avait été soigneusement découpé grâce au canif.

Elle savait exactement quel était le mot manquant, mais elle se refusait à y croire. La pièce était-elle plus froide soudain ? Elle frissonna.

Dévergondée.

C'était le mot manquant. Comme dans la lettre de menace et sa choquante affirmation : *Pour la lectrice* dévergondée, *vous êtes le vil pourvoyeur…*

Elle n'eut pas besoin de regarder le titre sur la couverture pour reconnaître le livre dont le mot avait été extrait. Comment n'avait-elle pas fait le lien, la veille ? Bien qu'elles aient plus de quarante ans, les idées exprimées dans le *Sermon aux jeunes femmes* du révérend Fordyce avaient toujours des adeptes. Et, de toute évidence, M. Donaldson était l'un d'eux.

Lorsqu'elle leva les yeux, elle le vit se diriger vers le presbytère. Trop tard pour fuir. Elle n'avait pas même le temps de retourner dans le salon et prétendre ne pas avoir vu ce qu'elle avait vu. Elle fit face à la porte, les mains derrière son dos agrippant le bord de la table comme, une heure plus tôt, à l'église, elles agrippaient le bord du banc. Elle attendit. Elle l'entendit taper des pieds pour se débarrasser de la neige avant d'entrer et se frotter les mains pour les réchauffer. Elle attendit qu'il entre dans le salon et ne la trouve pas là où elle aurait dû être. Elle attendit que ses pas s'approchent du bureau. Il apparut sur le seuil.

— Ah, madame Higginbotham, vous êtes là.

Il semblait particulièrement heureux de la voir.

— Où sont les autres ?

— Les autres ?

Il s'avança de quelques pas, attrapa sur le bureau le livre qu'elle venait de faire tomber et le remis droit comme s'il ne supportait pas la vue d'un tel désordre.

Tandis qu'elle le regardait ranger, elle ravala le rire nerveux qui montait dans sa gorge.

— Oh, les dames, vous voulez dire ? J'ai décidé que nous ferions notre réunion une autre fois.

Quand je serais sûr que leurs efforts ne seront pas peine perdue.

— Que… Qu'est-ce que vous voulez dire ?

— Avec un loup comme Robin Ratliff à Dunnock, j'ai bien peur que mon troupeau ne soit en perpétuel danger. Le premier devoir du berger est de chasser le prédateur avant de laisser ses brebis gambader.

L'homme n'était jamais à court de métaphores usées jusqu'à la corde.

— C'est vous qui avez écrit les lettres.

— Les lettres ?

Il haussa un sourcil, surpris. L'espace d'un instant, elle crut qu'il allait feindre l'ignorance. Mais il hocha simplement la tête d'un air satisfait, et le cœur de Jane manqua un battement. Il ne l'aurait pas admis si facilement s'il avait l'intention de la laisser le dire à d'autres ensuite.

— Je suis heureux d'apprendre qu'elles ont toutes deux trouvé le chemin jusqu'à leur destinataire, continua-t-il. J'avais peu d'espoir que la première lui parvienne. N'ayant d'autre adresse, j'ai dû l'envoyer à son éditeur à Londres. Je n'étais pas certain qu'il la lui transmettrait.

Tout en parlant, il passait sa main osseuse sur les ouvrages qui recouvraient son bureau, s'arrêtant par moments pour redresser une pile.

— Je suis désolé que vous ayez eu à les lire, madame Higginbotham. J'aurais dû me douter que la secrétaire de Ratliff ouvrirait son courrier.

— Amanuensis.

Elle sourit presque en prononçant ce mot. Parviendrait-elle un jour à le dire de nouveau sans penser à Thomas lui répondant « à vos souhaits » ? Est-ce que tout ce qu'elle dirait ou ferait désormais serait d'une manière ou d'une autre teinté par son souvenir ?

Un éclair traversa le regard de Donaldson. Il n'aimait visiblement pas être corrigé, surtout pas par une femme.

C'est bien regrettable. Elle était à deux doigts de lui révéler la vérité dans l'espoir que le choc le tue.

— J'ai en effet transcrit tous les livres de Robin Ratliff, reprit-elle en le regardant froidement.

— Je n'imaginais pas qu'une femme puisse être aussi intimement impliquée dans la production d'œuvres aussi ignobles.

Comme il crachait ces mots, il s'empara du livre et le lança dans le foyer éteint.

— Vous... Êtes-vous venu à Balisaig à dessein ? Dans le but de trouver Robin Ratliff ?

— Dieu m'en garde ! À Édimbourg, j'ai fait par hasard la connaissance de M. Matthew Watson, le régisseur du comte Magnus. Lorsque Watson a reçu votre lettre concernant ce pauvre M. Parkham...

Il gloussa tout bas avant d'enchaîner :

— Et il a eu la gentillesse de penser à moi. J'ai trouvé la situation ici tout à fait désespérée. À l'évidence, M. Parkham était incapable de s'occuper convenablement de son troupeau depuis longtemps déjà. Le péché s'épanouissait sous son nez. Cet horrible pub, par exemple. Et j'ignorais le pire.

Il frissonna.

— Le pire ?

— C'est Mme Abernathy qui m'a révélé que Ratliff se terrait à Dunnock Castle, comme l'un de ses personnages. Elle me l'a appris il y a quelques jours, quand elle m'a gentiment apporté mon courrier. Je me demande pourquoi personne ne m'en avait averti avant.

Chère Mme Abernathy. Jamais Jane n'aurait soupçonné ce que Donaldson ferait d'un inoffensif petit ragot de village.

Il soupira et secoua la tête.

— Quand je pense que vous auriez pu y mettre fin vous-même.

— Mettre fin à quoi ?

— À cette vile littérature. Vous auriez pu jeter ces manuscrits au feu.

La vision de papier couvert d'encre se racornissant dans les flammes lui traversa l'esprit. Sa peur se mua en fureur.

— Jamais !

Il posa les yeux sur elle, ils étaient froids et aussi noirs qu'un puits sans fond.

— J'aimerais pouvoir vous dire que je suis surpris. Mais il arrive parfois que la louve soit aussi dangereuse pour le troupeau que le loup lui-même. J'ai bien peur que vous ne me laissiez pas le choix.

— Le choix ?

Elle s'était trop battue pour avoir la liberté de faire ses propres choix. Personne ne lui retirerait cela.

M. Donaldson bloquait le chemin vers la porte. Thomas ignorait où elle se trouvait. Elle ne pouvait pas compter sur lui pour la secourir. Elle ne voyait aucune issue. À moins…

Sans montrer aucune résistance, elle le laissa approcher, mains tendues comme s'il avait l'intention de les refermer sur son cou.

18

Devant l'église, Thomas regardait les fidèles qui s'étaient rassemblés par petits groupes pour discuter. Jane n'était nulle part en vue. Il en fut déçu bien qu'il sache qu'il n'avait aucun droit d'espérer qu'elle l'attende. Pas de Mme Murdoch non plus. Elles avaient sans doute décidé de rentrer ensemble.

Il balaya de nouveau la petite communauté de Balisaig de ce regard aiguisé qui avait scruté la mer des Caraïbes, guettant le danger : une poignée de robustes fermiers et leurs familles aux joues rouges, un homme à lunettes qu'il supposa être l'apothicaire, le frêle révérend. Cela semblait vraiment ridicule d'imaginer que Jane ait quoi que ce soit à craindre de ces gens.

Une main se posa sur son épaule.

— Tu viens saluer maman, dit Léo Campbell.

Il ne s'agissait pas d'une requête. Thomas se contenta de tourner les yeux vers la forge, derrière le charmant presbytère en pierre.

— Comment va-t-elle ? demanda Thomas comme ils se mettaient en marche.

Il n'avait jamais connu Mme Campbell que veuve et il s'était parfois demandé pourquoi elle ne s'était jamais remariée alors qu'elle avait reçu plusieurs propositions. Cependant, il avait toujours admiré sa loyauté envers son époux défunt avec qui elle avait fui New York après la rébellion dans les colonies. Tout comme d'autres Noirs libres, dont la plupart étaient restés fidèles à la couronne anglaise, ils ne savaient pas s'ils resteraient libres après la victoire inattendue des rebelles. Ils avaient donc accepté l'offre de l'armée britannique qui leur avait proposé de s'installer au Canada.

Après le premier hiver, déboussolés par le climat de la Nouvelle-Écosse et sa tristesse, ils avaient écouté les conseils d'un commerçant de fourrure écossais et étaient partis pour la Grande-Bretagne. L'homme leur avait parlé avec tant de chaleur de son enfance dans les Highlands que le jeune couple avait décidé de s'y installer. Théo était né ici, et M. Campbell y reposait, dans le cimetière de l'église. Il avait quitté ce monde peu après la naissance de son fils unique.

— Elle ne va pas trop mal, répondit Théo.

Mais Thomas perçut comme une inquiétude dans sa voix.

— Ses rhumatismes flambent pendant l'hiver et elle ne peut pas sortir autant qu'elle le voudrait. Ce sera plus facile pour elle quand Davina et moi serons mariés.

Il avait bien vu Théo parler à une jeune femme après l'office, mais il n'avait pas reconnu la petite fille d'autrefois, celle qui arborait des tresses raides, des taches de rousseur et prenait un malin plaisir à moucharder son frère aîné.

— Davina Ross ?

Théo le gratifia d'un regard grave, avant qu'un grand sourire fende son visage.

— Oui.

Il n'était pas difficile d'imaginer ce que Davina avait trouvé à Théo dont la force physique – ses larges épaules menaçaient à chaque seconde de déchirer les coutures de son manteau – était à présent à l'image de sa force de caractère. Lorsqu'ils faisaient les quatre cents coups ensemble, Théo se débrouillait toujours pour sortir Thomas et Ross d'embarras, bien qu'il soit le plus jeune des trois et n'eut pas encore développé ces biceps qui semblaient taillés dans la pierre.

— Et qu'est-ce qui t'empêche de l'épouser ? demanda Thomas. J'espère que ce n'est pas Ross.

Il imaginait bien que voir sa sœur épouser son meilleur ami pouvait être un peu compliqué. Ross n'avait-il pas insinué, la veille, que Théo aimait collectionner les conquêtes ?

— Oh, Ross, ça ira, une fois qu'il se décidera enfin à épouser Elspeth ! En fait, Davina dit que ça porte malheur de se marier avant que la bruyère soit en fleur.

Tout en écoutant l'explication de son ami, Thomas jeta de nouveau un regard par-dessus son épaule, en direction de l'église. Était-ce le révérend qui retenait Jane ?

La question resta sans réponse, car ils avaient atteint la maison des Campbell. Dans la pièce principale, ils trouvèrent Mme Campbell somnolant devant le feu, un plaid coloré drapé sur les jambes.

— Je t'ai amené quelqu'un, maman, dit Théo qui se pencha pour l'embrasser.

— J'espère que ce n'est pas ce M. Donaldson, marmonna-t-elle.

Elle se redressa et regarda autour d'elle. Lorsque ses yeux se posèrent sur Thomas, il s'inclina et s'approcha d'elle.

— Thomas Sutherland, madame, dit-il.

Il n'avait pas vraiment besoin de se présenter, elle se souvenait visiblement très bien de lui.

— Quel plaisir de vous revoir ! ajouta-t-il.

Elle le gratifia d'un froncement de sourcil amusé.

— Si c'est le cas, Thomas, alors où est mon baiser ? dit-elle en se tapotant la joue.

Lorsqu'il se fut exécuté, elle lui attrapa les mains et l'inspecta.

— Je vois à votre uniforme que vous avez essayé de faire quelque chose de votre vie.

— En effet, madame. Avec un succès limité, cependant.

— Vous aviez sûrement besoin de mon Théo et d'Eleazor Ross pour veiller sur vous, comme avant.

— Ils m'ont cruellement manqué, avoua-t-il en coulant un regard à son ami.

Comment pouvait-il avouer la vérité à qui que ce soit ? Une fois dévoilée la véritable raison de son retour à Balisaig, ce serait certainement la fin des embrassades et des tapes dans le dos… quand bien même il savait que Mme Campbell n'avait peur de rien, et surtout pas d'un comte.

Elle l'invita à s'asseoir en face d'elle, si près du feu que même lui, habitué aux hautes températures, avait presque trop chaud. Théo tira une chaise de table. Bien que la famille vive principalement dans cette pièce modestement meublée aux murs blanchis à la chaux, tout était impeccable.

Une douzaine d'années plus tôt, la forge était éteinte et la maison adjacente n'était à peine plus qu'une cahute. Quand et comment Théo avait pris ce travail et transformé la maison délabrée en un véritable foyer, Thomas n'en avait pas la moindre idée. En revanche, ce qui ne faisait aucun doute, c'était que Théo avait bien mené sa barque, encore qu'il ne serait pas totalement satisfait de sa réussite tant que Davina ne serait pas là pour la partager, devinait-il.

— Vous avez vu les Shaw ? s'enquit Mme Campbell en arrachant une bouloche à sa couverture de ses doigts bosselés.

— À l'église, oui.

— Le jeune Edward est encore pire que vous à son âge, Tommy, déclara-t-elle en secouant la tête.

— Impossible ! s'esclaffa Thomas. Ce doit juste être une impression. Il a toute l'année pour faire des bêtises à Balisaig, alors que moi, je n'étais là que quelques semaines, il fallait donc que je travaille dur.

— Il sent le poids de ses responsabilités, intervint Théo plus sérieusement. Depuis l'accident de son père, il s'est comporté en bon garçon, mais la ferme demande plus de travail qu'il peut en fournir. Elspeth a dit à Ross qu'ils savaient pas comment ils allaient faire pour payer le loyer.

— J'aimerais bien voir M. Watson essayer d'expulser les Shaw de chez eux, lança Mme Campbell.

Thomas n'aurait pas été surpris qu'elle se mette en travers de la route de son régisseur.

— Peut-être qu'on n'en arrivera pas là, dit Thomas dans un quasi-murmure.

Les aider était en son pouvoir, eux et tous ceux qui souffraient. Il pouvait même faire venir un médecin pour Mme Campbell, histoire de voir s'il était possible de soulager ses douleurs. Pour cela, cependant, il fallait rester…

Il baissa les yeux sur son uniforme. Comment choisir entre soldat de la Couronne et seigneur du château ? Il pouvait respecter son serment de protéger la Grande-Bretagne ou décider de protéger le peuple de Balisaig. Mais il ne pouvait pas faire les deux.

— Mets la bouilloire sur le feu, Théo, demanda Mme Campbell.

Mais Thomas se leva en secouant la tête.

— Il faut que je…

Une douzaine de fins possibles à cette phrase s'imposèrent, mais il répondit simplement :

— … que je parte. Mais soyez certaine que je reviendrai vous voir, madame.

Il embrassa Mme Campbell et Théo l'accompagna à la porte.

— Nous sommes tous très heureux que tu sois de retour à la maison.

La maison. Encore une fois. Peut-être était-il de retour à la maison, mais il ne s'était jamais senti aussi perdu. Il remercia son ami d'un hochement de tête et sortit dans le froid.

Sous un ciel bas qui annonçait de la neige, Thomas se mit en route pour Dunnock. Trois ou quatre courageux traînaient encore devant l'église, mais la plupart des fidèles étaient rentrés chez eux, ou peut-être étaient-ils allés au pub malgré l'avertissement de M. Donaldson contre ces dangereux « pourvoyeurs d'alcools forts ». L'absence de Ross à l'office n'était pas passée inaperçue. En longeant *Le Chardon et la Couronne*, Thomas eut brièvement envie d'y entrer, puis se ravisa. Il avait besoin d'être seul. Pour réfléchir.

Lorsqu'il avait pris son poste aux Indes occidentales, le silence était une menace. Parfois même, une menace pour sa santé mentale. Bien qu'il comprenne de façon rationnelle la nécessité et les vertus du silence – il préférait être seul que dans une île infestée de soldats ennemis –, la camaraderie qu'il avait connue lui avait manqué. Celle de ses camarades officiers du renseignement. Celle de ses amis de jeunesse.

Finalement, il s'était habitué à la solitude, mais cela n'avait jamais cessé d'être un poids. Sur ses épaules. Sur son âme. Bien que la Dominique fût à un océan de distance à présent, il se rendait compte que ce poids s'était déplacé, mais il n'avait pas disparu. S'il restait à Balisaig, ne serait-il pas seul malgré tout ? Théo et Ross seraient bientôt mariés, tandis que lui, lord Magnus, resterait dans son château, inapprochable, intouchable. Il ne serait plus Tommy Sutherland.

Comme il passait à hauteur de l'église, il se rappela le regard de Théo lorsqu'il parlait de son mariage. Qu'il décide de rester ou de partir, il fallait qu'il débarrasse Balisaig de Donaldson pour le remplacer par quelqu'un qui comprenait les besoins de cette petite communauté. Un homme qui…

Un mouvement à la fenêtre du presbytère attira son attention et le mit instantanément en alerte. « C'est juste un rideau », essaya-t-il de se convaincre. Mais après des années à scruter l'horizon pour y repérer des voiles, des drapeaux, à tenter d'y voir dans l'obscurité, face à une mer aveugle… les vieilles habitudes avaient la peau dure. Il balaya automatiquement le périmètre, au cas où le mouvement l'aurait distrait d'une autre menace, puis se concentra de nouveau sur la fenêtre.

Derrière les meneaux, il distingua deux silhouettes : Donaldson et une femme, dos contre la vitre, tous deux semblant s'étreindre. Thomas ravala un ricanement. Il n'était pas surpris que cet homme qui prenait tant de plaisir à reprocher aux autres leurs péchés soit un hypocrite. Il aurait cependant été plus avisé de tirer les rideaux.

Thomas était sur le point de reprendre sa route lorsque son regard acéré remarqua la capuche bordée de fourrure. Et les épais cheveux auburn qui s'en échappaient.

Jane.

Et les mains de Donaldson, non pas sur son dos ou ses bras, mais autour de son cou.

Avant même de réaliser qu'il s'était mis à courir, il fit irruption dans le presbytère, appela Jane en hurlant, pivota vers la pièce où il l'avait vue. Depuis le seuil, il vit Donaldson tourner la tête pour identifier l'intrus, un rictus de mépris accroché au visage, tandis que ses mains continuaient de serrer le cou de Jane.

Puis l'homme étouffa un cri et tressaillit.

— Espèce de petite catin ! articula-t-il avant que Jane parvienne à le repousser et à le faire tomber.

Dans sa chute, sa tête heurta le coin du bureau.

Jane baissa les yeux sur ses mains tremblantes, l'air déconcertée par la tournure dramatique que venaient de prendre les événements. Thomas suivit son regard, vit du sang sur ses mains, une tache sombre sur sa pelisse, et enfin l'éclat de la lame d'un canif.

Il traversa la pièce en courant, faisant valser le mobilier sur son passage.

— Jane, êtes-vous blessée ?

Elle essaya de parler, n'y parvint pas, hocha la tête et grimaça. Des hématomes se formaient déjà sur la peau pâle de son cou.

C'était donc le sang de Donaldson. Elle avait profité de la diversion créée par l'arrivée de Thomas pour poignarder son agresseur avec le canif qui devait être posé sur la table derrière elle. Mais pourquoi le révérend avait-il…

— C'est lui qui a écrit les lettres, croassa Jane.

Les lettres ?

— Du calme, jeune fille, dit-il en la prenant dans ses bras. N'essayez pas de parler.

Son calme apparent cachait des pensées frénétiques. Il ne l'avait pas protégée. Il avait dû rater un indice important reliant Donaldson aux lettres de menace. Et là, il aurait pu passer sans se douter de rien s'il n'y avait eu ce mouvement des rideaux tandis que Jane luttait pour sa survie...

Il fut interrompu dans ses récriminations contre lui-même par l'arrivée de l'apothicaire et de sa femme, qui avaient dû le voir courir jusqu'au presbytère.

— Quelque chose ne va pas ?

— Madame Abernathy, souffla Jane.

Avant que Thomas comprenne ce qui se passait, la femme de l'apothicaire, une gravure de mode aux cheveux blonds comme on en voyait rarement dans les Highlands, l'avait écarté pour prendre la jeune femme en pleurs dans ses bras sans se soucier du sang qui la souillait.

Abernathy s'accroupit près de Donaldson.

— Il a été poignardé !

Il interrogea Thomas du regard.

— Il a essayé d'étrangler Ja... Mme Higginbotham. Il doit être complètement fou.

Abernathy arqua les sourcils, incrédule, puis se pencha sur Donaldson. Ce dernier gémit comme l'apothicaire examinait sa blessure à l'abdomen et la bosse qui était en train de se former sur son crâne.

— Ce coup sur la tête risque d'être douloureux pendant un moment. Mais si ça ne s'infecte pas, conclut-il, la blessure au ventre est trop superficielle pour être vraiment dangereuse.

Les doigts de Thomas le démangeaient. Pendant un court instant, il envisagea de tirer son couteau de sa botte pour achever le travail.

— Madame Higginbotham ?

C'était Elspeth Shaw, qui venait d'apparaître sur le seuil, son père dans son sillage. Elle s'avança dans la pièce et regarda autour d'elle, horrifiée, voyant ce que personne n'avait encore eu le temps de remarquer. Les piles de livres et de papiers, un véritable capharnaüm, en complète contradiction avec ce que chacun imaginait du révérend.

— La lettre que vous m'avez apportée, Elspeth, commença Jane, la voix toujours rauque.

— La lettre pour M. Ratliff ?

— Elle contenait des menaces de mort, expliqua-t-elle d'une voix aussi lasse que son regard. Et c'est M. Donaldson qui l'a écrite.

— Oh, mon Dieu ! Quand elle me l'a donnée, Mme MacIntosh a juré qu'elle avait été mélangée avec le reste du courrier. Elle a dit que M. Donaldson lui avait demandé de me donner une demi-couronne pour que je l'apporte à Dunnock et que j'explique qu'elle s'était égarée et…

Son père posa la main sur son épaule pour lui intimer le silence.

Donaldson avait tiré avantage du désespoir de la jeune fille, de son désir d'aider sa famille. Et malgré le vitriol qu'il crachait chaque dimanche du haut de son pupitre, comment aurait-elle pu imaginer, comment quiconque aurait pu imaginer que cet homme était capable d'une abomination pareille ?

Il n'empêche, Thomas n'arrivait pas à chasser l'idée que *lui*, laird de Dunnock et officier de renseignement entraîné, aurait dû deviner plus tôt.

— Abernathy, attachez-lui les mains dans le dos avant qu'il se réveille, ordonna-t-il, attirant tous les regards sur lui.

L'apothicaire acquiesça et fouilla dans ses poches. Sans un mot, son épouse dénoua l'un de ses élégants rubans de soie et le lui tendit.

— Qu'on aille chercher le constable, ajouta Thomas.

Mais sa requête se heurta à des regards vides. M. Shaw secoua la tête. Apparemment, M. Watson n'avait pas jugé utile de donner cette responsabilité à l'un des hommes du coin.

— Dans ce cas, je vais l'emmener moi-même chez le magistrat.

Les mots sortirent comme un coup de tonnerre dans le lointain. Si Donaldson ne survivait pas au voyage, peu lui importait.

Jane, qui avait de nouveau la tête contre la poitrine de Mme Abernathy, se tourna vers lui. « C'est vous », articula-t-elle en silence.

Il aurait presque préféré qu'elle le poignarde avec le fichu couteau qu'elle tenait encore dans la main. Évidemment, c'était lord Magnus, le gentleman ayant le plus haut rang à des kilomètres à la ronde, qui devait faire office de magistrat.

Dans ces circonstances, pouvait-il continuer à se défiler, à fuir ses responsabilités ?

Il se racla la gorge, s'adressa à M. Shaw d'un ton bourru :

— Je dois vous dire quelque chose. Vous me connaissez depuis longtemps, monsieur. J'ai le grand honneur d'être un enfant de Balisaig par ma défunte mère, Anne Maguire. Tous ceux qui l'ont fréquentée sont heureux d'avoir connu une femme aussi bonne et généreuse…

— C'est vrai, mon gars, l'interrompit M. Shaw, quelque peu décontenancé par l'exposition de sa généalogie dans un moment comme celui-ci. Et c'était pareil pour ta grand-mère, qu'elle repose en paix.

Thomas le remercia d'un hochement de tête.

— Sans que je le sache, et sans que, je le crois sincèrement, mon père le sache non plus, ces deux merveilleuses femmes descendaient d'un lignage noble, bien que leur branche sur l'arbre généalogique soit assez éloignée du tronc. Quoi qu'il en soit, même si la parenté est lointaine, elle existe, et il se trouve que je suis le dernier d'une longue lignée de Maguire.

M. Shaw, qui était appuyé contre le chambranle, rectifia sa position, comme s'il se doutait de ce qui allait suivre.

Le regard de Thomas glissa sur les personnes présentes, ne s'attardant pas sur Jane.

— Vous vous souvenez sans doute tous que feu lord Magnus avait, lui aussi, du sang Maguire dans les veines.

— Vous êtes en train de nous dire que vous êtes le nouveau comte ? s'exclama Mme Abernathy.

Le ton était un brin taquin, mais aussi méfiant, comme si elle ne savait quoi penser de tout cela.

Thomas prit une profonde inspiration, mais Jane répondit à sa place :

— Oui, c'est lui.

Le temps d'absorber le choc, Mme Abernathy plongea dans une profonde révérence tandis que son époux se redressait et s'inclinait. Elspeth ne semblait pas savoir ce qu'on attendait d'elle et se tourna vers son père. Seul M. Shaw demeura impassible, les yeux rivés sur Thomas.

— C'est bien beau, jeune homme, mais à présent, qu'est-ce que vous comptez faire ?

Le regard de Thomas passa des Shaw à l'apothicaire et à sa femme, puis au révérend qui gisait sur le dos. Dans sa tête, il entendait le général Scott passant en revue les responsabilités qui lui revenaient en Écosse. *Réaliser une évaluation de la propriété et des besoins de ses métayers... Prendre des décisions sur la gestion du domaine avant la saison des semailles, au printemps...*

Il avait recherché et vécu une vie d'aventures. Néanmoins, cette charge était désormais la sienne, comme Scott le lui avait annoncé. Laisserait-il les gens de Balisaig continuer à murmurer à propos des manquements du nouveau comte ?

Pour finir, il s'arrêta sur Jane, plus pâle que jamais, le regard vide et distant. Dieu qu'il avait envie de la prendre dans ses bras, de lui assurer que tout irait bien à présent. De lui jurer de soigner, non pas seulement cette blessure, mais toutes celles dont elle avait été victime. De la protéger de tout danger futur.

« Et puis, peut-être rencontrerez-vous une charmante jeune fille et déciderez-vous de vous installer... »

D'un coup, il sut ce qu'il avait négligé. Il comprenait enfin à quel point Scott avait été sage.

Espèce de vieux saligaud.

La veille encore, il raisonnait de façon simpliste. Soit il quittait Dunnock, soit c'était Jane qui partait. Mais, bien sûr, il y avait une autre solution. Il avait juste mis un peu de temps à s'en apercevoir.

— J'entends faire mon devoir envers les habitants de Balisaig, monsieur Shaw, dit-il sans quitter Jane des yeux. J'ai l'intention de m'installer à Dunnock Castle.

Ce serait beaucoup de travail, certes. Mais si Dieu le voulait, il ne serait pas seul pour y faire face.

19

Tard cette nuit-là, la neige recommença à tomber. Jane se tenait à la fenêtre de son bureau, le front appuyé contre la vitre froide. Elle l'imagina recouvrant le toit du presbytère où Thomas, M. Campbell et M. Abernathy, maintenaient Donaldson sous bonne garde. Quand le révérend se réveillerait, s'il se réveillait, il serait jugé et emprisonné. Même à cette heure, la rumeur de ce qui s'était passé devait être colportée à travers tout Balisaig.

Il neigeait encore au petit matin, lorsque Mme Murdoch lui apporta son petit déjeuner. Jane était à son bureau, les pages de *La Prisonnière du brigand* éparpillées devant elle. Le silence presque surnaturel qui s'était abattu sur le château aurait dû être propice au travail, mais elle n'y arrivait pas. Impossible d'attraper son canif, de tailler sa plume et de s'y mettre.

« J'ai l'intention de m'installer à Dunnock Castle. »

— Il paraît que M. Donaldson s'est réveillé, annonça la gouvernante en passant le seuil. M. Sutherl... Sa Seigneurie l'a emmené à la prison d'Inverness.

— Le mauvais temps va retarder son retour.

Ce qui aurait dû être un voyage de quelques heures allait sans doute lui prendre la journée.

— Il a promis qu'il serait de retour demain, quel que soit l'état des routes, dit Agnès.

Le lendemain, c'était le 2 février, la Chandeleur. Le jour où le comte réunissait ses métayers et ses domestiques, payait les salaires, collectait les loyers, signait les nouveaux baux.

La gouvernante balaya le bureau du regard, cherchant où poser son plateau.

— Où vous voulez que je laisse ça, madame ?

— Merci, mais je n'ai pas faim, répondit Jane avec un geste de la main pour renvoyer la nourriture.

« J'ai l'intention de m'installer à Dunnock Castle. »

— Une tasse de thé, alors ? Il faut que vous preniez quelque chose, madame Higginbotham. Après ce qui est arrivé hier…

— Très bien, concéda Jane, même si elle n'avait aucunement l'intention de le boire.

N'importe quoi pourvu qu'elle se débarrasse de Mme Murdoch.

— Et, s'il vous plaît, demandez à Dougan de monter mes malles.

— Vos malles, madame ?

Elle avait été si inquiète à l'idée qu'on la force à quitter Dunnock qu'elle en avait oublié qu'elle avait le choix. Cette fois-ci, ce serait elle qui choisirait de partir.

— Je n'ai déjà que trop différé.

L'inquiétude plissa le visage ridé de la gouvernante.

— Vous partez ? Mais j'espérais tellement que vous et…

— Mon thé, s'il vous plaît, madame Murdoch, la coupa Jane d'une voix encore rauque. Et les malles. Ce sera tout.

On dit que le silence mène à la réflexion. Elle se refusa à réfléchir de peur de changer d'avis.

Elle empaqueta ses affaires, abandonnant ses vêtements de deuil et la pelisse tachée de sang. Quand elle recommencerait de zéro, et elle recommencerait, elle ne serait plus Mme Higginbotham. Les chiennes, qui ne se souvenaient pas d'avoir connu d'autre lieu que Dunnock, semblaient bouder, enroulées sur leurs coussins près du feu.

Elle rangea ses livres sans même les feuilleter, rangea ses papiers sans un regard. Une fois à destination, elle écrirait à M. Canfield et lui expliquerait les raisons de son retard dans la remise du manuscrit. Il ne se plaindrait pas. Son éditeur ne pouvait se permettre de réprimander Robin Ratliff.

Au matin, tout était en ordre. Rien ne restait, si ce n'est un livre relié de cuir, posé en évidence sur le bureau. Satisfaite, elle tendit la main vers le cordon de la sonnette.

Avant même qu'elle ait le temps de le tirer, Mme Murdoch apparut à la porte. Elle coula un regard désapprobateur aux malles et aux cartons à chapeau, puis lui tendit une feuille de papier pliée.

— Lord Magnus m'a demandé de vous donner ça.

— Il est là ?

— Oui, madame, dans le grand hall.

Jane regarda la pièce qu'elle s'apprêtait à quitter.

— Vous lui avez dit ?

— Non, madame, répondit la gouvernante, lèvres pincées.

Le soulagement l'envahit.

— Merci. Je préférerais m'expliquer moi-même. S'il vous plaît, demandez à Dougan de venir chercher mes affaires et de les mettre dans le chariot. Et dites à Esme de se rendre au *Chardon et la Couronne* et de m'acheter une place dans la prochaine diligence.

— Mais, madame Higginbotham…

Jane leva la main, elle tremblait encore un peu, mais les choses s'amélioraient.

— Je vais descendre lui parler. Attendez un quart d'heure, et rejoignez-moi avec les chiennes.

Agnès hocha la tête. Jane empoigna ses jupes d'une main, la feuille dans l'autre. Pour la dernière fois, elle descendait l'escalier en colimaçon, chassant le souvenir de la main de Thomas effleurant les vieilles pierres – d'un geste possessif, elle le savait à présent.

« J'ai l'intention de m'installer à Dunnock Castle. »

Cependant, quand elle repensait à ce qu'il lui avait dit l'autre nuit dans le bureau, elle devait admettre qu'elle n'était pas juste. Elle savait que c'était à contrecœur qu'il avait choisi d'assumer le rôle de comte. Seul le terrible épisode au presbytère l'avait contraint à révéler la vérité – et à quasiment dévoiler son secret à elle dans la foulée.

Au bas de l'escalier, elle fit une pause pour rassembler son courage. Une douzaine de pas le long du couloir la menèrent à l'entrée du grand hall. Contrairement aux jours précédents, la pièce était baignée de lumière et un feu rugissait dans l'énorme cheminée. L'écho d'une conversation résonnait contre la pierre. Au centre du hall, assis à une grande table à tréteaux, Thomas – lord Magnus – se balançait sur une chaise, riant à quelque plaisanterie que venait de lui raconter l'homme qui se tenait de l'autre côté de la table.

Lui-même aurait pu passer pour un fermier avec son pantalon de daim raccommodé par Esme, ses vieilles bottes éraflées et son manteau de laine kaki. Comme toujours, le nœud de sa cravate était à peine serré.

En d'autres termes, il était aussi beau et charmant qu'à l'accoutumée.

À sa vue, son cœur, d'ordinaire si calme, se mit à battre plus fort. Beaucoup plus fort. Thomas l'avait appelée. Mais elle n'était pas sûre d'avoir la force pour cela.

Quand elle l'avait invité dans son lit, elle s'était dit qu'il ne s'agissait de rien d'autre que d'une distraction. Elle ne lui avait demandé qu'une nuit, et il la lui avait accordée, avec générosité et passion. Heureusement pour elle, l'expérience lui avait appris à conserver ses souvenirs, même les plus agréables, enfermés à clé. Elle n'avait pas été loin de penser qu'elle avait besoin de lui, de lui donner quelque chose en retour.

Une simple nuit ne devrait pas pouvoir changer le cours d'une existence.

Elle demeura dans l'ombre, écoutant les échanges de Thomas avec les métayers venus le voir. Attentif, il passait en revue avec eux les termes de chacun des baux, modifiant ici ou là des clauses défavorables ou ajustant le loyer. Lorsque M. Shaw s'approcha, il fut invité à s'asseoir, eu égard à sa jambe blessée. Le fermier demeura debout et compta ses pièces avec soin avant de les poser sur la table.

Puis elle vit Thomas en écarter la moitié.

— C'est un prêt, insista Thomas comme M. Shaw commençait à protester. Et Jamie MacIntyre a demandé à ses garçons d'aider votre Edward pendant le printemps.

Devant cette gentillesse inattendue, M. Shaw eut l'air à deux doigts de pleurer de soulagement. Mais il se contenta d'une vigoureuse poignée de main avant de griffonner son nom au bas du bail. Jane sentit l'émotion lui nouer la gorge. Son caractère à la fois généreux et facile à vivre était visiblement le bienvenu. Mais était-ce raisonnable ? S'il existait un hospice pour les comtes désargentés, Thomas risquait de s'y retrouver bientôt.

C'était étrange de se dire qu'elle ne saurait jamais ce qui était advenu de ces gens, si la jambe de M. Shaw finirait par guérir ou comment le jeune Edward évoluerait, quel temps il ferait le jour des noces de Davina Ross et de M. Campbell, ou si M. Ross finirait par comprendre qu'Elspeth et lui étaient faits l'un pour l'autre. Elle ne saurait jamais ce que deviendrait Dunnock Castle sous la férule de Thomas.

Elle ne verrait jamais plus Thomas...

Lorsque les derniers métayers quittèrent le hall et qu'il se pencha sur son bureau pour noter une dernière chose dans le livre de comptes, Jane carra les épaules et s'avança d'un pas déterminé jusqu'à la table.

Les pieds de sa chaise raclèrent bruyamment le sol quand il se leva.

— Jane... Enfin.

Il voulut lui prendre les mains, mais elle croisa les bras, froissant le papier au creux de sa paume.

— Tout va bien ? demanda-t-il.

Il laissa retomber ses mains et parcourut Jane du regard, s'arrêtant un instant sur l'écharpe qu'elle avait enroulée autour de son cou pour dissimuler ses hématomes.

— Non, bien sûr que non, reprit-il. Comment pourriez-vous aller bien après ce qui s'est passé ?

Mais, rassurez-vous, il est derrière les barreaux à présent. Il ne fera plus jamais de mal à personne.

Aucune réponse ne lui vint. Il serait sans doute très étonné d'apprendre que ce n'était pas Bartholomew Donaldson qui avait occupé ses pensées ces deux derniers jours.

Après une pause embarrassante, il indiqua du menton le papier dans sa main.

— Vous avez eu mon message.

Elle déplia le feuillet, les mains tremblantes. Incrédule, elle dut relire trois fois avant de comprendre.

Elle leva les yeux, stupéfaite.

— Un bail pour Dunnock Castle ?

— Oui.

Elle replia la feuille avec précaution avant de la lui tendre.

— C'est très généreux de votre part. Mais ça ne sera pas nécessaire.

Comme il ne s'en saisissait pas, elle posa le papier sur la table, voulant à tout prix s'en débarrasser.

— Je pense que je vais acheter un petit cottage quelque part. Je n'ai pas vraiment besoin d'un château, ou d'un carrick de course, ou d'un lit gigantesque.

À l'évocation du lit, les pupilles de Thomas se dilatèrent. Elle feignit de ne pas le remarquer.

— Quand on loue, on est toujours à la merci du propriétaire et, comme vous le savez, je préfère être autonome.

— Jane.

Sa voix n'était qu'un chuchotement. Il contourna la table pour la rejoindre. L'espace d'un court instant, elle crut qu'il allait la prendre dans ses bras et son cœur commença à cogner, entre peur et désir.

L'ombre d'un doute sembla traverser son visage, comme s'il avait vu son pouls s'emballer. Il garda les bras le long du corps.

— Je voulais simplement vous taquiner un peu, dit-il en jetant un coup d'œil au papier.

Elle laissa échapper un rire rauque.

— Oh, je sais ! C'est très malin. Cependant, j'ai déjà pris mes dispositions pour partir.

— Non, jeune fille, répondit-il dédaigneusement, mais non sans gentillesse. Vous êtes en état de choc. Ce n'est pas le moment de prendre des décisions radicales. Restez. S'il le faut, soyez mon invitée, je continuerai à dormir dans le corps de garde avec joie. Mieux encore, restez et soyez ma...

— Mes malles sont déjà prêtes, le coupa-t-elle, évitant la tentation d'écouter la fin de sa phrase.

Restez. Soyez mon invitée. Soyez ma... Sa quoi ? La curiosité avait beau la ronger, elle préférait ne pas savoir. Elle était indépendante depuis longtemps et entendait bien le rester. Comment pourrait-elle être la « quelque chose » de Thomas ?

— J'ai acheté mon billet. Je partirai aussitôt que nos affaires ici seront réglées.

Avant qu'il ait le temps de répondre, ou même de réagir, Athéna et Aphrodite jaillirent, leurs jappements aigus résonnant dans la grande salle voûtée. Elles se précipitèrent vers leur maîtresse, glissant et dérapant sur le sol de pierre, et bondirent autour d'elle, réclamant des caresses.

Comme Jane s'accroupissait pour flatter leurs flancs frétillants, elle se retrouva face aux jambes de Thomas moulées dans ses bottes éraflées et son pantalon en daim. Elle s'interdit de regarder plus haut que ses genoux. Les chiennes avaient frôlé Thomas – en fait, Aphrodite avait failli glisser entre ses pieds –, et à présent, elles se tortillaient sur ses pieds sans lui prêter la moindre attention.

La première pensée de Jane fut qu'elles avaient compris que Thomas était désormais le maître de Dunnock et qu'il ne fallait donc plus grogner ou aboyer en sa présence. Sa deuxième pensée, encore plus ridicule, fut qu'elles sentaient, à leur façon de chien, un changement dans les sentiments de leur maîtresse à l'égard du nouveau maître.

Grands dieux. Si elle devait accorder du crédit au comportement des chiennes, elle aurait dû le faire dès l'arrivée de Thomas. Oh, comme elles avaient tenté de la protéger ce soir-là, ces adorables bêtes ! Mais en définitive, tous les aboiements et grognements n'avaient pas servi à grand-chose. Elle s'était quand même retrouvée en danger. En danger de croire qu'elle avait besoin de Thomas Sutherland, lord Magnus. En danger d'abandonner une part d'elle-même. En danger de tomber amoureuse.

Elle se redressa brusquement, s'épousseta les mains. Derrière l'épaule de Thomas, elle découvrit Mme Murdoch sous l'arche de la porte, visiblement au bord des larmes.

— Dougan vous fait dire que le chariot est prêt, madame. Esme est partie devant pour retenir votre place.

— Merci, madame Murdoch.

Elle dut se retenir pour ne pas courir rejoindre cette femme et la prendre dans ses bras.

— Merci pour votre gentillesse durant mon séjour à Dunnock.

— Je suppose que vous allez retrouver M. Ratliff à Édimbourg ?

Jane lança un regard à Thomas.

— Oui, c'est prévu.

— Très bien, madame.

Tête baissée, Agnès pivotait pour partir, puis se ravisa.

— Je peux me permettre de dire que vous allez nous manquer, madame ?

— Bien sûr, madame Murdoch. Vous me manquerez, vous aussi.

Plus un mot ne fut prononcé jusqu'à ce que le bruit des pas d'Agnès ne se fasse plus entendre dans le couloir. Elle ferait ses adieux à Dougan, Esme et aux Abernathy au village. Ce qui lui laissait plus qu'un seul adieu à faire.

Quand elle se tourna vers Thomas, ce fut lui qui prit la parole le premier.

— Qu'auriez-vous répondu si je vous avais demandé en mariage il y a sept ans ?

Elle répondit sans la moindre hésitation :

— J'aurais dit oui.

Le visage de Thomas trahit la surprise et la douleur mêlées, l'incitant à expliquer :

— La jeune fille que j'étais alors avait des rêves ordinaires : amour, mariage, enfants. Mais j'avais aussi un rêve extraordinaire, un rêve dont je me serais langui toute ma vie si on ne m'avait pas poussé hors du nid...

— Vous voulez dire, expulsée de votre foyer et rejetée par votre famille.

La colère dans sa voix était palpable.

— Je ne nie pas que l'expérience a été très dure, concéda-t-elle. Mais la connaissance s'acquiert souvent dans la douleur. Grâce à ce qui s'est passé ce soir-là, j'ai appris des choses que je n'aurais jamais apprises. J'ai découvert que j'étais assez forte pour me débrouiller seule. Et j'ai compris l'importance de vivre selon mes propres conditions.

Les larges épaules de Thomas se courbèrent, comme s'il se pliait malgré lui à sa volonté.

— Je n'ai jamais été du genre à aimer recevoir des ordres, jeune fille, je n'ai donc pas l'intention de commencer à en donner. Si vous désirez partir, je ne vous en empêcherai pas. Vous faites vos propres choix, comme une héroïne de Robin Ratliff. Mais, ajouta-t-il, laissez-moi au moins vous accompagner à Édimbourg. Je ne supporte pas l'idée que vous voyagiez seule.

— Je pensais que vous aviez compris, répondit-elle d'un ton crispé. Je *veux* être seule.

Il tressaillit et tenta de le cacher en secouant la tête.

— C'est dangereux d'être seule.

— Non, ça ne l'est pas.

Mais être seule, ce n'était pas la même chose que connaître la solitude. Elle le savait très bien. La solitude, c'était comme une feuille de papier tenue juste au-dessus d'une flamme. Pendant un temps, la chaleur ne fait aucun dégât. Puis en un clin d'œil, un point noir apparaît sur le papier, et un trou, et finalement il ne reste plus que des cendres.

Il posa une main légère sur la sienne.

— Je vous en prie, rappelez-vous que si vous avez un problème, quel qu'il soit, il vous suffira de m'appeler et j'accourrai.

Je ne vous appellerai pas.

Les mots étaient aux bords de ses lèvres, prêts à sortir. Elle devrait les prononcer, ne serait-ce que pour leur donner une réalité dans son esprit à elle. Au lieu de cela, elle se hissa sur la pointe des pieds et frôla ses lèvres des siennes. Les choses se terminaient comme elles avaient commencé.

Elle libéra alors sa main et murmura :

— Adieu, Thomas.

20

Depuis les appartements du comte, dans l'angle nord-est de Dunnock Castle, Thomas regardait la brise rider la surface du lac, un peu comme il observait autrefois un vent plus chaud transformer la mer bleue des Caraïbes en vagues écumantes. Le printemps n'était encore qu'une promesse lointaine, mais il avait passé la journée à s'y préparer, à s'assurer que ses métayers avaient le nécessaire pour tenir jusqu'au dégel, jusqu'à ce que le ciel commence enfin à montrer plus de bleu que de gris.

Il restait beaucoup à faire. Il n'avait pas encore vendu sa charge d'officier, elle lui avait servi de garantie pour payer certaines réparations indispensables. Il n'avait pas encore trouvé de remplaçant à Watson, qu'il avait congédié par courrier, sans cérémonie, pour sa mauvaise gestion du domaine. Il n'avait pas non plus nommé un nouveau révérend. Il avait cependant écrit à un vieux camarade d'école, à Glasgow, pour lui offrir le poste.

Il s'étira en grimaçant, le dos raide, peu habitué à rester penchés sur un bureau toute la journée. Il avait besoin d'action. « Peut-être pas du genre d'action qui impliquait des envahisseurs arrivant par la mer », se dit-il en se détournant de la fenêtre. Mais on l'autoriserait certainement à donner un coup de main pour refaire un toit de chaume ou réparer une barrière. Il espérait qu'on ne l'écarterait pas d'un revers de main en lui rappelant, dubitatif et respectueux, que le travail de lord Magnus était tout autre. Avaient-ils la moindre idée du bourbier dans lequel il se trouvait ? Le travail du comte était pire que ce qu'il craignait.

Et les livres de comptes, les lettres et tout le reste ne seraient jamais suffisants pour lui sortir Jane de l'esprit.

À plusieurs reprises, il avait envisagé de tout abandonner et de supplier le général Scott de le reprendre, de lui confier une mission à laquelle il ne survivrait pas. Mais ce que le général demandait à ses soldats était de faire preuve de bravoure. Et quel genre de soldat n'était pas assez courageux pour dire à une femme qu'il l'aimait ?

Il ne se pardonnait pas de l'avoir laissée quitter Dunnock sans se battre. Et comme si cela ne suffisait pas, Mme Murdoch était prompte à lui faire remarquer son erreur. La veille encore, elle l'avait parcouru d'un regard sévère qui lui avait rappelé sa grand-mère.

— Excusez-moi, Votre Seigneurie, mais on dirait que ça fait une semaine que vous avez pas dormi. Vous seriez bien mieux dans les appartements du sud. Mme Higginbotham, elle a laissé son grand lit. Elle l'avait acheté à un ébéniste de Perth. Il est plus approprié à un homme de votre carrure, je trouve. Vous voulez pas au moins y jeter un œil ?

Il faillit lui répondre qu'il l'avait déjà vu, ce lit, merci beaucoup. En fait, il avait même réussi à y dormir quelques instants quand il n'était pas en train de faire l'amour à Jane avec l'abandon d'un idiot qui pensait ne plus jamais connaître la tristesse.

Non, pas question de mettre un pied dans cette chambre, et encore moins de poser de nouveau la tête sur ces oreillers.

Que les appartements du comte soient la réplique en miroir de ses appartements à elle, simplement séparés par un mur, était déjà assez dur comme cela. Une nuit, il avait même cherché un passage entre les deux. Il y en avait sûrement un autrefois, mais il avait dû être muré par une comtesse des siècles passés, qui en avait assez des visites de son époux. Quoi qu'il en soit, il n'en avait pas trouvé trace. Il n'y avait d'autre entrée que par l'escalier sud, qu'il évitait d'emprunter depuis presque un mois, et qu'il continuerait sans doute d'éviter. Ses dix ans d'armée lui avaient à coup sûr inculqué une certaine discipline.

Était-elle en sécurité ? Était-elle heureuse ?

Ce soir, ces deux questions le taraudaient tandis qu'il allait de sa chambre à son bureau, puis prenait l'escalier en colimaçon de la tour nord, où il se rappelait toujours le merveilleux déhanchement de Jane la première fois qu'elle l'avait emmené là-haut. Il gagna la salle à manger où il dîna seul – ou plutôt, assécha trois verres de ce qui était censé être du vin et chipota avec la nourriture dans son assiette. De là, il se rendit dans le grand hall, où, il y a peu, il avait fait semblant d'admirer la vieille tapisserie qui s'y trouvait avant d'entendre de nouveau sa voix après tant d'années. Il n'était plus qu'à quelques pas du couloir sud, de la tour sud, et des appartements qui s'y trouvaient…

Le bureau de Jane – ce serait toujours le bureau de Jane – était inchangé. Les mêmes étranges gravures étaient suspendues aux murs, l'affreux sofa se trouvait toujours près de la cheminée. Mais la vie avait quitté la pièce. Le foyer était froid, propre, les coussins avaient disparu. Les étagères étaient vides. Et le bureau...

Il fit trois pas prudents, bougie à la main, bien qu'il sût, sans avoir à le regarder, le titre du volume qu'elle y avait laissé. Le dernier tome de *La Fiancée du nécromancien*. Il n'avait pas oublié l'histoire – elle était trop douée pour qu'on puisse l'oublier –, mais il n'avait pas non plus envie d'en lire les derniers chapitres. Les villageois avaient sans doute attaqué le château, libéré la fille, et le lord aux mœurs dissolues était mort seul dans sa sinistre demeure.

Tant qu'il n'avait pas lu la fin du roman, la fin du leur n'était pas écrite.

— Lord Magnus ?

Il sursauta et faillit lâcher sa bougie en entendant la voix féminine l'appeler. Il se retourna lentement.

— Oui, Esme ?

— Je vous ai cherché partout, monsieur. J'aurais jamais pensé vous trouver ici. Heureusement que j'ai vu la lumière. Dougan a apporté le courrier pour vous.

— À cette heure ?

De l'autre côté de la fenêtre, le ciel était presque noir.

— Oh non, il y est allé ce midi ! Mais je crois qu'il l'a fourré dans sa poche et qu'il a oublié de le donner à Mme Murdoch. Ça arrive de temps en temps.

La jeune femme avait un plateau de service coincé sous le bras, et un paquet de lettres dans la main – pas exactement la façon dont la gouvernante lui avait demandé de livrer le courrier au maître, devinait-il, mais il ne voyait pas de raison de faire des cérémonies.

— Voilà, monsieur, dit-elle en lui tendant les lettres avant de le gratifier d'une petite révérence tardive. Mme Murdoch vous fait dire qu'y a un courrier pour Mme Higginbotham. Elle a dit que vous saurez quoi en faire.

— Merci, Esme.

Il prit les lettres en affichant un calme de surface et la regarda partir avant de s'asseoir au bureau et d'y poser son bougeoir en repoussant le livre. Ses mains tremblaient tandis qu'il passait le courrier en revue. Des factures surtout, et une réponse de son ami de Glasgow.

Il trouva enfin ce qu'il cherchait.

Il s'attendait plus ou moins à tomber sur la graphie enfantine qu'avait utilisée Donaldson pour maquiller son écriture, ou sur la calligraphie ronde et trop soignée d'un quelconque employé de Persephone Press. Mais ce n'était ni l'un ni l'autre. L'écriture était banale, probablement celle d'un gentleman, qui avait écrit à *Mme J. Higginbotham* et avait oublié un *n* à *Dunnock*.

Il tourna et retourna la lettre entre ses mains. Son dilemme n'était pas moral, il savait ouvrir un courrier et en sceller de nouveau le cachet sans que le destinataire s'en aperçoive. Ce n'était pas non plus le défi logistique qui le faisait hésiter, bien qu'il ne soit pas aisé de faire suivre son courrier à quelqu'un qui lui avait dit sans détour qu'elle ne souhaitait pas qu'on la retrouve. Non, ce fut à cet instant qu'il comprit douloureusement que s'il l'ouvrait, cela signifiait qu'il n'avait plus d'espoir de la revoir. Qu'elle était perdue pour lui et qu'il pouvait aussi bien jeter la lettre dans le feu.

Avec une inutile précaution, il souleva le sceau, préservant le fragile médaillon de cire et s'assurant que le papier ne se déchirait pas. Lentement, il déplia la lettre – une seule page remplie à la hâte d'une écriture penchée. Il la posa sur le bureau et approcha la bougie.

Ma chère Jane,

Je prie Dieu que cette lettre arrive entre tes mains. J'écris pour t'avouer quelque chose de terrible. Papa a découvert ton dernier courrier, avec la nouvelle adresse à Édimbourg, que je n'avais pas encore apprise par cœur. Nous avons eu un échange très dur, comme tu peux l'imaginer, et, de colère, j'ai fini par lui dire que tu avais un succès éclatant avec tes romans. Que tu étais devenue très riche et que tu avais été bien plus généreuse avec moi qu'il ne l'avait jamais été. Ma chère sœur, me pardonneras-tu jamais mon comportement stupide ? Il est sorti furieux et est allé demander son cheval en disant qu'il aurait « sa part ». J'ai peur qu'il ne te retrouve, car il entend t'infliger le châtiment auquel, dit-il souvent, tu as échappé il y a tant d'années.

J'implore ton pardon, avec tout mon amour.

Jonathan

Thomas serra le poing, froissant la lettre avant de se ressaisir. Elle lui avait dit que son frère était la seule personne avec qui elle avait gardé des liens, se souvint-il. Et visiblement, même après sept ans, son père ne lui avait pas pardonné les écrits découverts par sa mère.

Il se leva, ramassa la lettre et attrapa la chandelle. Il la retrouverait, d'une manière ou d'une autre, même si elle avait juré de lui rendre la tâche difficile. Après tout, autant que sa formation d'officier de renseignement lui serve à quelque chose. Il ne laisserait pas son père lui faire à nouveau du mal.

À peine au pied de l'escalier, il hurlait des ordres à qui pouvait les entendre, se comportant davantage en soldat qu'en comte, pressé d'entrer dans la bataille avec ou sans plan d'attaque. Esme lui apporta son manteau et ses gants en courant, pendant que Mme Murdoch fouillait dans sa mémoire à la recherche de détails susceptibles de l'aider à découvrir où Jane pourrait loger à Édimbourg, et quel nom elle pourrait utiliser.

Mission quasiment impossible sans aide – mais où allait-il trouver de l'aide à Balisaig ? Même s'il était isolé à la Dominique, au moins d'autres soldats étaient à un signal de détresse de distance en cas de problème. Et bien avant cela, quand il était dans l'embarras, il se tournait vers…

— Bien sûr, s'écria-t-il ! en coupant court au babillage de Mme Murdoch. Je vais au *Chardon et la Couronne*.

— Au pub ? À cette heure-ci ? demanda Esme d'une voix aiguë.

La gouvernante était abasourdie.

— Mais, Votre Seigneurie, vous êtes lord Magnus maintenant. Vous avez oublié ?

— Pas du tout, madame, dit-il en enfilant son manteau.

Il posa la main sur l'épaule de Mme Murdoch et lui offrit un grand sourire.

— Mais je viens de me rappeler que je suis aussi Thomas Sutherland.

Comme prévu, une certaine gêne s'installa lorsqu'il passa la porte du pub. Les conversations demeurèrent comme suspendues dans l'air. Un moment passa, au cours duquel un homme rit de bon cœur à une blague qu'il venait de raconter avant que son voisin lui flanque un coup de coude pour lui intimer le silence. Elspeth Shaw qui s'apprêtait à poser deux chopes d'étain sur une table se figea, renversant de la mousse sur la chemise d'un client. L'homme protesta, puis ravala promptement un juron avant de retirer sa casquette. D'autres l'imitèrent en hâte, jusqu'à ce que Thomas lève la main pour les arrêter.

— Non, les gars, continuez ce que vous faites, je viens juste parler à Ross.

Tous les regards se tournèrent vers le bar où Ross était en train d'essuyer un verre. Ce dernier se contenta de regarder Thomas sans la moindre déférence, le saluant d'un simple hochement de tête.

— Ah ouais ? Je t'écoute.

Thomas ne s'approcha pas tout de suite. Il savait qu'il avait repoussé cette conversation bien trop longtemps. La méfiance sur le visage de l'un de ses plus vieux amis – qui devait à présent se demander comment se comporter face au nouveau comte – en était la preuve.

Il aurait été absurde de nier que le nouveau statut de Thomas changeait quelque chose entre eux. Mais parce que pendant plus d'un mois il avait été trop gêné pour aller voir Ross et Théo, leur serrer la main et leur demander pardon pour ses mensonges, il avait laissé le titre devenir une barrière bien plus dure à franchir qu'elle n'aurait dû l'être.

— J'ai besoin de ton aide, Ross, dit-il simplement. Et de celle de Théo, si vous êtes d'accord.

Ross donna un dernier coup de torchon au verre avant de le reposer.

— Peut-être bien.

Ce n'était pas un oui. Mais, Dieu merci, ce n'était pas non plus un non. Tandis que Thomas s'approchait du bar, le brouhaha reprit, comme si la petite assemblée s'était mise d'accord sur le fait que poursuivre leurs conversations était de loin la meilleure façon d'écouter celle qui était sur le point de commencer entre le comte et l'aubergiste.

Lorsqu'il atteignit le comptoir de chêne ciré sur lequel des générations d'hommes comme Ross avaient servi d'innombrables pintes, Thomas y posa un coude et se pencha vers Ross pour ne pas être trop facilement entendu.

— Ça concerne Mme Higginbotham.

Ross regarda la salle, refusant de croiser le regard de Thomas.

— De ce que j'ai entendu, la jeune dame veut plus rien avoir à faire avec toi.

— C'est vrai, concéda Thomas. Et il se pourrait que je ne puisse jamais la faire changer d'avis. Mais il se pourrait aussi qu'elle soit de nouveau en danger. Il faut que je fasse quelque chose, mais je ne peux pas lui venir en aide tout seul.

Ross ne dit rien, mais son regard cessa de flotter au-dessus de la salle pour se fixer sur un point au loin.

— Tu ne me croiras pas si je te dis que j'aurais préféré que ce truc se soit jamais interposé entre nous, ajouta Thomas.

Ross eut un petit rire railleur. Qui, s'il avait le choix, préférerait être pauvre que comte ?

— Je n'ai pas oublié que tu m'as sauvé la mise plus d'une fois, Eleazor Ross, continua Thomas, et son ami le regarda enfin, les yeux étrécis. À présent, je te demande de m'aider à la sauver elle. S'il te plaît.

— C'est bon, répondit Ross en secouant la tête avant de donner une tape sur l'épaule de Thomas. Mais appelle-moi Eleazor encore une fois et je te casse la mâchoire… Magnus.

— D'accord, dit Thomas en laissant échapper un petit rire de soulagement. Maintenant, où peut-on trouver Théo ?

Pour toute réponse, Ross attrapa un balai et cogna trois fois au plafond avec. Quelques instants plus tard, une Davina essoufflée ouvrit la porte derrière lui, révélant l'escalier qui menait à l'appartement de la famille à l'étage.

— Chut, Ross ! le houspilla-t-elle. Je viens d'installer papa pour la nuit. Et maintenant il se demande ce qui se passe.

Ross ignora sa plainte.

— Prends ton manteau, petite, et va chercher ton gars. Dis-lui que Sa Seigneurie a enfin passé la porte du *Chardon et la Couronne* et qu'elle le demande.

Davina, qui n'avait pas remarqué Thomas, sursauta en le voyant, le gratifia d'un regard étonné et remonta l'escalier en courant.

Les larges épaules de Théo s'encadrèrent sur le seuil du pub avant que Thomas ait eu le temps de boire la moitié de sa pinte.

— Vous m'avez demandé ?

Son regard noir passa de Thomas à Ross.

Ce dernier chassa d'un revers de torchon les deux hommes qui occupaient la table dans le coin isolé près de la cheminée, déclarant match nul à leur partie d'échecs, avant d'inviter Théo et Thomas à s'asseoir sur les chaises laissées par les joueurs. Il en tira une troisième et l'approcha de la table.

— Répète à Théo ce que tu m'as dit.

Thomas savait que Ross faisait allusion à ce qu'il lui avait révélé sur Jane. Cependant, il posa la main sur l'avant-bras de Théo et déclara :

— Il y a des années, tu m'as fait l'honneur de ton amitié. J'espère que tu me considères toujours comme ton ami.

Théo resta silencieux. Ross intervint alors :

— Allez, ta mère sera ravie de savoir que son gamin est ami avec un comte.

Théo se contenta de sourire.

— Tu seras toujours l'un d'entre nous, Magnus, reprit Ross, prononçant le titre avec une pointe d'ironie. À présent, dis-moi, c'est quoi cette histoire de Mme Higginbotham qui serait en danger ?

— Mme Higginbotham ? répéta Théo.

L'inquiétude dans sa voix fit chaud au cœur de Thomas.

— Alors qu'elle n'était qu'une très jeune fille, son père l'a chassée de la maison, expliqua-t-il à voix basse. Ce soir, j'ai reçu une lettre de son frère qui lui était adressée disant que son père était en route pour Édimbourg pour essayer de la retrouver.

— J'imagine que c'est pas pour se faire pardonner ? dit Ross d'un air renfrogné.

— Non, confirma Thomas. Il a de l'avance sur moi, c'est certain, mais je suis plus près. Pour autant, il faut que j'arrive là-bas rapidement afin d'avertir Jane.

— La malle-poste est le meilleur moyen d'aller là-bas, mais elle repassera pas avant deux jours.

— Je n'ai pas le temps d'attendre.

Tous trois restèrent pensifs un moment.

— Ça va vous sembler fou, mais il y a, au château, un carrick de course. Il doit filer comme le vent, mais il faudrait des chevaux.

Ross poussa un soupir découragé.

— Si c'est que ça, je sais où je peux en emprunter une paire, dit Théo avec désinvolture.

— Comment ? À qui ?

— Vaut mieux pas poser de question, t'aimerais pas la réponse.

Thomas s'alarma ; il avait demandé de l'aide au nom de leur amitié, mais pas ça. Ce fut Ross qui prit la parole le premier.

— Théo Campbell, si t'es condamné à la pendaison pour vol de chevaux avant d'avoir fait de ma sœur une honnête femme, je te jure que je te tue à nouveau de mes propres mains.

— Alors il vaut mieux que je me fasse pas prendre, répondit Théo. Attendez-moi à la porte nord de Dunnock juste avant l'aube.

Thomas hocha brièvement la tête.

— C'est un carrick à deux places, dit-il, osant à peine faire une nouvelle requête.

— Théo voudra pas laisser sa maman seule, indiqua Ross. Et moins on pourra faire le lien entre lui et ces chevaux « empruntés », mieux ce sera.

— Tu m'accompagnerais, Ross ? s'enquit Thomas. Tu m'aiderais à la retrouver ?

Ross eut un regard incrédule.

— Mais bien sûr, gros crétin.

Il fronça soudain les sourcils, comme plongé dans un abîme de perplexité.

— Mais s'il y a de la place que pour deux dans le carrick, comment tu comptes la ramener ?

À ce moment-là, Elspeth passa près de lui et lui effleura l'épaule, non pas pour attirer son attention, réalisa Thomas, mais juste pour lui montrer qu'elle était là, avec lui, qu'elle était à lui. Et peut-être pour lui rappeler qu'il était à elle. Ross attrapa la main aux doigts rougis par le travail et la pressa avant de la relâcher, laissant Elspeth repartir. Pas un mot, pas un regard vers eux. Un simple contact rapide, presque imperceptible, et pourtant gorgé d'intimité.

Si Jane était vraiment perdue pour lui, songea Thomas, il ne connaîtrait plus jamais cette intimité-là.

— J'ai bien peur qu'elle ne revienne pas à Dunnock.

Théo et Ross échangèrent un regard.

— Si tu le dis, Votre Seigneurie, fit Ross avec un rire sceptique accompagné d'une petite révérence moqueuse. Mais quand elle reviendra, je te préviens, je rentre pas à pied.

21

Incrédule, Allora leva les yeux et croisa le regard noisette de son ravisseur.

— Vous voulez dire que vous non plus ne connaissez pas la source de cette lumière ? l'interrogea-t-elle.

Il secoua la tête. Un rayon de lune fit briller ses cheveux et Allora dut se retenir d'enfouir les doigts dans ses boucles sombres.

Jane passa la pointe de sa plume sur ses lèvres. Comment allait-elle expliquer le rayon lumineux ? Vu son expérience, n'aurait-elle pas déjà dû régler la question depuis longtemps ?

Et depuis quand le brigand ressemblait-il à Thomas ?

Réprimant un soupir, elle froissa la feuille de papier et la jeta sur la pile déjà bien fournie de pages au rebut qui jonchaient le sol près de la cheminée. Aphrodite agita les oreilles. Une heure plus tôt, elle serait partie à la chasse au papier volant, mais cette fois, elle ne se donna même pas la peine de lever la tête. Athéna, de son côté, fit comme si elle n'avait rien vu.

M. Canfield avait été plus que compréhensif sur les délais, lui assurant qu'il pensait que le livre n'en serait que meilleur. Jane, cependant, avait des doutes.

Plutôt que de gâcher davantage de papier, elle posa sa plume et se leva. Quatre pas la conduisirent à la fenêtre de derrière qui donnerait, lui avait-on assuré, sur un charmant jardin au printemps. Certes, les jours commençaient à rallonger, mais il était encore tôt dans l'année, et la lumière déclinait déjà alors qu'il était tout juste 16 heures.

Elle avait décidé de s'installer dans une petite maison partagée, à la sortie d'Édimbourg, une pièce à l'étage, deux en bas. Une jeune fille venait tous les matins pour s'occuper du ménage, et la domestique de sa propriétaire lui apportait deux repas par jour. Mme Rutherford, la propriétaire, était veuve et vivait dans l'autre moitié de la maison. Elle avait posé fort peu de questions à Jane et semblait encline à lui laisser conduire ses affaires comme elle l'entendait, tant qu'elle ne recevait pas d'hommes et qu'elle payait son loyer en temps et en heure.

Quatre nouvelles enjambées ramenèrent Jane à son bureau. Du point de vue de son travail, cet arrangement était idéal. Bien qu'elle ait eu au départ l'intention de s'installer dans un endroit isolé, comme le cottage qu'elle avait évoqué devant Thomas, Édimbourg offrait une chose précieuse : l'anonymat. Et deux pièces en ville étaient plus que suffisantes pour satisfaire ses besoins.

De temps en temps, cependant, elle aurait aimé avoir un peu plus d'espace pour laisser cours à son imagination. Il était difficile de résoudre certains problèmes épineux de son intrigue dans une pièce si petite. Dans ce genre de situation, elle aurait eu besoin d'un lieu plus grand pour se dégourdir à la fois les jambes et l'esprit. Par exemple… un vaste hall caverneux, si long qu'on en voyait à peine le bout. Ou peut-être, avec un temps plus clément, un jardin verdoyant entre les hauts murs d'un vieux château.

Elle se laissa choir sur sa chaise en soupirant. Elle, qui se targuait de se suffire à elle-même, devait admettre que Dunnock et Balisaig lui manquaient de la manière la plus douloureuse qui soit. Agnès, Esme, Mme Abernathy lui manquaient. Les saluts chaleureux au pub et le beuglement lointain de la cornemuse de Dougan. Sans le vouloir, sans même essayer, elle avait créé une petite communauté autour d'elle, une petite famille.

Des années plus tôt, elle avait été forcée de quitter sa maison et sa famille. Elle s'était juré de ne plus jamais tomber dans le piège des sentiments. Cette fois, c'était elle qui avait choisi de partir. Mais était-ce le bon choix ?

C'était surtout Thomas qui lui manquait. Sept ans auparavant, alors qu'elle luttait pour s'en sortir, elle n'avait pas eu le luxe de regretter ce qu'ils auraient pu vivre ensemble. Et lui, sillonnant les mers au mépris de dangers inconnus, n'avait sans doute pas eu ce loisir non plus. Mais à présent, elle avait du temps, trop de temps, pour réfléchir.

Comme une héroïne de Robin Ratliff, elle pressa la main sur sa poitrine. Parfois, elle avait l'impression de ressentir un pincement à cet endroit. C'était la douleur d'un cœur qui ne lui appartenait plus totalement, en dépit de tous ses efforts. Un morceau s'en était détaché et était resté avec lui.

Pourtant, sous sa main, il battait avec une telle force et une telle régularité qu'il devait être entier. À l'évidence, on pouvait continuer à vivre avec une telle blessure.

Ah, si seulement elle avait un moyen de savoir comment il s'en sortait ! Si elle lui manquait. S'il la désirait. Son cœur à lui aussi était-il brisé ? Si elle avait la possibilité de le revoir, ne serait-ce qu'une fois, alors elle pourrait le regarder dans les yeux et y voir la vérité.

« Il vous suffira de m'appeler et j'accourrai. »

Elle secoua la tête, reprit sa plume, la trempa dans l'encre et attendit que les mots lui viennent. Finalement, une goutte d'encre tomba sur la feuille, semblable à une larme. Rien à faire. Elle épongea la petite goutte pour ne pas gâcher une nouvelle feuille de papier. Après quoi, elle nettoya sa plume, reboucha la bouteille d'encre et repoussa le tout.

Lorsqu'elle se leva, cette fois, Athéna la regarda, pleine d'espoir. Jusqu'à présent, Édimbourg avait été une vraie déception pour les chiennes. Les seules marques d'affection qu'elles recevaient de leur nouveau cercle de connaissances se résumaient à une petite tape sur la tête et quelques mots gentils. Personne ne se promenait avec des morceaux de fromage dans la poche à leur intention. La jeune fille qui venait nettoyer semblait ne pas même aimer les chiens qui, pourtant, ne perdaient pas espoir.

— Athéna, Aphrodite, venez, ordonna Jane en claquant des doigts avant d'aller chercher sa nouvelle pelisse. On va se promener.

Elle s'arrêta devant un petit miroir ovale et réajusta sa capuche bordée de fourrure. Elle attacha ensuite leurs laisses aux chiennes, et toutes trois descendirent les marches du perron avant de prendre la direction de leur librairie favorite. La rue pavée était étroite, légèrement tortueuse, et bordée de maisons et de boutiques. Une âcre fumée de charbon s'effilochait dans l'air vif. Arrivée en haut d'une montée, les joues rosies et un peu essoufflée, Jane confia les chiennes à Davy, un gamin du coin, heureux de gagner une petite pièce en les surveillant.

La clochette résonna quand elle franchit le seuil de la librairie. L'employé, qui emballait des livres pour un client, la salua d'un signe de tête. Jane respira l'odeur apaisante de papier et de cuir. Un gentleman de haute taille feuilletait les dernières parutions disposées sur une table près de l'entrée ; à l'étage, deux jeunes filles murmuraient et ricanaient en consultant ce qui lui sembla être un roman de Robin Ratliff. Jane réprima un sourire. Elle ne cherchait rien de particulier, sinon une excuse pour sortir de la maison. Mais puisqu'elle était là, peut-être trouverait-elle quelque chose susceptible de stimuler son imagination et de la distraire de l'image persistante d'un certain comte écossais.

Histoire, biographies, géographie… Elle parcourut les étagères, jetant un coup d'œil distrait aux dos des livres. Géologie, chimie, philosophie… Une idée inattendue lui traversa l'esprit. Et si le rayon de lumière était le résultat d'une expérience d'alchimie qui avait mal tourné ? Elle se mit à explorer les rayonnages plus attentivement, tirant de temps à autre un volume, jusqu'à ce que ses bras soient remplis d'une pile d'idées. Il lui fallait maintenant un endroit pour étudier tout cela de plus près.

M. Murray, le propriétaire de la librairie, avait depuis longtemps remarqué que plus les clients s'attardaient, plus ils achetaient. Aussi avait-il aménagé la boutique de manière à encourager la flânerie. Une table et deux chaises étaient occupées par un étudiant, qui examinait les volumes déployés devant lui comme s'il comparait des informations. Dans un coin plus isolé, un homme et une femme feuilletaient le même livre, portant plus attention l'un à l'autre qu'à ce dernier. Jane dénicha un fauteuil au capitonnage un peu passé et s'y installa confortablement, un ouvrage sur ses genoux, les autres coincés entre sa hanche et l'accoudoir. Elle ouvrit l'édition bon marché du *Chimiste sceptique*, de sir Robert Boyle, et commença à lire.

À mi-parcours, une possibilité commença à éclore. Elle se frotta furtivement la nuque, qui était un peu raide, signe qu'elle lisait depuis trop longtemps. Davy allait se demander ce qui lui était arrivé. Elle allait acheter ce livre, décida-t-elle, et peut-être un autre du même Boyle, pour étudier le sujet plus en profondeur, même si elle pensait avoir résolu le problème du rayon lumineux et peut-être même trouvé comment faire de ce brigand un homme respectable. Pas trop respectable – l'ombre du mystère planait toujours sur ses héros, jusqu'à la fin –, mais suffisamment pour que les lecteurs n'aient pas de doute sur le bonheur à venir d'Allora.

Une ombre tomba sur la page qu'elle était en train de lire. Elle cligna des yeux, mais avant même qu'elle ait le temps de lever la tête, une voix masculine, grave et familière, déclara :

— Ma foi, je vous retrouve enfin, Robin Ratliff.

Le carrick filait bel et bien aussi vite que le vent. Le sol gelé rendait la progression plus facile, si bien qu'ils arrivèrent à Édimbourg tard le jour suivant, plus fatigués par le voyage que les deux fringants chevaux que Théo leur avait fourni.

— C'est un simple prêt, leur avait-il rappelé. Moins vous en savez, mieux c'est.

Presque deux jours de voyage et près de deux cent cinquante kilomètres avaient donné à Thomas plus que le temps de voir son angoisse grandir. Son compagnon s'était montré implacablement acerbe et dépourvu d'empathie. Thomas avait-il vraiment imaginé que son changement de statut modifierait le caractère moqueur de Ross ?

— On y est, annonça Ross qui conduisait depuis leur dernier arrêt. On a réussi.

Il fit ralentir les chevaux comme ils approchaient de la ville et de ses rues étroites et bondées.

— Oui, mais je n'ai pas la moindre idée d'où la trouver là-dedans.

Et même s'il y parvenait, elle risquait fort de ne pas le remercier de se mêler de ses affaires.

« Je pensais que vous aviez compris. Je veux être seule. »

— Ma foi, mais t'as peu de chances de la trouver si tu regardes que ton nombril, plaisanta Ross en lui donnant un coup de coude. Regarde autour de toi.

Thomas s'exécuta – observer était de toute façon une habitude trop ancrée en lui pour qu'il ne soit pas perpétuellement aux aguets, même lorsqu'il doutait de découvrir quoi que ce soit.

— Que se passera-t-il si nous la trouvons et qu'elle ne veut rien avoir à faire avec moi ?

Cela faisait des jours que la question le taraudait, mais il n'avait pas osé lui donner voix. Et même à présent, il avait parlé si bas que ses mots étaient à peine audibles, couverts par le crissement des roues sur le pavé. Ross prit le temps de répondre.

— J'ai toujours considéré Mme Higginbotham comme une femme pleine de bon sens. Elle sera sûrement contente que tu sois venu la prévenir. T'as seulement fait ce que son frère voulait faire, c'est tout. Elle peut pas t'en vouloir pour ça.

Thomas parvint à acquiescer, maudissant la tension dans ses épaules après deux jours d'un dur voyage dans le froid.

— Tu pensais que j'allais te dire que c'était pas quelqu'un qui a du bon sens ? insista Ross.

« Oui », dut s'avouer Thomas. Parce que l'amour n'avait rien de raisonnable. Mais elle avait construit tant de murs, tant de barrières autour de sa vie, autour de son cœur. Si elle avait l'intention de les défendre fermement, même un officier de renseignement aguerri avait peu de chance de se faufiler entre eux. Sans parler de les faire tomber.

Cela étant, il lui était arrivé de lui ouvrir la porte à l'occasion. De se confier à lui. De l'accueillir dans son lit. Et ce qu'il avait aperçu de cette femme – un mélange magnifique de la créativité et de la sensualité de Robin Ratliff, et de la douce vulnérabilité de Jane – signifiait qu'il avait d'elle une connaissance intime que personne d'autre n'avait.

Et puis, une femme vraiment raisonnable pouvait-elle avoir autant d'affection pour une paire de...

— Chiens !

Thomas agrippa les rênes. Était-ce leur évocation qui avait fait naître l'image des chiens dans son esprit ou venait-il vraiment de voir Athéna et Aphrodite attachées à un réverbère ?

Les chevaux firent une embardée et Ross lâcha un juron.

— Qu'est-ce que tu fiches, Magnus ?

— Les chiennes de Ja... de Mme Higginbotham. Là !

Il désigna les épagneuls et attendit de voir si Ross lui rétorquait qu'il avait perdu l'esprit.

— Eh ben ça...

Ross siffla entre ces dents.

— On dirait bien que c'est elles. En tout cas, ça vaut le coup de jeter un œil.

Thomas avait sauté de la voiture avant même que celle-ci s'immobilise. Il s'approcha des chiennes avec force précautions, comme s'il s'attendait à découvrir qu'il faisait fausse route. Lorsqu'il fut assez près pour tendre la main et laisser la première la lui renifler, il sut qu'il se trompait. Pas de grognements, pas de jappements agressifs. Juste un petit coup de truffe d'Aphrodite lui réclamant une caresse, suivi par des frétillements des deux.

— Hé, vous !

Un gamin sale sortit de l'ombre, brandissant un balai. Thomas se redressa d'un bond et le regarda, sourcils froncés.

— Laissez les chiennes de Mme Thomas tranquilles ! ordonna-t-il.

— Mme... *Thomas* ?

La coïncidence la plus improbable qui soit. Sauf si...

— Ouais. Elle est dans la boutique.

Du menton, il désigna la porte derrière lui. Les lettres dorées sur la vitrine indiquaient *R. Murray, libraire*.

— Attends-moi ici, Ross, je n'en ai pas pour longtemps.

La clochette sonna comme il refermait la porte derrière lui, et il entra plus avant dans la pièce chaleureuse et poussiéreuse. Un employé était en train d'allumer une lampe, la lumière du jour baissait.

— Puis-je vous aider, monsieur ?

— Je cherche Mme Thomas.

Le jeune homme resta un instant pensif, puis :

— Elle est arrivée il y a une heure. Elle doit être là-haut, si elle est encore là.

L'espoir envahit Thomas. Mais la possibilité qu'il s'agisse d'une autre femme demeurait. *Une jeune femme ? Avec les cheveux auburn et un regard qui se grave dans votre mémoire pour toujours ?* Il ne put se résoudre à poser la question.

L'employé souffla sur le morceau de papier qui lui avait servi à allumer la lampe.

— Si vous la trouvez, vous pouvez lui dire qu'il est presque 18 heures ?

— Entendu.

Dans un coin de la boutique, un escalier assez raide s'élevait dans l'ombre. Thomas gravit les marches deux à deux. Au début, il ne vit rien d'autre que des étagères remplies de livres, neufs et anciens, épais et minces, tellement serrés les uns contre les autres qu'il n'aurait su dire la couleur du papier peint. Quelques volumes étaient éparpillés sur une table, laissés là par un client. Le plancher grinça tandis qu'il s'avançait, regardant autour de lui sans voir personne. Et soudain, dans un coin sombre, il repéra un fauteuil et, assise dedans, une femme penchée sur un volume posé sur ses genoux.

La courbe de la nuque était celle de Jane, pensa-t-il. La belle couleur de ses cheveux, si nettement épinglés. Mais dans l'ombre, difficile d'en être certain. La jeune femme avait posé sa pelisse sur le dossier d'un second fauteuil – ce n'était pas celle qu'il lui connaissait.

Il s'approcha, s'attendant qu'elle lève les yeux à tout moment. Mais elle était entièrement absorbée par sa lecture. Il s'arrêta à côté d'elle, tâchant de déterminer ce qu'elle était en train de lire. Un traité de chimie… Non, d'alchimie. Il sourit. Évidemment…

— Ma foi, je vous retrouve enfin, Robin Ratliff.

Elle leva la tête et cilla à plusieurs reprises, comme si elle n'en croyait pas ses yeux.

— Thomas ?

Il tendit la main pour l'aider à se lever. Après une brève hésitation, elle s'en empara. Quelques livres tombèrent au sol.

— Pourquoi… ? Comment… ?

Elle semblait ne pas pouvoir articuler autre chose que des amorces de questions, mais il s'efforça tout de même de répondre.

— Votre frère vous a écrit à Dunnock. Votre père a découvert votre adresse, il est en route pour Édimbourg. Je craignais qu'il ne…

Sa voix se brisa. Il ne lui lâcha pas la main.

— J'avais besoin de savoir que vous étiez en sécurité.

— Ce… ce n'est pas possible. Comment m'avez-vous trouvée ?

— J'ai vu les chiennes dehors.

En dépit de son évidente confusion, un sourire lui incurva les lèvres.

— Et mes chiens de garde vous ont laissé entrer ?

— Oui. On pourrait presque dire qu'elles m'ont bien accueilli.

Il lui étreignit la main.

— La vraie question est à présent de savoir comment *vous* allez m'accueillir.

Elle se pinça les lèvres pour s'empêcher de sourire davantage.

— En fait, j'ai quelques questions à vous poser, dit-elle. Mais je vais d'abord répondre à la vôtre.

À la grande surprise de Thomas, elle se jeta dans ses bras, l'enlaça et appuya la tête contre son torse.

— Vous m'avez manqué bien plus que je ne le pensais possible, murmura-t-elle.

Les anges protecteurs de Thomas lui intimèrent d'être prudent. Qu'il lui ait manqué était certes bon signe, mais pour autant, ce n'était pas une promesse pour l'avenir. Le diable sur son épaule lui chuchota : « Embrasse-la, découvre à quel point tu lui as manqué. »

Il décida d'écouter le diable.

Il la souleva littéralement de terre et la plaqua contre les étagères. Un petit cri de surprise s'échappa de ses lèvres, qu'il couvrit aussitôt des siennes, avec force mais pas trop : il voulait la laisser libre de choisir l'intensité de leurs retrouvailles.

Impatiente, elle le gratifia d'une myriade de petits baisers, levant la tête entre chacun, comme si elle voulait s'assurer que c'était bien lui, qu'il était réel. Puis elle l'embrassa avec plus d'ardeur, les bras noués autour de son cou. De la main gauche, Thomas s'accrocha à l'étagère au-dessus de sa tête, l'autre se referma sur sa hanche. À présent, il l'emprisonnait. Elle était sous sa protection. Pour toujours.

— À peine la diligence partie, j'ai regretté d'avoir quitté Balisaig, murmura-t-elle entre deux baisers. J'ai été si heureuse, là-bas. Mais j'ai pensé… En fait, je n'arrivais pas à penser.

— Vous étiez en état de choc, lui rappela-t-il en repoussant une mèche folle de sa joue.

— Je ne voyais pas comment rester sans renoncer à mon indépendance. Je me suis battue pour l'obtenir. J'avais peur d'abandonner une partie de moi-même.

Elle fit une pause, ravalant quelque chose qui ressemblait un sanglot.

— Mais c'est le départ qui m'a brisée.

— Tout est tel que vous l'avez quitté et vous attend si vous souhaitez revenir. Rentrer à la maison.

— À la maison ?

Les baisers de Jane, alternativement tendres et exigeants, les frôlements de lèvres ouvrant la voie aux caresses des langues, furent interrompus par le craquement des marches, le bruit s'infiltrant dans la forteresse qu'ils venaient de construire.

— Madame Thomas ? appela l'employé depuis la cage d'escalier. Tout va bien ?

— Oui, oui, merci, assura-t-elle, le souffle court, ce qui fit glousser Thomas.

— Si je puis me permettre, j'aime beaucoup votre dernière identité secrète, madame Thomas, lui chuchota-t-il à l'oreille.

Elle secoua la tête, le tançant de la plus douce des manières.

— M. Thomas descend dans un instant avec deux livres à emballer, monsieur Smith, reprit-elle.

Jane se glissa sous le bras de Thomas et s'en alla rassembler ses affaires.

— Je n'ai pas de réticule, merci de bien vouloir m'envoyer la facture.

— *M.* Thomas ?

Si l'employé avait voulu cacher son étonnement, c'était raté.

— Oui, madame, se reprit-il avant de tourner les talons.

— Je pense que je viens de vous rétrograder, milord, plaisanta-t-elle.

Thomas la dévisagea avec avidité.

— Certainement pas, madame, dit-il plus sérieux que jamais, je ne pouvais espérer rang plus élevé.

Jane reprit elle aussi son sérieux.

— Mon père ne manquera pas de vous détromper, j'en suis sûre.

— Je n'ai pas l'intention de rester pour l'entendre. Descendez et partons dès ce soir.

— Non, répondit-elle en déposant deux gros volumes entre ses mains. Je n'ai pas peur de lui. Il y a sept ans, je n'avais pas le choix. Aujourd'hui, je ne le fuirai pas.

Sa voix était ferme. Peut-être semblait-elle fragile à l'extérieur, mais à l'intérieur, elle était d'acier.

— Au moins, laissez-nous, Ross et moi, nous occuper de lui.

Elle enfilait sa pelisse et se figea.

— M. Ross est là ?

— Oui, nous avons fait le voyage dans votre carrick, avoua-t-il, un peu embarrassé. Théo nous a trouvé des chevaux.

Les détails de son voyage parurent l'étonner encore plus que sa présence ici.

— Bien, dit-elle en rabattant sa capuche sur sa tête, j'espère que vous n'avez pas rayé la peinture. Descendez à présent, lui ordonna-t-elle en lui indiquant les escaliers, et demandez à M. Smith d'emballer tout ceci, je vous suis.

À peine eurent-ils quitté la librairie, que l'employé verrouillait la porte derrière eux. Le garçon qui attendait dans la rue était tout aussi pressé de rendre Aphrodite et Athéna à leur maîtresse. Thomas chercha une pièce dans sa poche, mais Jane fut plus prompte et tendit un shilling au jeune garçon.

— Voici pour vous, Davy. Elles ont été gentilles ?

— Merci, madame. Oui, madame.

Il indiqua Thomas du menton et porta la main à sa casquette.

— Elles ont l'air d'apprécier le gentleman.

En effet, les chiennes se mirent à sauter autour de lui et à le renifler, un changement de comportement qu'il ne s'expliquait pas.

— C'est quelqu'un d'assez aimable, je suppose, commenta Jane en souriant. Surtout lorsque ses poches sont pleines de morceaux de fromage.

Décontenancé, le gamin hocha la tête et décampa. Thomas scruta la rue de plus en plus sombre. Ross n'était nulle part visible.

— Où est mon carrick ? s'enquit Jane.

— J'imagine que Ross ne voulait pas laisser les chevaux dans le froid.

Thomas pria pour que l'explication soit aussi simple.

Jane s'empara de la laisse des chiens et laissa les livres à Thomas.

— Ce n'est pas grave, j'habite en bas de la rue.

Ils avaient à peine fait quelques pas qu'il entendit un harnais tinter. Ross arriva à leur hauteur.

— Bonsoir, madame. Je suis content de voir que vous allez bien.

— Quelle agréable surprise, monsieur Ross. Merci d'avoir fait tout ce chemin. J'ai l'impression d'être une princesse dans un conte de fées pour inspirer un tel sauvetage. Vous avez laissé *Le Chardon et la Couronne* entre les mains expertes de votre future épouse, j'imagine.

— Oui, madame.

Même dans la lumière déclinante, Thomas vit son ami rougir.

— À présent, si Sa Seigneurie veut bien vous aider à monter…

— Oh, merci, mais lord Magnus va me raccompagner à pied. Il y a un relais de poste à deux rues d'ici. Mettez les chevaux à l'étable et prenez une chambre pour la nuit, à mes frais, bien sûr. Nous discuterons demain matin de notre plan pour vaincre le dragon.

— *Notre* plan ? Le dragon ? répéta Ross, incrédule, avant de toucher le bord de son chapeau. Entendu, madame, comme vous voulez.

Il adressa un clin d'œil à Thomas.

— Je t'attends pas, ajouta-t-il, un peu trop fort au goût de ce dernier, qui rougit à son tour.

— Je ne veux pas que vous croyiez que j'ai dit à Ross que...

— Les gens n'ont pas toujours besoin qu'on leur dise les choses pour comprendre, le coupa Jane, malicieuse. Par exemple, je ne crois pas que M. Ross ait demandé Elspeth Shaw en mariage, et pourtant...

Les chiens s'élancèrent vers le numéro 17, arrachant pratiquement les laisses des mains de leur maîtresse.

— Je n'aime pas l'idée de vous laisser seule, jeune fille, dit Thomas en balayant la rue du regard. Nous ne connaissons pas les intentions de votre père, ni quand il risque d'arriver.

— Il faudra attendre demain pour en parler, répliqua-t-elle en cherchant sa clé. Ma propriétaire vit juste à côté et elle ne me permet pas de recevoir des hommes.

Jane ouvrit la porte et les chiennes s'engouffrèrent dans la maison en courant, leurs laisses traînant derrière elles. Elle monta deux marches avant de se tourner vers Thomas et de poser un doigt sur ses lèvres.

— Si je vous laisse entrer, il faut que vous me promettiez d'être très, très discret.

Une vague de désir envahit Thomas. Un vrai gentleman aurait sûrement refusé l'invitation, sans parler de passer la nuit. Mais elle était peut-être en danger. Il ne supportait pas l'idée de l'abandonner.

Quand elle reprit son ascension, il la suivit du pas silencieux d'un espion expérimenté.

22

À peine la porte passée, Thomas s'immobilisa pour inspecter la pièce : un petit salon modestement meublé et, au-delà, une salle à manger avec une table de belle taille, couverte de piles de papiers. Un escalier, conduisant probablement à la chambre, montait face à lui. L'endroit était agréable, mais il ne put s'empêcher de se demander pourquoi une femme qui avait les moyens de louer un château avait choisi un appartement aussi exigu. Est-ce que, malgré ses dénégations, elle espérait qu'il viendrait la chercher ?

Dans l'autre pièce, Jane ôta la laisse des chiennes et leur servit de l'eau fraîche et de la nourriture. Comme à Dunnock, leurs coussins étaient posés devant la cheminée. Pendant que les chiennes se ruaient sur leurs gamelles, Thomas posa les livres, puis enleva ses bottes, histoire de ne pas faire de bruit. Il les posa près de la porte et accrocha son manteau à l'une des patères juste au-dessus. Jane vint suspendre sa pelisse à côté. Enfin, elle ferma la porte et se tourna vers lui, un sourire indécis aux lèvres.

Encadrant son visage de ses mains, il la scruta dans la lumière déclinante du soir. Elle n'avait allumé qu'une seule bougie, pourtant, il distinguait clairement la tristesse et l'inquiétude dans son regard. S'il avait été capable de lui parler, il lui aurait dit ce qui se jouait dans son cœur et l'aurait suppliée de déposer tous ses fardeaux sur ses larges épaules.

Ce silence avait pourtant un intérêt inattendu, il l'obligeait à lui *montrer* ce qu'il éprouvait. Peut-être que parfois, même pour un célèbre écrivain, les mots ne suffisaient pas.

Lentement, il inclina la tête et s'empara des lèvres de Jane. Un baiser doux mais pas sans chaleur. Puis il mit un genou en terre. Avant qu'ils aillent plus loin, il fallait qu'elle sache la place qu'elle tenait déjà dans son cœur. Un éclair de surprise passa dans les yeux de la jeune femme quand il lui prit la main, toucha le doigt qui bientôt porterait l'anneau et embrassa le chemin que tracerait un jour l'alliance. Finalement, il posa la main de Jane contre sa poitrine, après avoir écarté son manteau et son gilet. La loi écossaise requérait à peine plus que des mains jointes pour les déclarer mari et femme.

Si elle le prenait pour époux, alors, cette nuit serait la première de la nouvelle vie qu'ils allaient construire ensemble – leur véritable nuit de noces.

Elle entrouvrit les lèvres pour parler. Le son d'une voix féminine ne risquait pas d'alarmer sa propriétaire. Jane devait parler de temps en temps, ne serait-ce qu'à ses chiennes. Mais elle semblait, elle aussi, ressentir la puissance de ce silence qui les entourait. Pour une fois, même Athéna et Aphrodite étaient tranquilles, épuisées par leur promenade, blotties sur leurs coussins.

Jane empoigna ses jupes de sa main libre et s'agenouilla à son tour. Elle prit la main droite de Thomas et la plaça sur sa peau nue au-dessus de son sein gauche, tel un lien de cœur à cœur. Elle le regarda alors dans les yeux et hocha la tête avec solennité.

Oui. Un vœu qui avait pris sept ans à s'exaucer.

Désormais, ils s'appartenaient l'un l'autre. À jamais.

Lorsque leurs lèvres s'unirent de nouveau, il sentit le cœur de Jane palpiter sous sa main, et sut qu'elle aussi devait sentir son cœur à lui cogner dans sa poitrine comme s'il venait de courir un kilomètre. Ou plutôt deux cent cinquante, sans savoir si c'était le bonheur ou la souffrance qui l'attendait sur la ligne d'arrivée. Pour l'heure, cependant, c'était un sentiment de douce victoire qu'il goûtait, la bouche de Jane se mouvant sur la sienne avec tendresse, délicatesse et, oui, amour.

Il caressa sa peau du bout des doigts, jusqu'au petit creux à la base de sa gorge, puis son pouce glissa sous l'étoffe, plus bas encore, dénichant la pointe durcie de son sein. Leurs baisers se firent plus passionnés, de petites morsures de plaisir, la bouche de Jane s'ouvrant pour y accueillir sa langue.

Il aurait pu la prendre là, sur le sol, son plaisir accru par la dureté du bois et la rugosité du tapis. Mais une nuit de noces appelait un lit, et un minimum de tendresse. Il se redressa en l'entraînant avec lui. Il ne voulait pas interrompre ce baiser, mais il dut retirer sa main de son corsage.

Finalement, il la dirigea vers l'escalier, lui enjoignant de monter rapidement d'une petite tape sur les fesses. Elle n'avait sûrement rien senti à travers sa robe et ses jupons, pourtant une étincelle de désir s'alluma dans ses yeux, et elle monta les marches d'un pas si pressé qu'elle faillit trébucher.

Il la suivit, la rattrapa sur le palier. Et quand elle s'arrêta devant la porte de la chambre, il la plaqua contre le battant pour un nouveau baiser fougueux. Tâtonnant dans son dos, elle parvint à ouvrir et ils faillirent tomber à la renverse. D'un regard rapide, il repéra une table de toilette, une armoire et un lit étroit pour une personne. Ou deux, si l'une s'allongeait sur l'autre.

Il promena ses lèvres sur sa bouche, son menton, le long de son cou, jusqu'à la naissance de ses seins, savourant chaque parcelle de sa peau si douce. Puis ses doigts s'attelèrent à défaire sa robe. Si le peignoir avait rendu les choses faciles, ce soir, il se réjouissait d'avoir le plaisir de la déshabiller vraiment – d'abord, la robe de laine légère, puis le corset, et finalement la chemise de soie –, laissant ses mains courir sur les courbes qu'il découvrait à chaque étape.

À la fin, Jane haletait de désir. Il la contempla. Elle ne portait plus que ses bas. Elle étouffa un petit cri de surprise quand il s'accroupit pour dénouer ses jarretières. Il fit une pause en découvrant qu'elle portait la jolie paire de bas qu'il avait ramassée dans la neige. Les motifs serpentaient diaboliquement le long de ses mollets, jusqu'à ses genoux. Il les fit rouler l'un après l'autre, pas mécontent que ses travaux des dernières semaines aient principalement impliqué l'utilisation de la plume, car des mains rugueuses auraient abîmé la soie délicate.

Il adorait la voir ainsi, presque nue, ne portant plus que ses jarretières autour de ses cuisses rondes. Il déposa un chemin de baisers sur son ventre en respirant son odeur si féminine. Ses mains remontèrent ensuite le long de ses jambes, jusqu'aux hanches, puis sur ses fesses. Et il plongea finalement les doigts au creux de ses cuisses, caressant les boucles humides qui en gardaient l'entrée.

Elle se dandina, prête à ouvrir ses jambes pour lui faciliter l'accès, mais il se releva lentement, suivit les lignes de ses hanches, de sa taille et de sa poitrine. Il aspira tour à tour chacun de ses tétons dans sa bouche, les suçant jusqu'à ce qu'elle laisse échapper un cri étranglé. Elle était si merveilleusement sensuelle et réceptive. Un jour, bientôt, il la ferait jouir comme cela, puis plongerait le visage entre ses cuisses pour la faire jouir de nouveau. Mais pour l'heure, son désir à lui était trop fort...

Il lui prit les mains, qu'elle gardait serrées le long de ses flancs, comme si elle combattait un absurde désir de se couvrir, de cacher sa beauté. Du pouce, il lui desserra les poings, caressa ses paumes avant d'embrasser les petites entailles en demi-lune creusées par ses ongles dans sa chair délicate.

Lorsque ses mains se furent assouplies, il les posa contre sa poitrine, sous son manteau, l'implorant silencieusement. *Fais que je sois tien, comme je veux te faire mienne.* L'espace d'un instant, elle hésita, les yeux rivés sur son torse, n'osant croiser son regard. Puis elle repoussa précipitamment son manteau, l'envoyant rejoindre ses vêtements à elle sur le sol. Vite, elle déboutonna son gilet, dénoua sa cravate, avant de faire glisser son pantalon sur ses hanches. Il se laissait faire docilement. Il fut bientôt aussi nu qu'elle.

Ses yeux parcoururent son corps, puis ce furent ses mains qui l'explorèrent. Ses doigts inquisiteurs évitaient cependant son sexe et il ignorait combien de temps il allait tenir avant de la supplier de le toucher. Jamais son sexe n'avait été aussi dur, jamais il n'avait ressenti un tel désir.

Enfin, elle enroula les doigts autour de sa virilité. C'était trop. Ou pas assez. Il ne savait plus. Il l'embrassa pour s'empêcher de prononcer les mots qui lui venaient aux lèvres. Posant les mains sur ses épaules, il la poussa doucement vers le lit. Une fois au bord, il songea à l'y allonger, puis se ravisa. Après avoir rabattu le couvre-lit, il s'étendit sur le drap de coton et l'invita à venir sur lui.

Malgré la pénombre, il vit qu'elle était surprise, peut-être même indécise. À Dunnock, elle avait voulu qu'il la couvre entièrement. Elle semblait désirer qu'à nouveau il fasse preuve de sa force, de sa capacité à la protéger. Mais ce soir, il voulait lui rappeler qu'elle aussi était forte. Elle avait eu beau se cacher derrière des noms d'emprunt, des robes de deuil, elle était solide et il aurait aimé qu'elle comprenne que cela l'excitait lui aussi.

Alors qu'il était sur le point de briser le silence, de mettre en mots ce qu'il ressentait dans son cœur, elle posa un genou sur le bord du lit, se pencha et l'embrassa. Lentement, timidement, elle grimpa à califourchon sur lui, puis elle attrapa son sexe et le guida en elle.

Dieu, quel bonheur de la laisser prendre les rênes, de la regarder chercher son plaisir tout en en donnant. Il l'enveloppa de ses bras, veillant à ne pas la serrer trop, à lui laisser sa liberté de mouvement, à lui permettre d'imprimer son rythme. Lent d'abord, puis rapide, et lent de nouveau, elle pressait ses seins contre son torse, se redressait, s'accroupissait, sa poitrine se balançant sous ses yeux avides. Il se releva à demi, happa la pointe d'un sein dans sa bouche, la suça vigoureusement tout en ondulant jusqu'à ce qu'il sente ses muscles intimes l'enserrer en rythme. Un cri silencieux lui entrouvrit les lèvres, appelant sa semence.

Après, elle se laissa aller sur lui et demeura immobile. Son corps détendu était incroyablement apaisant. Il écouta son souffle ralentir peu à peu et se rappela le doux soupir de l'océan. À la Dominique, il avait rêvé de paix. Il avait osé, parfois, rêver de Jane. Et enfin, ses rêves étaient devenus réalité.

Lorsqu'ils avaient fait l'amour à Dunnock, il s'était interdit de penser à l'avenir. Mais à présent, il accueillait l'idée que c'était là leur avenir : des jours indolents à faire l'amour ; de rapides accouplements silencieux dans le noir ; et entre les deux, tous les moments côte à côte, à se soutenir, à affronter ensemble les épreuves quelles qu'elles soient. Y compris celle du lendemain...

Il esquissa un sourire, poussa un long soupir, avant d'enlacer plus fermement son épouse, sa comtesse.

Ses ennemis n'avaient aucune chance.

23

Jane se réveilla en sursaut en entendant cogner à la porte. Durant un bref instant, elle crut qu'elle était de retour à Dunnock… cette délicieuse douleur entre les cuisses, l'odeur de Thomas sur l'oreiller, Agnès, inquiète, s'assurant que tout allait bien. Mais comme les brumes du sommeil commençaient à se dissiper, aidées par les coups de poing martelant la porte, elle comprit qu'elle était à Édimbourg. Dans son petit lit étroit. Seule.

Elle parcourut la chambre du regard. Sa robe et sa chemise étaient posées sur le porte-serviette près de la table de toilette. Les vêtements de Thomas avaient disparu, aucune trace de cet étrange interlude silencieux ne subsistait, excepté celles qu'elle portait en elle. Ce n'était pas un rêve. Mais quand était-il parti ? Et où diable avait-il bien pu aller ?

— J'arrive, j'arrive.

Elle enfila en hâte sa robe de chambre. Les chiens aboyaient et le visiteur cognait sans s'arrêter.

— Chut, ordonna-t-elle aux bêtes en bas de l'escalier.

Athéna eut la courtoisie de considérer un instant l'ordre de sa maîtresse avant de se remettre à aboyer.

— Qui est là ? demanda-t-elle, se rappelant soudain que la personne de l'autre côté de la porte pouvait fort bien être son père.

Comment Thomas avait-il pu l'abandonner dans un moment pareil ?

— C'est Mme Rutherford. J'exige que vous ouvriez cette porte sur-le-champ.

Sa propriétaire ? Le jour ne devait pas être levé depuis plus d'une heure. Prudente, Jane entrouvrit la porte.

— Madame ?

Les chiennes tentèrent de se faufiler dans l'entrebâillement, protestant avec la même énergie contre Mme Rutherford qu'elles l'avaient fait avec Thomas.

— Ouvrez cette porte, madame Thomas.

La vieille dame souligna son ordre d'un coup de menton. À choisir, Jane aurait préféré être confrontée à Agnès découvrant Thomas caché dans son armoire.

— Et faites-moi taire ces chiens, cingla sa logeuse.

Après avoir pris une chienne sous chaque bras, Jane ouvrit la porte et jeta un coup d'œil rapide dans la rue. De l'autre côté, un homme très grand était appuyé contre un réverbère, légèrement voûté comme s'il cherchait à dissimuler sa haute taille, il portait un pardessus qu'elle reconnut aussitôt. Avant qu'elle ait le temps de décider s'il s'agissait ou non d'un effet de son imagination, l'homme souleva le bord de son chapeau juste assez pour révéler ses yeux, et la gratifia d'un clin d'œil. Thomas ? Mais comment… ? Et pourquoi… ?

D'un hochement de tête, il lui indiqua le haut de la rue, où il lui sembla reconnaître M. Ross, son chapeau également baissé, une botte posée contre une rambarde. Ils s'étaient organisés pour monter la garde, visiblement. Cette pensée lui fut un soulagement, dont elle avait bien besoin au moment où elle s'apprêtait à fermer la porter et à affronter Mme Rutherford.

Celle-ci pénétra dans le salon et tendit le cou pour vérifier tous les recoins de la pièce.

— Je ne vois pas pourquoi vous souriez, madame Thomas. Le rouge de la honte serait plus approprié.

Jane se hérissa au souvenir du dernier sermon de M. Donaldson.

— Vous avez reçu un homme ici, cette nuit. En violation expresse du règlement.

— Je vous demande pardon ?

— Betsy a vu ses bottes et son manteau près de la porte ce matin quand elle est venue allumer le feu.

Jane remarqua en effet que le feu était allumé et qu'un plateau était posé sur son bureau. Quelqu'un s'était d'ailleurs déjà servi.

« Un homme de sa carrure doit avoir un bel appétit. »

Elle pinça les lèvres pour se retenir de rire.

— Je n'ai pas la moindre idée de ce dont vous parlez, madame Rutherford, dit-elle. En revanche, je soupçonne depuis un certain temps Betsy d'avoir une profonde aversion pour les chiennes. Peut-être essaie-t-elle simplement de semer le trouble.

Mme Rutherford regarda Athéna et Aphrodite d'un œil soupçonneux, puis revint à Jane.

— Vous n'aurez donc aucune objection à ce que j'aille voir là-haut ?

Quelque chose monta soudain en elle – le souvenir de sa mère fouinant dans ses affaires, le manque de cœur de son père, de même qu'un désir de rébellion contre un monde qui se croyait autorisé à porter un jugement sur ses choix.

— Certainement pas, madame Rutherford, dit-elle d'une voix suffisamment suave pour être irritante. Et vous comprendrez, bien sûr, que je quitte la maison à la fin de la semaine.

— Ma foi, madame Thomas, je ne crois pas que cela soit nécessaire, commença Mme Rutherford, avec toute la diplomatie dont elle était capable, ce qui n'était pas énorme.

Elle tenait clairement à garder cette locataire qui payait son loyer – un peu plus cher que le tarif habituel, histoire de s'assurer que celle-ci était bien une dame de qualité.

— Oh mais si ! insista Jane en souriant. Je vous saurais gré de demander à votre domestique de bien vouloir descendre mes malles du grenier aujourd'hui même.

— Très bien, dit Mme Rutherford en soupirant. Je m'efforce juste de tenir une maison respectable, madame.

— Bien sûr. Mais je crois que j'en ai fini avec ce genre de maison, madame Rutherford.

Son sourire forcé céda la place à un véritable sourire.

— Je suis prête pour un vrai foyer.

Totalement déroutée, Mme Rutherford soupira de nouveau et sortit en claquant la porte derrière elle. Jane alla se servir une tasse de thé tandis que les chiennes s'installaient sur leurs coussins.

Qu'était-elle censée faire à présent ?

Agitée, elle alla à la fenêtre, mais ses deux gardes n'étaient nulle part en vue. À contrecœur, elle retourna à son bureau. Elle déballa les deux livres de Boyle qu'elle avait achetés la veille en sirotant son thé. Le premier s'intitulait *Expériences et considérations sur les couleurs*. Quelque part dans ces pages se trouvait la solution à son problème de rayon lumineux. Elle reposa sa tasse sur sa soucoupe, prit le livre sous le bras et monta s'habiller.

Lorsqu'elle redescendit, le salon n'était plus vide.

— Bonjour madame, la salua Ross en enfournant les derniers vestiges du petit déjeuner qui restaient sur le plateau.

Thomas, qui était confortablement installé sur le sofa près de la fenêtre, se leva.

— J'espère que vous avez profité d'une bonne nuit de repos, dit-il avant de lui adresser un clin d'œil. Ross ici présent dit qu'il ne m'a pas entendu rentrer hier soir, mais comment voulez-vous entendre quoi que ce soit par-dessus de tels ronflements, j'aimerais le savoir.

— Oui, j'ai bien dormi, répondit Jane, tâchant de ne pas trop rougir. J'ai passé une nuit remarquablement calme.

Thomas s'esclaffa, jeta un regard à son ami qui arquait un sourcil sceptique, et se mit à toussoter pour tenter de dissimuler son rire.

— Je pensais que nous aurions de la chance si nous parvenions à atteindre Édimbourg avant votre père, et finalement, c'est ce qui s'est passé, quoique tout juste. Ce matin, Ross a fait du charme à la femme de l'aubergiste pour qu'elle lui montre son registre et, apparemment, un M. J. Quayle est arrivé hier soir. Il a dérobé votre dernière lettre à votre frère, il sait donc où vous habitez. Je pense qu'il ne devrait pas tarder.

Jane sentit un grand froid en elle. Thomas s'approcha d'elle, lui prit les mains et lui fit descendre les trois dernières marches. Une fois qu'elle fut en bas de l'escalier, il ne la lâcha pas.

— Que fait-on maintenant, demanda-t-elle.

— Vous remontez et vous attendez. Quand il arrivera, Ross et moi nous occuperons de lui.

— Qu'entendez-vous par « vous occuper de lui » ? s'enquit Jane après un silence.

— Le convaincre de rentrer chez lui et de vous laisser tranquille, expliqua M. Ross.

Elle les regarda tour à tour. Elle devinait sans peine quel genre de persuasion ils avaient en tête.

— Il s'attend à me trouver seule. Il n'entrera jamais s'il voit deux solides gaillards prêts à lui sauter dessus.

— Nous avons un plan, lança Thomas.

— Oh, Magnus, t'es pas sérieux ? intervint M. Ross, d'un air anxieux.

Thomas sourit malicieusement.

— Apportez-nous votre beau peignoir et un bonnet ou une charlotte, ce que vous avez.

Jane battit des paupières, incrédule.

— Ross est le plus petit de nous deux, il va donc enfiler votre peignoir et un bonnet, et s'asseoir à la table, dos à la porte. Quand votre père frappera, je lui ouvrirai. Il verra alors quelqu'un qu'il pensera être vous et entrera sans hésiter. Et là, nous le tiendrons.

— M. Ross va se déguiser en moi ? dit Jane, perplexe.

— T'avais pas parlé du peignoir, Magnus, protesta Ross.

— Tu le drapes sur tes épaules et tu l'enlèves dès que j'ai fermé la porte.

Jane trouvait que c'était un bon plan, ne serait-ce que pour le plaisir d'énerver son père – un plaisir auquel elle n'aurait pas droit. Mais elle faisait confiance à Thomas qui, s'il semblait traiter cette affaire comme une plaisanterie, était très sérieux si elle se fiait à son regard.

— Je vais chercher ce dont vous avez besoin, dit-il avant de tourner les talons.

Une heure et quart plus tard, elle était assise au bord du lit, feignant de lire le traité de Boyle sur la lumière et la couleur, vieux d'un siècle et demi. En réalité, elle passait le temps, faisait courir ses doigts sur les coutures du couvre-lit usé, regardait la lumière danser sur les murs vert pâle. Quand elle entendit enfin un coup sec à la porte, elle faillit lâcher son livre. Comme elle l'avait espéré, les chiens étaient trop occupés à se disputer les os qu'elle leur avait donnés pour s'intéresser à un nouvel arrivant.

Elle se précipita à la porte de sa chambre, qu'elle entrouvrit pour écouter les voix qui montaient du rez-de-chaussée : la tentative de M. Ross d'adopter une voix haut perchée et un accent anglais pour inviter son père à entrer, et la voix grave de Thomas ordonnant à ce dernier de lâcher son bâton de marche.

Jane descendit alors les marches à toute allure. Elle atteignit le salon à temps pour voir Thomas clouer son père au sol, un genou sur sa poitrine, un bâton de marche contre sa gorge.

Son père avait vieilli, bien sûr, mais il n'était pas frêle, et sa chevelure brune était à présent parsemée de fils gris. Pour l'heure, son visage avait tourné au rouge et une bulle de salive se formait au coin de sa bouche tandis qu'il hurlait des imprécations contre son agresseur. Elle ne savait pas ce qu'elle ressentait, mais ce n'était pas de la pitié. M. Ross, qui tenait le tisonnier au-dessus des deux hommes, aurait eu l'air bien plus menaçant s'il n'avait pas été vêtu d'un peignoir et coiffé d'une charlotte.

— Attendez ! s'écria Jane en s'approchant.

— Jane ! s'exclamèrent de concert Thomas et son père.

M. Ross tenta de l'empêcher de passer, mais elle le contourna sans peine.

— Il faut que je lui parle, dit-elle à Thomas, dont le visage était déformé par la colère.

Ce n'était pas là l'expression d'un homme qui avait passé son temps à se prélasser sur les plages des Indes occidentales.

— Lâchez-le.

Thomas mit un certain temps à s'exécuter, mais finalement, il se redressa, le bâton de marche en main, et autorisa le père de Jane à se relever.

Celui-ci jeta un regard dur aux deux hommes avant de se tourner vers sa fille.

— Tu m'attendais.

— Oui, dit-elle en reculant involontairement d'un pas. J'ai reçu un message de Jonathan.

— Ah oui, ce petit imbécile.

— Ça suffit ! J'ai enduré vos divagations et vos vociférations pendant des années. Je ne vous laisserai pas insulter mon frère. En fait, c'est vous qui allez m'écouter.

Il étrécit les yeux, mais la laissa poursuivre.

— Il y a sept ans, vous avez déclaré que j'étais morte à vos yeux. Vous m'avez forcée, alors que je n'avais que dix-sept ans, à quitter la maison. Tout cela pour une histoire que j'avais écrite et que vous n'approuviez pas. À présent, si j'ai bien compris, vous considérez que vous avez droit à une part de ce que j'ai gagné grâce à ces mots, grâce à *mes* mots.

— J'ai embauché une gouvernante pour toi, non ? intervint-il. Je t'ai acheté des livres, du papier et…

— N'essayez pas de prétendre que vous m'avez éduquée pour mon bien. Vous l'avez fait pour que je sois bonne à marier. Votre but a toujours été de vous débarrasser de moi. Vous ne vous êtes jamais soucié de moi.

Bêtement, elle pensait qu'il allait chercher à nier. Il serra les dents et ne dit rien.

— Vous m'intimidiez à l'époque, ajouta-t-elle. Mais vous ne m'intimiderez plus jamais. Alors, voici votre retour sur investissement.

Elle lui lança un bas de laine noir noué, son dernier vêtement de deuil, dans lequel elle avait glissé quelques pièces. Elles tintèrent en tombant à ses pieds.

— Trois shillings et onze pence. C'est le montant du papier et de l'encre que j'ai utilisés pour écrire mon premier roman que vous avez jeté au feu. Vous avez intérêt à vous en contenter, car vous n'aurez pas un penny de plus.

M. Ross eut un rire sans joie.

— Vous avez entendu la jeune fille, dit-il en s'avançant vers le père de Jane. Je pense qu'il est temps de partir à présent.

Avec un regard noir, le père tendit la main pour récupérer son bâton de marche. Le visage de marbre, Thomas soutint son regard et brisa le bâton comme s'il s'agissait d'une brindille.

— Espèce de rustre d'Écossais ! Comment osez-vous me maltraiter ? Je parie que vous avez aussi posé vos sales pattes sur ma fille, n'est-ce pas ? Je…

— Ce rustre d'Écossais est le comte de Magnus, le coupa M. Ross froidement. Et si vous étiez moitié aussi intelligent que votre fille, vous partiriez avant qu'il utilise ce qui reste du bâton pour le fracasser sur votre tête.

Cette ultime menace fit mouche. Avec un dernier juron, le père de Jane donna un coup de pied dans le bas au sol et quitta la pièce.

Tremblante, Jane se laissa tomber sur le sofa. M. Ross enleva le peignoir et le lui posa doucement sur les épaules.

— Vous auriez dû rester là-haut, Jane, dit Thomas, et me laisser m'occuper de lui.

— Et vous laisser lui casser la figure ? répondit-elle, surprise d'entendre un début de rire dans sa propre voix.

Elle se sentait libre, débarrassée d'un poids énorme qu'elle ignorait porter.

— Au minimum, en convint-il, se radoucissant enfin.

L'étincelle familière luisait de nouveau dans son regard.

— Si je dois vous protéger, jeune fille, il faut que vous me laissiez faire.

— Ce que vous avez fait est beaucoup plus important, Thomas. Vous m'avez sauvée de moi-même, de ce que j'aurais pu devenir. J'étais si occupée à prouver que je pouvais me débrouiller seule, que j'avais presque oublié ce que c'était de rire. Ce que c'était d'aimer. Ramenez-moi à la maison, ordonna-t-elle en se levant pour se jeter dans ses bras. À Balisaig.

Peu après, Ross toussota discrètement. Jane voulu reculer, mais Thomas resserra son étreinte pour l'en empêcher.

— J'imagine que tu vas la ramener dans le carrick, demanda M. Ross avec humeur.

— Tu as toujours peur de devoir rentrer à pied ? le taquina Thomas. Non, je vais louer une voiture pour la dame.

— Et laisser M. Ross conduire mon carrick ? C'est hors de question.

Thomas laissa échapper un petit rire.

— Très bien. Dans ce cas, Ross voyagera confortablement en voiture avec Athéna et Aphrodite.

— Non, Magnus, pas les chiennes ! protesta son ami. On avait un accord !

Mais les deux tourtereaux étaient trop occupés à s'embrasser pour écouter ses récriminations.

24

Plus ils approchaient de Balisaig, plus Jane devenait silencieuse. Thomas pensa d'abord que c'était la fatigue ; le voyage avait été épuisant, et bien que, contre toute attente, le temps se soit montré clément, il faisait encore froid pour circuler dans une voiture ouverte, même très bien couverts. Il aurait dû insister pour qu'elle fasse le trajet en voiture avec ses malles et ses chiennes, et laisser Ross prendre le carrick avec lui.

Mais peut-être réfléchissait-elle à son intrigue et au problème qu'elle s'efforçait de résoudre. La veille, durant le dîner à l'auberge, elle lui avait expliqué que les livres qu'elle compulsait à la librairie où il l'avait retrouvée offraient une possible solution à ses dilemmes, mais elle travaillait encore sur son idée.

Il avait peur, cependant, qu'elle ne rumine quelque chose qui ne pourrait être facilement résolu.

Il l'observait du coin de l'œil. Elle regardait tantôt l'horizon rocheux, le tapis vert tendre sur les bords de la route et dans les champs, promesse de printemps, tantôt les croupes grises des chevaux. Le soleil était bas dans le ciel et le mélange de bleu et d'or de l'après-midi cédait lentement la place à l'orange et au violet du crépuscule – ils n'atteindraient Dunnock qu'à la nuit tombée. Elle donna soudain un coup de menton, comme si elle venait d'arriver à quelque conclusion silencieuse.

Il s'attendait qu'elle lui annonce qu'elle avait finalement trouvé un moyen pour que ses personnages connaissent une parfaite félicité, et fut plus que déconcerté de l'entendre déclarer :

— Je refuse d'abandonner mon travail quand nous serons mariés.

Sa surprise fut telle qu'il tira involontairement sur les rênes, forçant les chevaux à ralentir. D'un claquement de langue, il enjoignit aux bêtes de reprendre leur rythme avant de se tourner vers Jane.

— Qui vous a demandé ça ?

Un peu raide, elle pivota vers lui.

— Je me suis aperçue que nous n'en avions pas discuté…

Sous la couverture qui les protégeait du froid, sa main faisait des gestes circulaires qu'il était impossible d'interpréter.

— Mais je crains que vous ne pensiez que mon activité ne convient pas à votre comtesse.

— Visiblement, vous ne connaissez pas bien la jeune femme en question. Ma comtesse est un esprit libre. Et je ne suis pas très à cheval sur les convenances, si c'est ce qui vous effraie.

Elle soupesa sa réponse un court instant. Le martèlement des sabots des chevaux résonnait dans le silence.

— Vous allez également épouser une femme à la tête d'une fortune substantielle en son nom propre. Même si, légalement, tout ce que je possède vous appartiendra.

— C'est vrai, en convint-il. C'est un scandale si vous voulez mon avis, mais je ne peux pas changer la loi. Tout ce que je peux vous dire, c'est que je compte faire appel à un notaire afin qu'il rédige des documents vous permettant de faire ce que vous entendez de ce qui vous appartient.

Il rassembla les rênes dans une seule main, glissa l'autre sous l'épaisse couverture pour attraper la sienne.

— Ce sera pour nos enfants si vous le souhaitez, dit-il en enroulant les doigts autour du poing serré de Jane.

Il se pencha légèrement pour la regarder sous sa capuche bordée de fourrure, vit ses joues rosir et un sourire naître sur ses lèvres.

— Vous n'avez pas peur qu'ils aient un jour honte de leur héritage en apprenant d'où il vient ?

— Je me demande qui va élever ces enfants ? Quelqu'un qui leur inculquera que cela a de l'importance ?

En réponse, elle laissa échapper un de ces rires qu'il aimait tant.

— Qu'y a-t-il de plus respectable qu'un livre qui rend les gens heureux ?

— Est-ce que vous avez...

Son ton semblait plein d'espoir, mais elle tenta de le dissimuler avant de reprendre la parole.

— Vous avez bien trouvé le dernier tome de *La Fiancée du nécromancien* que j'ai laissé pour vous, n'est-ce pas ?

— Oui, quoique pas tout de suite. Il a fallu plusieurs semaines avant que je puisse me résoudre à entrer dans votre bureau.

Cet aveu parut la surprendre.

— Oh... Et après l'avoir découvert, vous en avez fini la lecture ?

— Non. Vous vous souvenez peut-être que je voulais d'abord trouver une fin heureuse à ma propre histoire.

Elle inclina la tête de côté.

— Si vous ne l'avez pas lu, comment pouvez-vous être certain que l'histoire d'Ophélia et Ruthveyn se termine bien ?

— J'ai certes envisagé la possibilité que sa famille l'arrache à Ruthveyn et qu'ensuite le misérable jette un sort, ou quelque chose dans ce genre, pour transformer tout le monde en pierre, lui inclus…

Il se pencha davantage pour voir son expression.

— Mais j'ai compris que s'ils étaient punis de se désirer, si vous aviez fait de cette histoire une tragédie, vos lecteurs n'auraient pas été aussi enthousiastes. Et tous ces grands critiques n'auraient sans doute pas été aussi durs avec vous.

Elle repoussa légèrement sa capuche pour le regarder. Ses yeux étincelaient comme si elle n'avait jamais vu les choses sous cet angle.

— Je suis fier de vous, jeune fille, insista-t-il. Et si nous avons la chance d'avoir des enfants, ils seront fiers eux aussi. Mon seul regret, c'est que la réputation de Robin Ratliff repose sur cette aura de mystère qu'il cultive. J'adorerais pouvoir crier la vérité depuis la tour nord de Dunnock Castle, que le monde entier sache ce que vous avez accompli.

Elle pouffa.

— La tour nord ? À moins qu'une créature ne se cache dans les profondeurs du lac, personne ne vous entendra.

— Peut-être y en a-t-il une, répondit-il avec un clin d'œil. Mais une histoire fantastique à la fois. D'abord, il faut que vous sortiez le brigand et la jeune fille – comment s'appelle-t-elle ?

— Allora.

— Que vous sortiez le brigand et Allora de cette histoire de caverne lumineuse sains et saufs. Et qu'ont-ils découvert, déjà ?

— Une gemme luminescente extrêmement rare.

— Qui vaut son pesant d'or, je suppose.

— Plus que ça, répondit-elle en riant. Et vous avez raison, M. Canfield est plus qu'impatient de recevoir le manuscrit terminé. Dès que nous arrivons à Balisaig, la première chose à faire, c'est d'écrire la fin et lui envoyer le manuscrit.

Il posa alors la main sur le genou de Jane.

— La première ? J'avoue que j'avais autre chose en tête pour notre première nuit à Dunnock en tant que mari et femme.

— Mari et femme ? répéta-t-elle, sceptique. Je sais ce qu'il y avait dans nos cœurs quand nous nous sommes agenouillés et avons joint nos mains à Édimbourg. Mais je ne crois pas que même les lois écossaises soient si laxistes en termes de reconnaissance des liens du mariage. Je ne peux en aucun cas vivre avec vous à Dunnock tant que nous ne sommes pas mariés. Et à moins que quelque chose n'ait changé, Balisaig n'a toujours pas de pasteur.

— Ne m'en veuillez pas, jeune fille.

Sous la couverture, il attrapa le bas de sa robe, la remonta lentement.

— J'ai une surprise pour vous.

Le souffle de Jane s'accéléra lorsque ses doigts atteignirent ses cuisses nues.

— Thomas, se fâcha-t-elle, donnez-moi les rênes.

— Ah bon ? Vous voulez que je vous consacre toute mon attention ? la titilla-t-il, en paroles et avec ses doigts.

— Certainement. Sinon, nous allons finir dans le fossé.

Elle laissa échapper un soupir d'agacement exagéré avant de lui prendre les rênes des mains tout en écartant lentement les cuisses.

— Ce carrick est toujours à moi et je ne vous laisserai pas l'endommager.

Thomas déposa un baiser sur la tête de Jane, appuyée contre son épaule, mais elle s'accrocha au sommeil. Du menton, il repoussa sa capuche. Elle sentit alors l'air frais de la nuit lui caresser les joues.

— Balisaig est droit devant, jeune fille.

— Mmm ?

À demi endormie, elle enfonça le visage au creux de son épaule.

— Vous feriez bien de vous réveiller, ou vous risquez de rater votre mariage.

Ces dernières paroles réussirent à la tirer de son sommeil.

— Mon mariage ?

— Oui. Et voilà votre surprise.

Elle leva enfin la tête et vit au loin les petits points lumineux qui perçaient l'obscurité. Ils étaient trop petits pour qu'il s'agisse des fenêtres du village, ils vacillaient et brillaient comme des étoiles. Contrairement au cocher de la Poste royale, Thomas fit ralentir les chevaux tandis qu'ils franchissaient le virage et entraient dans Balisaig.

Des bougies scintillaient tout le long de la rue, réchauffant et illuminant les visages des villageois. M. et Mme Abernathy leur firent joyeusement signe de la main avant que la femme se penche pour dire quelque chose à la petite Mary MacIntyre, qui acquiesça et partit en courant devant les chevaux. Elspeth Shaw se tenait devant *Le Chardon et la Couronne*, sa famille autour d'elle, chacun portant une bougie en signe de bienvenue. Plus loin se trouvaient d'autres visages familiers.

Mme Murdoch et Dougan. Les gens de Dunnock Castle. Tous ceux qui considéraient ce petit bout des Highlands comme leur maison.

À mesure que Jane et Thomas avançaient, tous les saluaient avant d'emboîter le pas au carrick. Ils atteignirent la petite maison des Campbell où Ross les attendait. Il était donc arrivé à Balisaig avant eux ? Elle se demandait si elle n'était pas en train de rêver.

— Nous y voilà, lança Thomas.

Il tira sur les rênes, sauta à bas du carrick et lui tendit la main pour l'aider à descendre.

— Je ne...

Elle se frotta les yeux et tenta de glisser quelques mèches folles sous sa capuche.

— Mais que se passe-t-il ?

Mme Abernathy et Mme Murdoch la prirent chacune par un bras et l'entraînèrent vers la maison.

— Votre mariage, madame Higginbotham.

Ross posa une main de fer sur l'épaule de Thomas et le tira dans la direction opposée.

Le petit salon des Campbell était vide.

— Mon mariage ? répéta Jane sans comprendre.

— Oui. Vous allez voir.

Le regard brillant, Mme Abernathy voulut repousser sa capuche.

— Oh non ! protesta Jane. Mes cheveux doivent être horribles.

Elle sentait que son chignon, d'ordinaire si serré, pendait bas sur sa nuque, des mèches s'en étaient échappées et lui chatouillaient le visage.

— Je ne les ai jamais vus aussi beaux. Vous non plus, d'ailleurs, déclara Mme Murdoch. Ce style un peu moins strict, ça vous va très bien. Je suis tellement contente que vous soyez revenue, avoua-t-elle.

— Et je suis tellement heureuse d'être ici, répondit-elle en prenant la vieille gouvernante dans ses bras.

Un coup à la porte incita Mme Abernathy à hâter la fin des préparatifs, à savoir, enlever à Jane ses gants en chevreau.

— Vous verrez, dit-elle avant de l'inviter à sortir d'un geste.

Tout sourire, les habitants de Balisaig formaient une haie d'honneur éclairée de bougies conduisant à la forge qui, bien qu'ouverte aux quatre vents, était réchauffée par les feux qui y rugissaient. Les odeurs de tourbe, de laine humide et de fer rouillé se mélangeaient dans l'air. Une assemblée plus petite les attendait. Mme Campbell était assise sur une chaise près du feu, Athéna et Aphrodite sur ses genoux. Celles-ci avaient été baignées et les poils qui leur tombaient d'ordinaire dans les yeux étaient retenus par des rubans roses. Davina se tenait à côté de sa future belle-mère. Ross et Théo Cambpell arboraient de grands sourires. Et Thomas portait un kilt.

Jane porta la main à ses lèvres pour dissimuler un sourire. C'était donc pour cela qu'ils les avaient séparés à leur arrivée !

Cela étant, le kilt lui allait à merveille. Le comte de Magnus. Le seigneur de Dunnock Castle. Le guerrier écossais de ses rêves.

Mme Abernathy la poussa doucement vers lui. Elle s'empara de la main qu'il lui tendait. La petite foule s'engouffra dans la forge dans leur sillage.

— Notre idée était la bonne ce soir-là à Édimbourg, murmura Thomas. Il ne nous manquait que les témoins.

Il lança alors un regard à l'assemblé et se mit à rire.

Elle rit à son tour. La joie remontait en elle comme du fond d'un puits qu'on aurait trop longtemps condamné. Mme Murdoch tendit un long morceau de tissus blanc à M. Cambpell qui prit les mains jointes de Jane et de Thomas, et les lia l'une à l'autre.

Une cérémonie des rubans aux mains liées ? Célébrée par le forgeron du village ? Elle en avait déjà entendu parler, bien sûr. Mais ce n'était pas exactement ce à quoi elle s'attendait quand Thomas lui avait parlé mariage.

— Est-ce que c'est... légal ? chuchota-t-elle.

— Tout à fait, la rassura-t-il. Mais j'ai un ami de Glasgow qui a accepté de venir à Balisaig et d'être notre pasteur. Il peut nous marier, si vous préférez. Mais il faudra attendre une quinzaine de jours.

Attendre ? Il lui coula un regard espiègle, comme pour lui rappeler ce qu'ils avaient fait quelques nuits auparavant. Et dans la voiture une heure plus tôt.

Elle parcourut du regard la petite assemblée, pas si petite que cela. Les bougies scintillaient dans le noir, illuminant les visages heureux des gens qui l'avaient accueillie parmi eux. Qui en avaient fait leur amie. Qui avaient fait de Balisaig sa maison quand elle pensait que plus jamais elle n'aurait de foyer. Qui étaient à présent impatients de la voir devenir comtesse.

Elle regarda Thomas, qui la contemplait. Il haussa les sourcils, attendant visiblement sa réponse.

— Attendre ? dit-elle. Et pour quoi faire ? Jamais une scène dans un livre ne sera plus parfaite que celle-ci, lord Magnus.

Un cri de joie monta de l'assemblée, qui couvrit ses derniers mots. Seuls ceux qui étaient très près purent les entendre.

— Et je ne peux pas vous aimer davantage qu'en cet instant.

— C'est décidé, alors, déclara M. Campbell en posant leurs mains jointes sur l'enclume avant de les recouvrir des siennes.

— Oui, confirma Thomas avant de se pencher pour effleurer ses lèvres d'un baiser. Et après sept ans d'attente, une chose est sûre, je ne vous aimerai jamais moins qu'aujourd'hui.

Épilogue

Les yeux rivés sur la page blanche, plume levée, sans qu'aucun mot lui vienne, Thomas se demandait comment Jane pouvait faire cela, encore et encore. *La Prisonnière du brigand* se vendait comme des petits pains et elle travaillait déjà à *La Prisonnière du pirate*.

Feignant de faire une pause pour réfléchir, il regarda autour de lui. Rien ou presque n'avait changé dans le bureau de Jane depuis qu'elle était lady Magnus. Il avait tout de même demandé à Dougan de se débarrasser de l'horrible sofa et de le remplacer discrètement par son frère jumeau, plus confortable qui se trouvait dans le corps de garde. Jonathan, le frère de Jane qui avait accepté volontiers de devenir l'intendant du domaine de Dunnock, et à ce titre viendrait bientôt s'installer dans le corps de garde, n'y verrait que du feu.

Près de la cheminée vide se trouvaient les coussins et les jouets d'Athéna et d'Aphrodite. Les chiennes étaient pour le moment occupées par Jane qui, agenouillée près d'elles sur le tapis, brossait leur pelage. Elles continuaient de tolérer la présence de Thomas dans leur demeure, mais ce dernier gardait toujours quelques croûtes de fromage dans sa poche, au cas où.

— Alors, cette lettre ? s'enquit Jane sans interrompre sa tâche.

Thomas se concentra de nouveau sur la page blanche et soupira.

— Je n'y arrive pas, jeune fille. Que voudriez-vous que je dise ?

— Vous ne voulez pas informer votre général que la vie civile vous rend heureux ? À quel point tout va bien à Dunnock et à Balisaig ?

Elle lui jeta un coup d'œil par-dessus son épaule.

— Le dernier ordre qu'il vous a donné a été de venir ici, Thomas. Je sais que vous avez démissionné de votre charge, mais il mérite une lettre faisant état de tout ce qui s'est passé depuis. C'est la moindre des courtoisies.

— Je vous l'ai dit, il sait déjà tout, je n'ai pas besoin de le lui répéter.

— Oh, Thomas ! dit-elle en secouant la tête.

Elle se releva et épousseta sa robe pleine de poils. Depuis leur mariage, elle portait ses cheveux confortablement attachés sur la nuque et laissait quelques mèches s'en échapper. Lorsqu'elle tirait ses cheveux en un chignon serré, il avait toujours envie de les libérer ; cela étant, cette nouvelle coiffure attirait encore plus son attention car elle lui rappelait ce à quoi elle ressemblait après une partie de jambes en l'air.

— Je sais que c'est le *chef des services secrets*.

Comme toujours, elle murmura les derniers mots, bien que personne, à part les chiennes, ne soit présent. Il s'était longuement demandé ce qu'il avait le droit de lui raconter du temps passé dans l'armée, de ses années à la Dominique. Finalement, il avait décidé que c'en était fini des secrets, bien qu'il ne parvienne pas à se défaire de sa vigilance extrême et de son sommeil léger, desquels sa survie – et celle de tant d'autres – avait un jour dépendu.

Jane s'approcha du bureau en ondulant des hanches de manière provocante. Elle posa la main sur son épaule et claqua de la langue en découvrant la page blanche.

— Mais franchement, Thomas, comment peut-il être au courant de ce qui se passe ici ?

— Je ne sais pas *comment*. Je suis juste sûr qu'il sait.

Il était de plus en plus convaincu que le général Scott savait très précisément ce qu'il allait trouver en arrivant à Dunnock, et surtout, *qui* il allait trouver. Il doutait que l'homme ait besoin d'une lettre pour être informé des deux événements majeurs qui s'étaient produits récemment, ni même des autres plus banals. S'il décrivait par le menu le charmant mariage de Davina et Théo à l'église, le rétablissement de M. Shaw, le nombre élevé de moutons et de veaux nés dans les fermes de Dunnock au printemps, ou comment Elspeth et Mme Abernathy s'étaient associées pour ouvrir un salon de thé afin que les femmes du village puissent se retrouver, il n'apprendrait rien au général. Il en était certain.

— Ma foi, il y a une chose qu'il ne peut pas savoir, dit Jane en lui caressant la joue de l'index.

— Ah oui ? Et quoi donc, jeune fille ? demanda-t-il, l'air sceptique.

Pour toute réponse, elle lui ôta la plume des mains, la posa sur le bureau, puis lui prit la main et la posa sur son ventre.

Il fallut une bonne minute à Thomas avant que la signification de ce geste fasse son chemin jusqu'à son cerveau. Il se leva alors d'un bond et entoura sa femme de ses bras, oubliant la lettre.

— Un bébé ? Jane, mon ange, vous en êtes sûre ?

Après tout, ils n'étaient mariés que depuis quelques semaines.

Elle appuya la joue contre la poitrine de Thomas.

— Un peu comme votre général, je ne sais pas comment je le sais, mais je le sais, c'est tout.

Il déposa un baiser sur son crâne, huma le doux parfum de ses cheveux – non pas l'odeur du jasmin en fleur, mais celle, fraîche et vivifiante, du printemps écossais. Elle portait un enfant. Leur enfant.

Une famille. Un foyer. Tout ce qu'ils n'avaient jamais imaginé avoir un jour, ils l'auraient. Ensemble.

Le général Zebadiah Scott posa la lettre sur son bureau étonnamment vide – le capitaine Collins avait encore fait du rangement – et s'adossa à son siège. Une fois de plus, il avait manqué à son devoir envers la Couronne : former puis garder les meilleurs officiers de renseignement du monde.

Mais n'avait-il pas aussi un devoir envers ses hommes ? Le devoir de s'assurer de leur santé, de leur bien-être et de leur bonheur même ?

Tous ces jeunes gens impétueux se croyaient indispensables. Scott, lui, travaillait dans ce domaine depuis trop longtemps pour ne pas savoir que les hommes allaient et venaient. Quand une guerre se terminait, une autre commençait peu après. Personne n'était irremplaçable, pas même lui.

Aussi, parfois, lorsque l'occasion se présentait – un héritage inattendu, par exemple –, il en profitait pour rappeler à ces jeunes gens têtus qu'il y avait une vie en dehors de l'espionnage. Ou, du moins, en dehors de l'espionnage qu'ils avaient pratiqué.

Avec un sourire satisfait, Scott ramassa la lettre et la glissa dans un dossier qu'il rangea dans un tiroir que personne à part lui n'ouvrait jamais. Un bon agent, même lorsqu'il quittait ses fonctions, n'était jamais vraiment perdu pour le service de Sa Majesté. Grâce à quelques petites manœuvres stratégiques – ce que les civils appelaient « faire l'entremetteur » –, il avait des espions dans des endroits insoupçonnables.

Désormais, il en avait un à Balisaig.

Avant qu'il ait le temps de refermer le tiroir, on frappa à la porte qui séparait son bureau de celui de son aide de camp.

— Entrez.

Le capitaine Collins passa la tête dans l'entrebâillement, l'air passablement agité.

— Nous venons d'être informés de la livraison, monsieur.

Scott l'invita à entrer d'un geste de la main. Collins s'exécuta en traînant des pieds, visiblement réticent, et referma derrière lui. Avec des gestes précis, Scott alluma sa pipe, tira doucement dessus jusqu'à ce que la flamme prenne. De la fumée s'échappa en volutes de sa bouche quand il l'ouvrit pour déclarer :

— Quelque chose est allé de travers, j'en ai l'impression.

— Oui, monsieur, confirma Collins d'une voix étouffée, bien qu'il n'ait probablement aucune responsabilité dans l'erreur commise. Le lieutenant Hopkins a dû se débarrasser du paquet inopinément.

— Je vois. Il est entre les mains de qui, à présent ? demanda Scott dans un nuage de fumée.

— Une... une femme, monsieur, répondit Collins en passant un doigt dans son col. Une autre cliente qui venait de quitter la librairie. Mais nous avons réussi à retrouver son nom. Il s'agit de lady Kingston.

Scott se tourna dans son fauteuil et contempla le magnifique ciel bleu par la fenêtre. Bientôt, la frénésie de la saison allait s'abattre sur Londres, le tourbillon de réceptions, de bals, de concerts. Des secrets – pas tous des secrets d'État – s'échangeraient en chuchotant.

Il avait fait la connaissance du comte de Kingston des années auparavant, à un bal de charité organisé par sa charmante jeune femme, aujourd'hui veuve. Elle ne devait plus être en deuil à présent, du reste. Il s'imaginait sans peine ses délicats sourcils se froncer devant le livre qu'elle allait déballer.

Inutile pour elle. Inestimable pour beaucoup d'autres, et pas tous du bon côté. Et si quiconque dans les rangs ennemis soupçonnait qu'il était en sa possession, elle serait en danger.

— La récupération pourrait s'avérer une opération délicate. Il ne faut pas l'alarmer. Envoyez-lui le major Stanhope dès à présent, ordonna le général sans se retourner.

— La Pie, monsieur ? dit Collins, incrédule.

Scott sourit. L'homme en question détestait ce surnom, bien qu'il l'ait gagné en grande partie grâce à son intelligence. Comme le suggérait son sobriquet, il pouvait se révéler très sociable quand il le voulait. Il serait parfait pour reprendre le livre à la comtesse en jouant de son charme.

Stanhope serait-il charmé en retour ?

Toute mission comporte un risque. À présent, Scott devait décider s'il pouvait prendre le risque de perdre son meilleur agent. Après réflexion, il hocha la tête, convaincu, et se tourna vers Collins.

— Oui, la Pie et lady Kingston.

Il referma sans bruit le tiroir contenant les dossiers personnels de ses agents à la retraite et à présent heureux en ménage.

— Au fait, capitaine, lança-t-il à son aide qui tournait déjà les talons. Tenez-moi au courant de tout développement… intéressant dans cette affaire.

Remerciements

Alors que j'entame cette nouvelle série, j'aimerais exprimer ma gratitude à celles et ceux qui ont rendu son existence possible : mon agent, Jill Marsal, qui m'a accompagnée tout au long du processus de création ; ma formidable éditrice, Esi Sogah, qui sait quand encourager et quand féliciter ; l'équipe de Kensington qui transforme mes histoires en livres ; ma famille et mes amis, en particulier mon mari et ma fille, qui me soutiennent de toutes les manières possibles, y compris en me laissant écouter en boucle de la musique des années 1980, source d'inspiration ; et enfin, mes lecteurs et lectrices, anciens et nouveaux.

Aventures & Passions

4 octobre

J. J. McAvoy

Aphrodite et le duc

Inédit

Aphrodite Du Bell déteste son prénom. Alors que le Ton loue sa peau brune, ses cheveux et ses traits exquis, Aphrodite n'en peut plus d'être identifiée à la déesse de la beauté et de l'amour. Il y a quatre ans, ses attraits n'ont pas empêché Evander Eagleman de l'abandonner pour en épouser une autre ! Lorsque sa mère lui demande d'accompagner sa jeune sœur pour son entrée dans le monde, elle se promet de se garder des hommes et notamment d'Evander. Or, ce dernier, désormais veuf, est bien déterminé à reconquérir la jeune femme. Si le cœur innocent d'Aphrodite vacille à sa vue, sa famille mettra tout en œuvre pour la protéger.

✦

Renee Ann Miller

Les fripouilles – 6 – Pour un baiser volé

Inédit

Du haut de ses 28 ans, lady Sara Elsmere est plus intéressée par l'étude des papillons que par la perspective du mariage. Pourtant, devant l'ultimatum fraternel – trouver un mari ou cesser ses études –, elle se rend à un bal déguisée en bergère. Et c'est là que, la prenant pour une autre, Ian McAllister, duc de Dorchester, lui vole un baiser brûlant. Hélas, il y a des témoins et le scandale menace. Songeant aux deux garnements que sont ses pupilles, Ian envisage sérieusement d'épouser ce bas-bleu. Mais peut-être le souvenir des lèvres de lady Sara joue-t-il dans cette décision un rôle plus important qu'il ne veut bien le reconnaître…

Minerva Spencer

Whitechapel – 2 – Le passé de Mlle Tremblay

Inédit

Cécile Tremblay a tout perdu lors de la Révolution française. Réfugiée en Angleterre, elle est devenue tireuse d'élite pour la petite troupe de la Foire aux Femmes Fantastiques Farnham, où elle a trouvé un foyer. C'est aussi dans ce cirque qu'elle a eu une aventure avec lord Gaius Darlington, qu'elle a vertement congédié lorsqu'il lui a proposé de faire d'elle sa maîtresse après son mariage. Pourtant, lorsqu'il se présente à sa porte en quête de travail, ayant perdu son titre, sa fortune et sa fiancée, elle ne peut se résoudre à l'abandonner à son sort. Qui sait ? Un dur labeur lui apprendra peut-être comment il faut se conduire avec une femme.

✦

Eva Leigh

Dernière chance – 3 – Le grand retour de Willa

Inédit

Dominic Kilburn et Willa Ransome ont la désagréable surprise de tomber nez-à-nez sur une île écossaise, loin de toute civilisation, qu'ils ne pourront quitter avant deux semaines. Willa est livide : comment pourra-t-elle endurer la présence de celui qui lui a brisé le cœur et l'a humiliée un an plus tôt en l'abandonnant le jour de leur mariage ? Dom, lui, ne sait pas s'il supportera le poids de la culpabilité et du remord d'avoir saboté leur amour. Pourtant, ainsi réunis, les cœurs s'ouvrent et les vieilles plaies commencent enfin à cicatriser…

Anna Bradley

La société secrète — 5 — Retour à Coldstream

Inédit

Mairi Cameron débarque à Londres à la recherche de Daniel Adair, le garçon avec qui elle a été élevée et qui a disparu inexplicablement. La grand-mère de la jeune femme est accusée de l'avoir tué et lui seul peut l'innocenter. Elle retrouve sa trace à l'institution de Lady Clifford où il est domestique. Mais ce jeune homme ne comprend rien : il se nomme Daniel Brixton et a toujours vécu à Londres ! Devant le désarroi de Mairi, Daniel accepte pourtant de l'accompagner à Coldstream. Ensemble, parviendront-ils à faire éclater la vérité ?

✦

Eloisa James

Les plaisirs — 3 — Plaisirs interdits

Pour Quentin Dewland, un redoutable séducteur, les plaisirs de l'amour sont désormais de lointains souvenirs. Depuis son accident, sur ordre de son médecin, les efforts physiques lui sont interdits. Pourtant, quand il rencontre Gabrielle, sa future belle-sœur tout juste arrivée des Indes, des idées de conquêtes viennent à nouveau le tourmenter. Tant pis pour les recommandations médicales, les migraines et autres douleurs, il mettra la jeune femme dans son lit !

Julia Quinn

Les Blydon — 1 — Splendide

Il y a deux choses que tout le monde sait à propos d'Alex Ridgely : il est le duc d'Ashbourne et il ne se soumettra jamais aux affres du mariage. Du moins, c'était avant qu'une jeune Américaine ne se jette sous les roues d'un fiacre pour sauver la vie de son neveu. Qui plus est, cette courageuse étrangèrc est drôle, intelligente, loyale, mais femme de chambre. Une situation qui ne peut absolument pas convenir à son rang ! Or, troublé par le souvenir du baiser ardent qu'ils ont échangé, l'irréductible célibataire décide d'en apprendre davantage sur celle qui a enflammé son cœur…

13903

Composition
FACOMPO

Achevé d'imprimer en Italie
par GRAFICA VENETA
le 6 août 2023

Dépôt légal : septembre 2023
EAN 9782290386668
OTP L21EPSN002533-555456

ÉDITIONS J'AI LU
82, rue Saint-Lazare, 75009 Paris

Diffusion France et étranger : Flammarion